KB253472

송진용 新무협 판타지 소설

패왕투

패왕루 5

송진용 新무협 판타지 소설

초판 1쇄 찍은 날 § 2007년 3월 22일
초판 1쇄 펴낸 날 § 2007년 3월 30일

지은이 § 송진용
펴낸이 § 서경석

편집장 § 문혜영
편집 § 서지현 · 심재영

펴낸곳 § 도서출판 청어람
등록번호 § 제1081-1-89호
등록일자 § 1999. 5. 31
어람번호 § 제2-1159호

주소 § 경기도 부천시 원미구 심곡1동 350-1 남성B/D 3F (우) 420-011
전화 § 032-656-4452 팩스 § 032-656-4453
http://www.chungeoram.com
E-mail § eoram99@chollian.net

ⓒ 송진용, 2007

ISBN 978-89-251-0617-5 04810
ISBN 978-89-251-0486-7 (세트)

| 반란(叛亂) |

霸王鬪

5

가장 지독한 원한, 그리고 가장 지독한 사랑, 그건 서로 같은 거야. 나를 미치게 하거든.
강렬한 주인공이 있고, 막강한 원수가 존재하며, 그들 사이에도 몇 명의 여인이 있다. 현실에서는 불가능한
통쾌한 활극과 모험이 펼쳐진다!

패왕투

송진용 新무협 판타지 소설
Fantastic Oriental Heroes

도서출판 청어람

목차

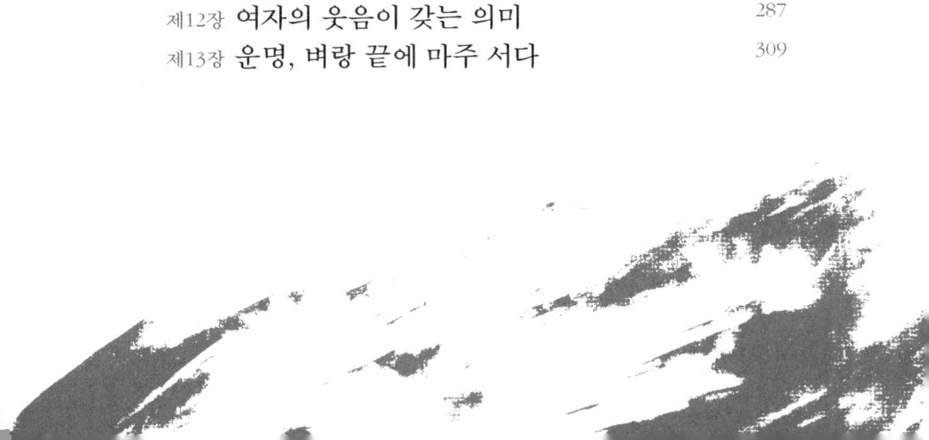

第一章

쫓는 자와 쫓기는 자

第一章

"미련한 놈."

막충(莫衝)이 혀를 찼다. 가슴에 박힌 비수를 붙잡은 채 엎어져 있는 팔혼(八魂)의 모습이 그를 더욱 짜증나게 했다.

그는 흑살수들을 지휘하는 밀천(密天)의 밀자(密者) 중 한 명이다.

밀천에서는 일백 명의 흑살수 중 오십 명을 이번 일에 투입했는데, 제남부에서 곽빙호의 무리를 붙잡아 고문하던 빙혼과 지금 이곳에 와 있는 막충이 그들을 나누어 지휘했다.

빙혼은 남쪽에서 매복해 있는 중이고, 막충은 북쪽에서부터 류를 괴롭히며 그리로 몰아내고 있는 중이었다.

이곳까지 오는 동안 이십오 명의 수하들 중 일곱 명이나 류에게 당했다. 그 사실이 막충을 몹시 짜증나게 했다.

도대체 그놈이 누구인지 궁금하기도 하려니와 염가연이 보를 배신하고 그놈을 따르고 있다는 게 믿어지지 않기도 한다.

처음, 염가연의 비도에 육혼이 죽었다는 보고를 들었을 때 막충은 '미친놈' 하고 비웃었다.

미치지 않고서야 그런 일을 보고랍시고 할 리가 없기 때문이다. 미쳐서 헛것을 보았으리라.

그런데 그게 사실로 드러났다. 육혼의 주검을 본 막충은 등줄기가 서늘해지고 말았다. 그의 인후에 깊숙이 박혀 있는 한 자루의 유엽비도를 확인한 것이다.

백색으로 빛나는 비도는 손가락 하나 반 정도의 길이였다.

버들잎처럼 날렵하게 뻗은 몸과 젓가락처럼 가늘게 빠진 자루 부분으로 나뉘어 있다.

자루 끝에 작고 둥근 고리가 달려 있는데, 은사(銀絲)를 묶는 곳이다. 그러면 비검처럼 허공에서 마음대로 비도를 조종할 수 있게 된다.

칼 몸에는 금빛 봉황의 문양이 정교하게 음각되어 있었다.

세상에서 이와 같은 비도를 쓰는 사람은 염가연 한 사람이 있을 뿐이다.

막충은 그녀가 괴한에게 납치된 게 아니라는 사실을 인정

했다. 그러자 어쩌면 그녀가 괴한을 불러들인 건지도 모른다
는 의심이 들었다.

'왜? 무엇 때문에?'

그녀가 무엇 때문에 이와 같은 엄청난 일을 저지른 건지 알
수 없었다.

즉시 상부에 일의 경과를 보고한 막충은 몸소 추적에 나섰
다. 제 손으로 염가연을 잡아 이유를 캐내지 않고서는 직성이
풀리지 않을 것이기 때문이다.

그의 주위에 둘러서 있는 다섯 명의 흑살수가 섬뜩한 살기
를 뿜어내며 이를 갈았다.

막충이 냉엄한 눈길로 그들을 둘러보았다.

"밀천의 명성에 더 이상 오점을 남기지 말라."

"존명!"

"가라. 찾아내서 내 앞에 끌고 와!"

흑살수들이 기척도 없이 사방으로 흩어졌다. 막충은 팔혼
의 주검을 보며 다시 한 번 혀를 찼다.

"탓!"

류가 매섭게 외치며 발끝으로 땅을 찍고 튕겨진 듯 옆으로
일 장이나 뛰어 물러섰다.

싯, 하는 날카로운 소리가 스치고 지나갔다.

뿌드드드—

사선으로 잘린 나무 둥치가 요란한 소리를 내며 쓰러진다.

핏!

어둠 저쪽에서 다시 창백한 빛 한줄기가 뻗어 나왔다. 삐리리리, 하는 높고 날카로운 소성이 귀를 찌른다.

한 쌍의 강환(剛環)이었다. 륜(輪)처럼 생겼지만 그것보다 작고 예리한 날을 가지고 있다.

두 개의 강환이 허공을 격하고 번갈아 쳐 나오는데 정신을 차릴 수 없었다.

그것에 실려 있는 힘이 어찌나 강한지 받아낼 생각은커녕 쳐낼 엄두도 낼 수 없다.

요란한 회전음이 코앞에 닥쳐들었다. 앞서 스쳐 갔던 것도 허공을 휘돌아와 허리를 노린다.

주저하고 망설일 틈이 없었다.

류가 즉시 허공으로 뛰어올랐다. 한 바퀴 뒤집은 몸을 일자(一字)로 쭉 펴자 등과 배 아래로 날카로운 파공성을 내며 두 개의 강환이 아슬아슬하게 스쳐 지나갔다.

"이얍!"

그가 여전히 몸을 허공에 눕힌 채 기합성을 터뜨리며 손을 뻗어 땅을 내려쳤다. 그 반탄력을 빌어 떨어지는 몸을 다시 허공에 띄우고 단번에 이 장 밖으로 물러서는 솜씨가 놀랍다.

하지만 그곳도 안전한 곳은 아니었다.

핏!

나무 뒤에서 불쑥 차가운 빛이 튀어나왔다.

크게 놀란 류가 발끝을 땅속에 박아 넣을 듯 찍으며 몸을 틀었다. 무섭게 달려왔던 속도를 그대로 유지한 채 발끝을 축으로 해서 원을 그리며 한 바퀴 휘돈 것이다.

그의 코앞을 싸늘한 검광이 아슬아슬하게 훑고 지나갔다.

좌우의 숲 속에서 또 다른 추적자가 다가오는 기척이 느껴졌다. 류는 빠르게 이곳을 벗어나는 길밖에 없다고 생각했다.

힐끔, 염가연을 돌아본다. 그녀는 잔뜩 긴장한 채 류와 흑살수들 간의 싸움을 바라보고 있었다.

염가연은 악전고투하고 있는 류를 지켜보면서 비로소 제가 그렇게 그리워하던 자유가 얼마나 많은 대가와 희생을 요구하는 것인지 알았다.

자유는 낙원과 같은 것만은 아니었던 것이다. 그것은 잔인하고 냉혹한 장사꾼의 얼굴을 하고 있었다.

염가연은 두려움과 망설임으로 그 얼굴을 바라보고 있었다. 탐욕스럽게 입맛을 다시며 손을 내미는 그것.

'너에게 자유를 주지. 그 대신 너는 나에게 무엇을 줄 거냐? 네가 주는 것만큼만 나도 너에게 줄 테다. 그러니 결정해. 너의 모든 걸 나에게 다 준다면 너는 비로소 완전한 자유를 갖게 될 것이다.'

그놈은 신이었다. 운명이었다. 그리고 집요한 악마였다.

자유는 그놈의 주머니 안에 들어 있었다.

고통과 슬픔과 희생, 그리고 죽음과 피. 그러한 말들과 함께 뒤섞여 있었던 것이다.

그게 자유의 모습이라는 걸 깨닫자 염가연은 제 자신이 너무 불쌍해졌다. 자유를 얻기 위해서는 자기나 류의 희생이 필요하다는 걸 느꼈기 때문이다.

그리고 지금 저렇게 류는 목숨을 건 싸움을 하고 있었다. 자기 자신을 돌아볼 여유가 없을 만큼 삶과 죽음이 종이 한 장의 차이로 엇갈리는 순간들을 수도 없이 맞고 있는 것이다.

'무엇 때문에?'

염가연은 그것을 생각하지 않을 수 없었다.

결국 그녀 자신의 자유를 위해서 그가 저렇게 대신 싸우고 있다는 걸 확인한다.

자기가 한 약속의 말을 위해서, 그리고 사랑을 위해서라고 생각하자 왈칵 눈물이 쏟아졌다.

그녀는 입술을 악물었다.

'죽어서는 안 돼. 여기서 개죽음당할 수는 없어.'

그런 절박함이 그녀에게 새로운 마음과 생각과 기준을 가져다주었다.

남의 손으로 얻어지는 자유라면 자유롭지 못할 것이다. 남의 희생으로 얻는 것은 마음의 빚일 뿐이다.

'내 손으로.'

그녀는 그렇게 생각했다.

그러자 류에게 모든 걸 기대고 의지하려 했던 자신의 모습
이 너무 초라해 보였다.

내 힘으로 해야 한다. 쟁취라는 것이다. 그게 진정한 자유
의 의미일 것이다.

내 힘이 부족함을 느꼈을 때 도움을 받는 것과 처음부터 그
에게 기대고 의지하면서 그가 가져다주기만을 바라는 것과는
하늘과 땅만큼의 차이가 있다.

'내가 해야 해.'

그녀는 자기 자신에게 그렇게 말해주었다.

그건 커다란 용기이면서 자신을 가두고 있던 단단한 껍질
을 깨는 것과 같다.

비로소 염가연은 제 의식을 통제하고 있던 지존보라는 거
대한 압력에서, 저의 나약함에서 벗어나기 시작했다.

꿈을 꾸듯, 마음속으로만 상상하고 그리워하던 것을 떠나
자유의 실체에 스스로 한 걸음 다가선 것이다.

서서히 그녀의 얼굴에 표정이 살아났다. 차갑고 엄숙해진
다. 화가가 흰 화폭을 마주하고 몇 날 며칠 자기와의 싸움을
한 끝에 드디어 붓을 든 것과 같은 것이었다.

그녀는 기대고 있던 나무 둥치를 밀고 한 걸음씩 류와 흑살
수들과의 격전장으로 다가갔다.

'내가 선택한 일에 대한 책임을 져야 할 사람은 바로 나야.
류가 아니라 나야.'

터지도록 입술을 악문다.

"끼야아!"

류가 짐승처럼 포효하며 미친 듯 내달렸다. 십 보 앞에서 검을 흔들고 있는 자에게 온몸으로 부딪치려는 것처럼 보였다.

적에게서 빼앗은 짧고 날카로운 검이 바람을 갈랐다. 그것에 실려 있는 그의 어마어마한 투지가 십혼(十魂)을 질리게 했다.

쨍—!

그의 검이 류의 힘을 받아내지 못하고 튕겨 나갔다. 그 순간 류가 좌장을 힘껏 뻗어 내쳤다.

점(粘)의 비결에 따라 먼저 몸의 중심을 앞에 두고, 발을 구른 순간 굴러 떨어지는 바윗덩이처럼 와락 달려들며 급히 공격한 것이다.

의식과 기운을 억눌렀다가 한 번에 터뜨려 버리니, 발경(發勁)의 이치와 같았다.

그 일장에 실린 힘이 십혼을 놀라게 했다.

"헛!"

그가 급히 숨을 들이켜며 몸을 틀었다.

파앙!

압축되었던 기파가 터져 나가는 충격이 온몸에 전해진다.

중심이 흔들린 그 찰나의 순간을 노린 검이 벼락처럼 떨어졌다.

"크흑!"

십혼이 짧고 낮은 신음을 흘렸다. 미처 검을 들어 방비할 새도 없이 일격을 몸뚱이에 맞은 것이다.

"이, 이런……."

그가 믿을 수 없다는 듯 무어라고 중얼거리며 천천히 무너졌다. 쩍 벌어진 옆구리에서 검붉은 피가 콸콸 쏟아진다.

싯!

독사의 숨소리처럼 짧고 급한 파공성이 들렸다.

류의 뒷덜미를 노리고 팔을 뻗었던 자가 움찔, 몸을 굳혔다. 구혼(九魂)이다.

푸르릉—

그의 소매 속에서 덧없이 발사된 수전(袖箭) 하나가 목표를 잃고 류의 어깨 너머로 날아갔다.

그는 뒤통수 옥침혈에 비도 한 자루가 깊이 박힌 채 물먹은 모래탑처럼 무너졌다.

힐끔 염가연을 돌아보는 류의 눈에 감사의 기색이 스쳐 갔다. 이처럼 지척에서, 등 뒤로 소리없이 다가와 날리는 수전이라면 피하기 어려웠을 것이다.

한 번의 위기를 염가연 덕에 넘긴 류가 나뭇등걸을 뛰어넘었고, 이제 세 명이 남게 된 흑살수들은 혼란에 빠지고 말았다.

류 한 명을 상대하기도 벅찬데 염가연이 끼어들었으니 그렇다.

여태까지 그들은 류를 상대하는 와중에 수시로 그녀를 감시했지만 그녀에게서는 싸우고자 하는 마음이 보이지 않았다. 그들은 그녀의 갈등을 눈치 챘고, 그래서 류에게 집중할 수 있었다.

그런데 그녀가 마음을 정한 것 같으니 상황의 변화가 불가피해졌다.

조금만 더 버티면 막충과 그가 이끌고 있는 본대의 동료들이 도착할 것이다. 그러면 목적을 이룰 수 있다.

그 희망으로 세 놈은 품 자로 벌려 서서 류를 기다렸다. 다섯 걸음 앞이다. 한 번만 더 뛰면 되는 거리. 무릎을 살짝 구부리고, 맹수처럼 도약할 듯하던 류가 갑자기 옆으로 빠졌다.

"엇!"

세 놈이 당황한 외침을 터뜨렸다.

핏, 핏!

두 자루의 비도가 허공을 가른다.

그들은 류의 돌진에 온 신경을 기울이느라 염가연이 시야에서 사라진 걸 미처 알아채지 못하고 있었다.

눈 깜짝할 사이의 순간에 불과했으니 당연한 일인지도 모른다.

성난 짐승처럼 거칠고 사납게 돌진하는 류에게 정신을 집중하고 있을 때, 염가연은 그의 그림자가 된 듯 등 뒤에 숨어서 함께 다가오고 있었던 것이다.

그리고 류가 옆으로 빠지자마자 손에 쥐고 있던 비도를 날렸다.

다섯 걸음 앞.

염가연의 비도는 뇌전과 같았다. 그들이 번쩍이는 빛을 보았을 때는 이미 막거나 피할 수 있는 상황이 아니었다.

퍽!

두 놈의 미간 속으로 비도가 동시에 박혀들었다.

그리고 옆으로 돌았던 류가 나머지 한 놈의 정면으로 와락 다가들었다.

빠악!

놈은 얼굴 복판에 가해지는 무지막지한 충격과 함께 제 뼈가 부서지는 소리를 제 귀로 들어야 했다.

부드득!

무섭게 이 가는 소리가 숲 속에 울렸다. 괴괴한 어둠에 잠겨가고 있던 숲이 두려움으로 떠는 것 같다.

막충이었다.

그는 세 명의 수하들이 죽어 있는 걸 보고 있었다.

한 명은 얼굴이 움푹 꺼진 걸로 보아 괴한의 솜씨가 분명했다. 그러나 두 명은…….

"옥봉각주 염가연. 그것이 정녕 죽고 싶어 안달이 난 모양이군."

그녀의 이름을 이제는 함부로 불렀다. 공경심은커녕, 증오와 살기만 깃들어 있다.

그는 밀천의 밀자에 지나지 않았다. 밖에서는 대단한 신분이요, 영향력을 과시하겠지만 지존보의 각주와는 엄연한 직급의 차이가 있다.

그러나 그는 이제 더 이상 염가연을 각주로 인정하지 않았다. 제 수하들을 향해 비도를 날렸고, 그들의 목숨을 빼앗은 반역자이면서 적도로 대할 뿐이다.

이곳까지 추적해 오면서 그가 이끌던 이십오 명의 흑살수 중 열한 명이 죽었다.

"이건 정말 믿고 싶지 않은 일이다."

막충의 중얼거림에 무시무시한 살기가 실렸다.

그들 중 세 명이 염가연의 비도에 희생되었으니 그녀에 대한 증오도 더욱 커졌다.

도대체 그놈이 누구란 말인가? 누구이기에 혼자서 밀천의 흑살수들을 여덟 명이나 처리할 수 있는 건지 더욱 궁금해진다.

그들은 처음의 계획대로 남쪽을 향해 필사의 힘을 다해 도주하고 있는 중이었다. 그렇다면 머지않아 빙혼이 이끌고 있는 이십오 명의 매복조에게 걸릴 것이다.

그전에 제 손으로 해결하고 싶었는데 이처럼 희생만 커졌으니 어이없기도 했다.

"조금 쉬었다 가."

염가연이 숨을 헐떡이며 겨우 말했다. 그녀는 보기에도 안쓰러울 만큼 지쳐 있었다. 헝클어진 머리카락과 군데군데 나뭇가지에 긁혀 찢어진 옷, 땀으로 범벅이 되어 있는 창백한 얼굴 등이 전혀 다른 사람 같다.

십여 걸음 앞서고 있던 류가 돌아와 그녀를 부축했다.

염가연이 제 체중을 모두 류의 팔에 맡기고 늘어졌다.

"아직 끝나지 않았어. 놈들이 곧 따라올 거다."

"설마, 그렇게 많이 죽였는데 아직도 더 있겠어?"

"아니, 내 직감이 말해주고 있다. 틀림없어."

염가연은 류의 말을 믿고 싶지 않았다. 이제는 다 끝났다고 그가 말해주기를 바란다.

하지만 그녀도 그렇지 않다는 걸 잘 알고 있었다.

밀천의 흑살수들이 어떤 자들인가. 한 번 노린 먹잇감은 절대로 포기하지 않고, 놓치지도 않는 저승사자들.

그러니 이쯤에서 물러갈 리가 없다.

염가연이 믿지 못하는 건 그 숫자에 대해서였다. 대체 얼마나 많은 놈들이 쏟아져 나온 건지 의아해진다.

그녀가 알고 있는 한 밀천에 속한 흑살수들은 백여 명에 불과하다. 어지간한 일로는 그들 중 열 명 이상 나서지 않았다.

그래서 처음 그녀는 삼 개 조 아홉 명쯤이 와 있을 거라고 짐작했던 것인데, 형편없이 틀렸다.

여기까지 오는 동안 저와 류의 손에 죽은 자들만 해도 벌써 열한 명이지 않은가.

'무서운 사람.'

이토록 치밀하게 준비해 놓은 조작량에 대하여 그런 생각이 다시 떠오르지 않을 수 없었다.

그녀는 기껏해야 밀천의 밀자 한두 명이 십여 명의 채반자를 모아서 제 행로 주변의 수상한 기미를 탐지할 것이라고 생각했었다.

그래서 그들이 뒤따르고 있으리라 짐작은 했지만 이처럼 많은 흑살수들을 동원하고 있으리라고는 상상도 하지 못했다.

'나를 미끼로 쓴 게 아닐까?'

그런 의문마저 든다.

그가 그만큼 자신의 안위에 대하여 신경을 쓰고 있다는 건 생각하고 싶지 않았다. 그래서 애써 무시한 것이다.

류는 그녀를 끌다시피 하며 점점 깊은 숲 속으로 들어갔다. 길도 없고 방향도 없다. 이어지는 능선을 따라 쉬지 않고 나아가는 것이다.

이와 같이 쫓기며 달아나는 일에는 전혀 경험이 없는 류였다. 염가연도 그렇다.

류는 표기령의 애송이들 손에서 그녀를 빼앗아오기만 하면 되는 일이라고 생각했다. 이처럼 많은 추적자들이 보이지 않는 곳에 숨어서 그녀를 호위하고 있을 줄은 몰랐다.

치밀하게 쳐놓은 그물 속으로 떨어진 것 같은 불쾌함을 지울 수 없다.

류는 단순하게 생각하기로 했다. 이왕 이렇게 된 일이라면 달리 방법이 있을 수 없기도 하다.

가로막는 자가 있으면 죽인다. 길이 있든 없든 부지런히 달아나고 또 달아난다. 그러다 보면 언젠가는 그들의 추격에서 벗어날 수 있지 않겠는가.

하지만 그와 같은 생각을 했다는 것 자체가 이와 같이 쫓기고 달아나는 일에 경험이 전혀 없다는 걸 단적으로 드러내 주는 일이다.

그나마 발전한 것이, '그렇다면 어렵고 힘든 길을 택하는 게 낫지 않을까?' 하는 것이었다. 달아나기에 어려운 길이라면 뒤쫓는 자들에게도 그럴 것이기 때문이다.

그래서 굳이 깊고 울창한 숲을 택했고, 가파른 벼랑을 택했으며, 깊은 골짜기를 건넜다.

류 혼자라면 더 빠르게 그것들을 지나갔을 것이고, 그랬으면 밀천의 추적자들과 거리를 벌릴 수 있었을지 모른다. 하지만 염가연은 그렇지 못했다.

그녀는 이처럼 험한 길을, 쉬지도 못한 채 강행군해 본 적이 없었다. 내력도 바닥이 나고, 근근이 류의 팔에 의지해 걸음을 옮길 뿐이었다. 얼마나 더 버틸 수 있을지 모른다.

류도 조금씩 지쳐 가고 있었다. 이곳까지 오는 동안 목숨을 건 싸움을 여러 차례 했고 조금도 쉬지 못했기 때문이다.

철골 같은 그의 체력도 처음과 달리 많은 피곤을 느끼고 있었다. 쉬어야 하지만 그럴 수가 없다.

몇 놈 처치해 버리면 끝날 것이라고 여겼던 처음의 생각을 버리지 않을 수 없었다. 이제는 언제 끝날지 모른다는 불안감이 찾아든다.

쫓는 자보다 쫓기는 자가 더 힘들고 더 빨리 지치게 마련이다. 류는 저놈들이 노리는 것도 그때인지 모른다고 생각했다.

꼼짝없이 사로잡히거나 죽게 될 것이다. 그렇게 되기 전에 이곳을 벗어나야 하는데 지금으로서는 아득하기만 했다.

류는 어쩔 수 없는 일이라고 생각했다.

그녀를 데리고 편한 길을 택했다면 지금보다 더 빨리 나아갈 수 있었겠지만, 그만큼 추적자들도 빨리 쫓아올 수 있을 것이다.

이것이 내게 주어진 상황이라면 최선을 다할 뿐이다.

그런 신념과 오기 하나로 그녀를 끌며 빠르게 어둠에 먹혀 가고 있는 숲 속을 무작정 헤매고 있다.

그들은 알지 못했지만 남쪽으로 뻗은 능선을 따르고 있는 중이었다. 경험이 없는 류와 지친 염가연은 그들이 지나가는 곳마다 흔적을 남겨놓았다.

함부로 꺾인 나뭇가지와 습지에 푹푹 빠진 발자국들, 그리고 더러는 찢겨 나간 옷 조각이 군데군데 걸려 있기도 했다.

그것은 사슴을 쫓는 늑대처럼 집요하게 따라붙고 있는 흑살수들에게 환하게 길을 밝혀주는 거나 다름없었다. 그들이 빠르고 은밀하게 거리를 좁혀왔고, 앞에는…….

흐름을 느낀다.

호흡을 통해 스며들고 나가는 그것.

나무와 바람과 짐승의 체취. 이 산이, 숲이 가지고 있는 그런 기운과는 다른 무엇이다.

류가 우뚝 멈추어 섰다.

"왜?"

염가연이 놀란 얼굴로 더욱 바짝 붙어 서며 속삭이듯 물었다. 그녀의 단 숨결이 훅, 끼쳐 온다.

손가락으로 입을 가려 보인 류가 조용히 멈추어 서서 유화비결을 운용했다. 자연의 기운을 거침없이 빨아들이고 뱉어내자 조금 더 명확하게 이질감이 느껴졌다.

'지독한 놈들.'

이제는 넌더리가 났다. 끈질기고 악착같은 놈들이라고 투덜거리지 않을 수 없다.

류가 눈짓으로 저 앞쪽 어둠 속을 가리켰다. 염가연이 눈치를 챈다. 그녀의 땀으로 범벅이 된 얼굴이 창백해졌다.

"도대체…… 몇 명이나 동원된 거지?"

그녀가 질린 얼굴로 중얼거렸다.

설마 흑살수들 모두가 이 산에 기어들어 와 바글거리는 건 아닐까? 하는 생각이 절로 든다.

류를 본다. 그의 지쳐 있는 모습이 그녀의 눈을, 마음을 아프게 했다.

그녀 자신도 지칠 대로 지쳐서 물먹은 솜처럼 늘어져 있었다. 이 상태로 얼마나 버틸 수 있을지, 류를 도와 싸워줄 수 있을지, 과연 그에게 도움이나 될 수 있으려는지 스스로도 회의적이 된다.

문득 '이대로 여기서 이렇게 죽어버려도 좋지 않을까?' 하는 생각이 들었다. 류와 함께 이름도 없는 이 산속, 골짜기에서 죽어 짐승의 먹이가 된다고 해도 영혼은 행복할 거라는 믿음이 생겼다.

내 의지로, 자유롭게, 그것도 사랑하는 사람과 함께 죽는 것이기 때문이다.

그녀가 그런 생각을 할 때 류는 어금니를 악물었다. 몇 놈이 되었든 맥없이 당하지는 않겠다는 결심을 새롭게 한다.

"가자."

염가연의 손목을 끌었다.

"괜찮겠어?"

"괜찮지 않으면? 별수없잖아?"

류가 어깨를 으쓱했다. 웃는다. 자신을 안심시키려는 그 웃음이 염가연에게도 힘을 전해주었다.

이 사람이 이렇게 애쓰는데 내가 맥을 놓고 있기만 할 것인가. 죽으면 함께 죽고, 살아도 함께 사는 거다. 그런 생각으로 그녀는 마지막 용기를 끌어냈다.

그녀가 류의 손을 꼭 쥐며 말했다.

"그래, 가는 거야. 한 걸음을 걷다가 죽어도 그만큼 행복해질 테니까."

"행복해진다고?"

"지존보로부터 그만큼 더 멀어진 거잖아? 그리고 너와 그만큼 더 함께 있었다는 것이고."

두 사람의 눈길이 뜨겁게 부딪쳤다. 떨어지지 않는다.

"가자."

그녀의 손목을 놓은 류가 앞서 성큼성큼 걸었다. 그녀의 말에 부쩍 힘을 얻은 것이다.

몇 번 깊은 심호흡을 한 염가연이 다섯 자루의 비도를 꺼내 두 손에 나누어 쥐고 그 뒤를 따랐다.

첫 번째 부딪침은 왼쪽으로부터 갑자기, 그리고 격렬하게 다가왔다.

와사삭, 하고 나뭇가지 흔들리는 소리가 났을 때 류는 돌아보지도 않고 있는 힘껏 그곳을 향해 뛰어들었다. 거의 반사적으로 움직이는 것 같다.

"엇!"

당황한 자의 낮은 외침.

류의 반응이 이처럼 신속하고 갑자기 이루어질 줄 몰랐던 그자는 어리둥절해졌다. 제가 먹잇감을 노리고 기습을 한 게 아니라 류에게 기습당한 것 같은 착각이 든다.

아직 검을 반도 뽑어내지 못했다. 하지만 벌써 류의 부릅뜬 눈은 코앞에 닥쳐들고 있었다.

쉿!

그의 갈퀴 같은 다섯 손가락이 얼굴을 덮어온다.

기겁한 놈이 뒤로 힘껏 몸을 젖혔다. 쉬잉, 하는 바람 소리를 내며 류의 손가락이 가슴 위를 스치고 지나간다. 놈이 옆으로 돌아 빠져나가려고 할 때 무릎에 참을 수 없는 통증이 왔다.

빠각!

무릎 뼈가 박살 나는 끔찍한 소리가 온몸에 울린다. 하지만 놈은 이를 악물고 비명을 참았다.

부릅뜬 눈으로 얼굴 위에 떨어지는 류의 발꿈치를 바라본다.

빡!

그게 끝이고, 시작이었다.

와사삿!

좌우의 숲이 요란하게 흔들렸다. 두 놈이 소리도 없이 튀어
나온다. 하지만 그놈들은 미처 세 발짝을 뛰지 못했다.

싯!

짧고 격한 파공성과 함께 유성처럼 날아든 두 자루의 비도
에 미간과 인후를 꿰뚫려 버리고 만 것이다.

"끄으으—"

두 놈이 답답한 신음을 흘리며 중심을 잃고 고꾸라졌다.

눈 깜짝할 사이에 일 개 조 세 놈이 목숨을 잃었다.

마지막 힘을 쥐어짠 류의 움직임이 그 어느 때보다 격렬했
다면, 역시 마지막 힘을 쥐어짠 염가연의 비도술 또한 그 어
느 때보다 신랄했던 것이다.

두 사람은 숲을 뚫고 마구 달렸다. 얼굴을 때리고 목덜미를
긁으며 옷을 찢는 나뭇가지쯤은 신경 쓰지도 않는다.

상처 입은 짐승이 함부로 뒹굴 듯 마구 달려갈 뿐이다.

第二章
삶과 죽음의 갈림길

第二章

"지독한걸?"

한 그루 높은 나무 위에서 그 모습을 바라보던 빙혼이 중얼거렸다.

막충의 추적을 따돌리고 이곳까지 온 게 놀랍고, 방금 세 명의 흑살수를 처리해 버리던 솜씨의 신속함과 깨끗함이 놀랍다.

염가연이야 충분히 그럴 수 있는 고수라고 생각했다. 그녀의 비도술을 한 번도 본 적은 없지만, 지존보의 각주라면 적어도 그 정도의 솜씨는 지녔어야 마땅하다.

하지만 얼굴을 알아볼 수 없는 괴한은 그렇지 않았다. 그의 눈부신 몸놀림과 투지가 빙혼을 어리둥절하게 했다.

강호에 저런 놈이 있었단 말인가? 하는 의문이 든다.

그러는 사이 다시 세 놈이 류의 검에 찔리고 베어져 쓰러졌다.

류는 두 자루의 짧고 거무튀튀한 검을 빼앗아 들고 있었는데, 그것을 자유롭게 썼다.

쌍검술의 고수를 보는 것 같았다.

삐익—!

빙혼이 손가락을 입 안에 넣어 짧고 날카롭게 휘파람을 불었다.

그리고 훌쩍 몸을 날려 야조(夜鳥)처럼 어둠을 타고 사라졌다.

'한 명씩 달려들어서는 오히려 저놈의 먹이가 될 뿐이다.'

빙혼은 그렇게 판단했다. 그리고 그의 판단은 옳았다.

구석에 몰아넣고 한꺼번에 들이쳐 짓밟아 버리는 것만이 류를 상대할 최선의 방법이었던 것이다.

갑자기 툭 트인 공간이 나왔다. 북쪽으로 비스듬히 완만하게 경사가 져 있는 곳인데, 작은 바위들이 삐죽삐죽 솟아 있을 뿐 나무 한 그루 없이 휑한 공터였다.

뒤에서 요란한 호각 소리가 들렸다.

류는 염가연의 손을 쥔 채 멈추어 서서 공간 저 건너의 숲

을 바라보았다. 열 걸음쯤 뛰어야 건너갈 수 있을 만한 거리
인데, 선뜻 그 공간 속으로 들어설 마음이 들지 않았다. 몸을
숨길 만한 아무것도 없기 때문이다.

가쁜 숨을 헐떡이는 그녀를 바라본다. 뒤에서 쫓아오는 기
척이 더 가까워졌다. 류는 초조해진 마음으로 공간 건너편의
어두운 숲을 노려보았다.

사방에서 좁혀들고 있는 추적자들의 기척이 느껴지고 있
었다. 더 머뭇거리고 망설일 새가 없다.

"뛰어!"

그녀에게 짧게 말하고 무섭게 손목을 잡아끌었다. 그리고
달려나간다.

파아아—

기다렸다는 듯 좌우의 숲 속에서 석궁으로 쏘아대는 짧은
화살이 날아들었다. 십여 개의 번갯불이 한꺼번에 치는 것 같
다.

지척에서 날아오는 그 맹렬한 궁시를 다 피할 수는 없다.
게다가 염가연을 보호해야 한다.

류가 이를 악물었다. 온몸의 기운을 일으켜 방출하자 그의
옷이 바람을 잔뜩 머금은 것처럼 부풀어 올랐다.

퍼퍼퍼퍽!

그 옷에 화살들이 박혀든다. 그리고 류가 휘두르는 두 자루
의 검이 두 개의 원을 그리며 휘돌았다.

요란한 소리를 내며 튕겨져 나가는 화살들이 사방으로 어지럽게 비산한다.

"아!"

염가연의 낮은 비명 소리가 들렸다. 허벅지에 한 대의 화살이 박힌 것이다.

퍼퍽―!

잠깐 그녀에게 한눈을 파는 사이에 두 대의 화살이 그의 검막을 뚫고 들어와 왼쪽 어깨와 옆구리에 박혔다.

"앗!"

류도 비명을 터뜨렸다.

불로 지지는 것 같은 통증에 머리끝이 곤두선다. 이를 악문 그가 주저앉으려는 몸을 가까스로 추스르고 염가연을 일으켜 세웠다.

"뛰어! 여기서 멈추면 안 돼!"

화살이 박힌 그녀의 왼쪽 다리가 땅에 끌렸다.

그녀를 안다시피 하고 류는 필사적으로 뛰었다. 그러는 동안에도 화살은 계속 쏟아졌고, 류는 이제 오른손으로만 검을 휘둘러 저와 염가연을 보호할 수밖에 없었다.

땡강거리는 소리들이 귀를 따갑게 한다. 그리고 다시 두 대의 화살이 그의 몸뚱이에 박혔다. 염가연의 어깨에도 한 대의 화살이 더 꽂힌다.

류는 그녀를 질질 끌다시피 하며 겨우 개활지를 건널 수 있었다.

맞은편 숲으로 뛰어들기 무섭게 부딪쳐 오는 자들이 있었다.

숨소리마저 감추고 숨어 있던 악랄한 매복자들이다.

땀이 눈 속으로 흘러들어 따가웠다. 정신이 어질어질해지고 기운이 자꾸 빠져나간다.

몸이 천근만근으로 무거워져서 그대로 주저앉아 버리고만 싶었다. 하지만 그럴 수 없다.

류는 저의 한을 생각하고, 이제는 모든 것을 저에게 맡기고 늘어져 있는 염가연을 생각했다.

악이 솟구쳤다.

기력은 탈진 지경에 이르렀고, 몸에 꽂혀 있는 화살들 때문에 움직일 때마다 뼛속 깊이 무지막지한 고통이 스며들었다. 절로 이가 갈릴 지경이다. 하지만 치솟는 악과 독기가 그것들을 견디게 해주었다.

이제 류의 힘은 유허비결로 끌어들인 기운이 아니라 그의 지독한 악과 한에서 나왔다.

"이얍!"

그의 단말마같이 처절한 고함 소리가 온 산에 쩌르릉 울렸다.

파앙!

검이 허공을 갈랐다. 빠르고 맹렬하다. 그 위에 독기까지 더해졌으니 오히려 몸이 성했을 때보다 지독했다.

"컥!"

가장 먼저 부딪쳐 왔던 한 놈이 그것을 감당하지 못하고 쓰러졌다. 검이 자루만 남기고 그놈의 가슴 깊이 박혀 버렸다.

검을 버린 채 비켜서자 두 놈이 갑자기 생겨난 것처럼 죽은 놈의 등 뒤에서 떨어져 나왔다.

핏!

류를 노리고 좌우에서 맹렬한 검격을 날린다.

놈들은 이제 오직 류만 노리고 있었다. 움직임을 잃은 것이나 다름없는 염가연은 돌아보지도 않는다. 류만 쓰러뜨리면 그녀는 저절로 손에 들어올 것이니 그렇다.

하지만 그들은 아직 그녀가 손 안에 두 자루의 비도를 감추어 쥐고 있다는 걸 간과했다.

그리고 그 결과는 돌이킬 수 없는 죽음이었다.

쉿!

그녀가 마지막 기력을 쥐어짜 던진 두 자루의 비도가 지척에서 두 놈의 인후를 노리고 날아들었다. 놈들이 기미를 눈치챘을 때는 그것들이 이미 퍽, 퍽! 하고 인후 깊숙이 박히고 난 뒤였다.

"끄으으—"

놈들의 목에서 기괴한 소리가 났다.

손바닥으로 얼굴의 땀을 훔쳐 뿌리고 난 류가 비로소 정신을 차렸다. 코앞에서 검을 움켜쥔 채 쓰러지고 있는 놈들을 본다. 아찔했다.

"어서, 어서…… 가……."

염가연이 화살이 박혀 있는 다리를 뻗대고 주저앉은 채 손을 내저었다. 그녀의 얼굴에서 핏기가 점점 사라지고 있다.

"함께 가는 거야!"

버럭 소리친 류가 다시 그녀를 부축해 일으켰다. 질질 끌다시피 하며 필사적으로 달려간다. 그 뒤와 좌우에서 추적자들이 달려나오고 있었다.

달빛도 스며들지 않는 깊은 숲의 어둠 속에서 한 사람이 성큼 걸어나왔다. 얼음장처럼 차가운 눈길에 뾰족한 턱.

'빙혼!'

시커먼 윤곽만으로도 류는 단번에 그자를 알아보았다.

"가려고?"

빙혼이 두 팔을 활짝 벌려 가로막고 서서 싸늘한 비웃음을 흘렸다.

류는 그 목소리도 생생히 기억하고 있었다.

뱀처럼 차가운 눈으로 힐끔힐끔 바라보며 제남부중에서 수색했던 곽빙호의 일을 이야기해 주던 그때를 잊지 못하고 있다. 그만큼 인상 깊었던 자인 것이다.

그놈이 밀천의 흑살수들을 이끌고 뒤쫓아왔다니 우습기만

하다.

'내가 저놈을 기억하듯, 저놈도 나를 기억할 것이다.'

그래서 류는 한마디도 말을 할 수 없었다. 눈빛마저 흐릿하게 하고 거친 숨을 헐떡일 뿐, 빙혼과 눈을 마주치지도 않았다.

빙혼이 잔혹하고 악독한 놈이라는 걸 류는 그를 처음 보았을 때 느꼈다. 저놈의 손에 떨어진다면 죽는 것보다 더한 모욕과 고통을 겪어야 할 것이다.

그를 노려보고 있던 빙혼이 조금씩 다가오며 말했다.

"무릎을 꿇어. 목숨은 살려주겠다."

"……."

"흐흐, 놈, 그렇게 겁먹을 거 없다. 내가 살려주겠다면 살려주는 거야."

다섯 걸음 앞까지 다가왔다. 이제 한 번 도약하면 될 거리다.

류가 모자를 더욱 눌러썼다. 땀과 피에 젖어 번들거리는 검은 수염과 모자 때문에 반짝이는 눈만 보인다.

그 눈마저 빙혼에게 맞추지 않고 이리저리 시선을 옮기고 있다.

그의 시선이 옆을 힐끔거리는 순간, 빙혼이 땅을 박찼다.

팟!

극쾌(極快)한 소혼풍(銷魂風)의 경공신법이다.

시잇—

벼락처럼 닥쳐드는 빙혼을 보던 류가 흰 이를 드러내고 소리없이 웃었다. 등 뒤에 감추고 있던 짧은 검을 불쑥 내밀더니 힘껏 휘둘러 찍는다.

"엇!"

제 몸도 가누기 힘들 만큼 지쳐 있는 자 아니던가. 그놈의 가슴을 움켜쥐려는 생각에만 가득 차 있던 빙혼에게 그 일격은 의외의 기습이었다.

크게 놀란 빙혼이 급히 몸을 떨어뜨리며 맴돌았다. 하지만 류는 이미 악독한 노림수를 준비하고 있던 터다. 그대로 놓아 보낼 리가 없다.

그가 이를 악물어 상처의 고통을 참으며 힘차게 한 발을 내딛었다.

씨잉—

검이 천변만화의 변화를 감춘 채 열십자로 빙혼을 쪼개갔다. 그의 상체가 한순간 류가 뿜어내는 검광에 갇혀 버렸다.

빙혼의 낯빛이 창백해졌다. 온 힘을 다해 쌍장을 마구 후려치며 신법을 밟지만 한 번 빠져든 위기에서 쉽게 벗어날 수가 없었다.

어지럽게 몸을 비틀고 흔들면서 류의 그 재빠르고 맹렬한 검격을 본다. 현기증이 났다.

류의 일검에는 여덟 개의 변화가 깃들어 있었다. 매 변화

속에는 다시 여덟 개씩의 암수가 감추어져 있는 지독한 초식이다.

빙혼은 그 검격 앞에서 언뜻 보주의 검법을 떠올렸다. 이 긴박한 순간에 왜 갑자기 보주의 패왕검법이 떠올랐는지 모른다.

'방심했다!'

뼈아픈 후회가 빙혼의 강철 같은 심장마저 떨리게 했다.

삼무잔도(三無殘刀)라고 불리는 칼을 뽑아 마주 후려칠 틈도 찾을 수 없는 절체절명의 순간. 빙혼이 죽음을 각오하고 쌍장을 떨쳐 냈다.

"이얍!"

놀란 외침과 함께 거푸 벽공장(劈空掌)을 후려친다.

두터운 장력의 막이 겹겹이 드리워져서 철벽처럼 압박해 왔지만 류는 개의치 않았다. 오직 검을 휘둘러 무섭게 쪼갤 뿐이다.

콰콰쾅―!

빙혼의 벽공장이 류의 검을 두드리자 요란한 폭음이 터져 나왔다.

밀천의 밀자들 중에서도 십위(十位) 안에 꼽히는 막강한 고수 빙혼. 그러나 최후의 일격이라는 생각으로 펼친 류의 무시무시한 기세 앞에서는 흔들리지 않을 수 없었다.

"과연 대단하다!"

경황 중에도 감탄성을 터뜨린 빙혼이 미친 듯 두 손을 휘둘러 장력을 쏟아내며 물러섰다.

그는 이처럼 쿵쿵거리며 다섯 걸음이나 밀려나 본 적이 거의 없었다. 몸에 네 대의 화살을 맞았고, 기력이 쇠진해 헐떡이는 류의 초인적인 힘과 검법의 위력에 놀랄 뿐이다.

그가 뒤로 쓰러질 듯 허리를 꺾으며 힘껏 발을 굴렀다.

씨잉—

류의 검이 콧잔등을 아슬아슬하게 스치고 지나간다.

등줄기가 서늘해진 빙혼은 머리 너머로 손을 뻗어 땅을 치며 두 바퀴나 재주를 넘고 나서야 간신히 벗어날 수 있었다.

그 틈에 몸을 빼낸 류가 염가연을 이끌고 미친 듯 달려갔다. 멀어지는 그의 등을 보며 빙혼은 부드득 이를 갈았다.

어디를 어떻게 무슨 정신으로 달려왔는지 모른다. 두 사람은 풀무처럼 거칠게 숨을 헐떡였다.

앞에는 깎아지른 절벽이었다. 갑자기 눈앞이 훤해지더니 숲이 끝나 버린 것이다.

발아래 까마득히 넘실거리는 누런 물줄기가 보인다. 긴 뱀이 꿈틀거리며 기어가는 것 같았다.

달빛을 받아 반짝이는 그것. 황하의 줄기다.

"호호호, 어디로 더 달아날 테냐?"

뒤에서 음침한 음성이 들려왔다. 류는 더 이상 가망이 없다는 걸 깨달았다.

한 번의 기습도 실패로 돌아갔고, 몸에는 기력도 남아 있지 않았다. 그러니 아무리 빠르게 달려간다고 해도 저놈은 그저 큰 걸음으로 따라오는 것만으로도 충분할 것이다.

류가 흐려지는 정신을 애써 붙들며 염가연의 손을 꼭 잡았다. 그녀의 작은 손이 애처롭게 떨리고 있다.

"여기가 끝인가 보다."

류의 말에 그녀가 입술을 악물었다. 두 볼을 적시며 흘러내리고 있는 것이 눈물인지 땀인지 알 수 없다.

그녀가 애써 울음을 참는 음성으로 속삭였다.

"상관없어. 지금 죽어도 난 행복할 거야."

"그렇다면 망설일 것 없지. 죽는 거야."

류가 그녀의 손을 더욱 힘주어 잡았다. 염가연의 얼굴에 처연한 미소가 떠올랐다.

"어떻게? 싸우다 죽을까?"

류의 입가에 차가운 웃음이 스쳐 간다.

"나에게 생각이 있어. 내 죽음은 내가 정할 거다."

"맞아. 그게 멋진 일이라고 했었지. 그럼 그렇게 해, 어디든 나는 따라갈 테니까."

"눈을 감아."

그녀가 말 잘 듣는 아이처럼 질끈 눈을 감았다.

빙혼의 뒤로 여섯 명의 흑살수가 부챗살처럼 퍼진 채 천천히 다가오고 있었다. 저 한 놈에게 스무 명 가까운 동료를 잃었다는 것 때문이리라. 뼛속까지 스머드는 지독한 살기를 뿜어내고 있다.

손등으로 얼굴의 땀을 훑어 뿌리는 류를 보면서 빙혼이 비웃음을 흘렸다. 류의 그 모습이 마치 눈물을 훔치는 것처럼 보였던 건지도 모른다.

"분한 거냐? 아니면 겁이 나는 거냐?"

류가 부드득 이를 갈며 반 걸음 더 물러섰다. 뒤꿈치가 허전해진다. 벼랑 끝에 선 것이다.

"흥! 죽으려고? 그렇게 쉽게?"

빙혼이 비로소 류의 의도를 눈치 챈 듯 긴장했다. 그리고 주저없이 다가온다.

"호호호."

빙혼의 음침한 웃음이 격한 분노를 띠고 있었다. 조금 전과 같은 기습도 이제는 통하지 않을 것이다.

뒤에는 지옥으로 흘러드는 것 같은 강물이 있고, 앞에는 빙혼이 있다.

류는 삶과 죽음을 결정해야 할 때라는 걸 알았다. 억울하지는 않았다. 분할 뿐이다.

"꿇어라!"

빙혼이 치솟는 살기를 억누르며 스산하게 말했다.

류가 흰 이를 드러내고 소리없이 웃는다.

“죽일 놈.”

그것을 보며 빙혼은 천천히 삼무잔도를 뽑았다. 수많은 고수의 피를 빨았을 그 칼이 새파란 요기(妖氣)를 띠고 번쩍였다.

뱀처럼 차갑고 싸늘한 눈길. 그것이 스윽, 미끄러져 다가온다.

싯!

삼무잔도가 허공을 끊었다. 비릿한 피 냄새가 맡아지는 것 같았다.

“이얍!”

이를 악문 류가 벼락같은 기합성을 터뜨리며 힘껏 검을 휘둘렀다.

그게 누가 되었든 마지막 발악은 무섭다. 치명적인 위험을 감추고 있게 마련인 것이다.

류의 검을 겪어본 빙혼은 더 이상 방심하지 않았다.

그가 손목을 털듯이 한 번 떨쳤다. 그러자 삼무잔도가 수십 개의 칼빛을 허공 가득 뿌리며 맹렬하게 좌우를 휩쓸었다.

우우웅—

칼에 실려 있는 무거운 기운이 주변의 공기를 뒤흔든다.

카카캉—!

쇠를 긁어대는 소리가 쏟아졌다. 그리고 류의 짧은 검이 맥없이 동강나 버렸다.

이를 악문 류가 그것을 빙혼의 얼굴에 집어 던지며 달려들었다.

"훙!"

간단하게 칼을 튕겨 버린 빙혼이 코웃음을 쳤다.

그의 눈에는 류가 발악하는 것으로 보였다. 죽기 직전의 야수가 마지막 발악을 하는 것과 다름없다고 여겼다.

번개처럼 쳐오는 류의 주먹쯤은 안중에도 없는 듯, 두 번 비켜서더니 그대로 칼을 휘둘러 정수리를 찍었다.

류는 이를 악물었다. 죽을 때 죽더라도 이놈을 그대로 둘 순 없다는 오기가 그에게 몇 배는 더 큰 힘을 가져다주었다.

"끼야압!"

류가 괴성 같은 부르짖음을 터뜨리며 권과 장을 맹렬하게 쳐내고 두 발을 번갈아 미친 듯 걷어찼다. 코앞에 떨어지는 빙혼의 칼 따위는 무시한 채 오직 죽기로 달려드는 것이다.

기력의 뒷받침이 없는 탓에 허세에 지나지 않았지만 빙혼을 놀라게 하기에는 그것만으로도 충분했다.

"대단하다!"

빙혼이 조금 전 그의 검격을 겪었을 때처럼 또 한 차례 감탄성을 터뜨렸다.

"네놈이 과연 무서운 놈이었구나!"

소리치면서 좌장을 마주 쳐내는 동시에 빗나간 칼을 당겨서 비스듬히 후려쳤다.

꽝!

류의 주먹과 빙혼의 장이 부딪치자 벼락치는 소리가 났다.

"크윽!"

류가 신음을 흘렸다. 장력을 부딪친 순간 어느새 빙혼의 칼에 옆구리를 찍힌 것이다.

"이놈!"

빙혼이 피를 빨아들인 칼을 뽑아내며 다시 좌장을 후려쳤다.

한껏 일으킨 청살공(靑殺功)으로 인해 청옥(靑玉)처럼 푸르게 변한 손바닥이 비틀거리는 류의 가슴에 사정없이 박혔다. 청살장이라고 불리는 지독한 독장(毒掌)이다.

펑!

옆구리를 찍힌 것보다 가슴으로 파고든 그 청살장이 류에게는 더욱 치명적이었다.

그가 피를 토해내며 뒤로 넘어졌다. 몸이 완전히 꺾이기 전, 부릅뜬 그의 눈과 빙혼의 눈이 허공에서 딱 마주쳤다.

'웃어?'

빙혼이 눈살을 찌푸렸다. 고통으로 얼굴이 일그러졌지만 류의 눈은 분명 웃고 있었다.

등이 바닥에 닿으려는 순간, 류가 염가연의 손목을 낚아챘다. 그리고 온 힘을 다해 발끝으로 땅을 찬다.

그가 염가연을 끌며 뒤로 밀려갔다.

"앗!"

빙혼이 놀라 소리치며 몸을 날렸다. 그러나 류를 붙잡기에는 한 걸음 늦고 말았다.

한 덩어리가 된 두 사람의 몸이 돌덩이처럼 절벽 아래로 떨어지더니 이내 누런 황토의 강물 속으로 빨려 들어가 버리고 말았다.

"이, 이런!"

절벽 위에서 빙혼이 발을 굴렀다.

류는 몸뚱이가 물에 부딪치는 충격에 익숙해져 있으나 염가연은 그렇지 못했다.

류가 제 몸으로 감싸 보호했지만, 가뜩이나 기력이 탈진해 있던 그녀는 물 위에 떨어지는 충격을 견디지 못하고 의식을 잃어버렸다.

류의 기력도 바닥이 드러난 상태였다. 게다가 네 대의 화살을 몸에 꽂은 채였고, 마지막으로 빙혼의 칼에 옆구리를 길게 베었으며, 그의 청살장을 고스란히 맞았다.

어지간한 사람이라고 해도 강물에 떨어지기 전에 숨이 끊어졌을 일이다. 그러나 류는 끈질기게 제 목숨과 의식을 붙들고 있었다.

무엇이 그렇게 지독한 집념을 갖게 했는지는 그만이 알 뿐이다.

십 년 동안이나 날마다 거친 파도 속을 헤엄치며 살아온 류였다. 누런 강물이 아무리 깊고 물살이 거세다 한들 바다에 비할 수 없다.

류는 한 팔로 염가연을 끌어안은 채 초인적인 의지력을 발휘해 헤엄쳐 나아갔다.

위에 있는 자들이 보지 못하도록 절벽에 바짝 붙어서 얼굴만 겨우 수면 위에 내놓고 있었으므로 빙혼 등은 그가 살았는지 죽었는지 확인할 수가 없었다.

그들은 류가 죽었다고 믿었다. 여태까지 빙혼의 청살장을 맞고 살아난 자가 없기 때문이다.

지금 당장 죽지 않았다고 해도 며칠 안에 죽게 될 것이다.

어쨌든 시체라도 끌고 돌아가야 한다.

"찾아!"

빙혼의 명령에 흑살수들이 절벽에 달라붙었다. 아무리 절세적인 경공신법을 발휘한다고 해도 나무뿌리를 붙들고, 돌 틈을 붙잡으며 내려가야 하니 더딜 수밖에 없다.

그들이 물가로 내려왔을 때는 두어 식경이나 지난 후였다.

도도하게 흐르는 황하의 물줄기에 달빛만 휘영청 내려앉고 있을 뿐, 어디에서도 류와 염가연의 시체를 찾아볼 수 없었다.

류는 정신을 차리기 위해 안간힘을 다했다. 몸이 무거운 돌덩이처럼 가라앉아 있었다. 손가락 하나 까닥일 힘도 남아 있지 않다.

하지만 그는 의식을 되찾았다. 언제부터 제가 의식을 잃고 있었는지는 기억나지 않았다.

염가연을 품에 꼭 안고 차가운 물살을 헤치며 나아가던 것만 기억할 뿐이다. 상처에서 흘러나온 피가 물에 퍼져서 비릿한 냄새가 났던 것도 기억한다.

그다음부터는 의식이 없었다. 그리고 그로부터 얼마의 시간이 지났는지 모르지만 비로소 조금씩 깨어나기 시작했다.

의식이 되살아나자 무감각하던 몸도 상처들을 기억해 냈다. 온몸을 칼로 찢어대는 것 같은 지독한 고통에 절로 신음이 흘러나왔다.

"으으으—"

고통으로 이를 갈면서도 류는 염가연을 바라보았다. 그녀는 아직 의식을 회복하지 못하고 있었다.

고통을 느끼지 못하고 있을 테니 다행이다.

의식을 잃고 떠내려가면서도 그녀를 놓치지 않았던 건 하늘이 도왔기 때문이라고밖에 생각할 수 없다.

그들은 낮은 물가 모래톱 위에 반쯤 밀려 올라와 있었다. 온몸에 견딜 수 없는 추위가 몰려들었다. 뼛속까지 덜덜 떨리는 한기 때문에 이가 딱딱, 마주친다.

류는 눈앞에 다가와 있는 죽음을 바라보았다. 그놈은 크고 단단한 몸집을 하고 있었다. 거만하게 서서 내려다보고 있다.

'너는 이제 내 거야' 하고 말하는 소리가 들린다.

'하지만 내 의지까지 가져갈 수는 없어.'

류가 그렇게 대꾸했다. 죽음이 히죽 웃는다.

'의지 따위는 상관없어. 나는 네 목숨을 차지하면 그뿐이니까. 창녀에게서 사랑을 얻으려고 할 필요가 있겠어?'

'창녀라고?'

류가 발끈해서 말하지만 죽음은 느긋하기만 했다. 외면한다. 기다리고 있으면 될 일인데 굳이 입씨름할 필요가 없다는 태도다.

그래서 류는 조금 더 커지고 가까워진 환상을 보았다. 죽음에 대한 것이고, 절망에 대한 것이다.

무거워진 눈을 억지로 부릅떴다. 아무것도 제대로 보이는 건 없다. 짙은 안개 속인 듯, 퍼부어대는 함박눈 속인 듯 모든 게 다 몽롱할 뿐이다.

이제는 한기마저 점차 잊혀져 가고 있었다. 겨우 되돌아왔던 감각이 다시 떠나고 있는 것이다.

"죽음이라는 놈……."

마지막이 될지도 모르는 중얼거림. 그러자 불끈 오기가 살아났다. 그리고 그것이 살아야 한다는 한 가닥 의지를 끈질기게 붙잡아주었다.

문득 염가연의 말이 귓속에 울린다.

“너하고 함께라면 상관없어. 죽음도 두렵지 않아. 이 땅에 있든, 저승에 있든 상관없어.”

“그래, 상관없는 건지도 몰라.”
그녀에 대한 생각이 가져다준 힘일까? 류의 의식이 다시 한 번의 중얼거림을 허락했다.
그러자 무기력 속에서 따뜻한 슬픔이 느껴졌다. 저도 모르게 눈물이 난다.
이렇게 죽을 건데 무엇 때문에 그토록 감당하기 벅찬 한과 증오를 품고 여기까지 달려온 걸까? 하는 회의가 들었다.
저의 삶이, 인간의 집념이 얼마나 허망한 건지, 사랑과 증오가 무슨 가치가 있는 건지에 대한 회의이기도 하다.
이제는 다만 죽음 뒤에도 삶이 있기를 간절히 바랄 뿐이었다.
이승에서의 삶이 있듯이, 죽은 다음에는 또 다른 세상에서의 또 다른 삶이 있기를 원할 뿐이다.
그래야 염가연의 말에 의미가 있고, 단 하나의 소망이 빛을 발할 수 있을 것 아닌가.
죽은 다음에는 모든 게 끝날 뿐 아무것도 없다고 한다면 그것처럼 허무한 게 없으리라.
이 땅에서의 삶이 전부라고 한다면 그것처럼 덧없는 게 어디 있으랴.

그래서 류는 오직 한 가지, 죽은 다음의 삶이 있기를 간절히 바라고 원했다. 그 삶이 염가연과 저만의 것이기를 기도했다. 모든 미움과 원망과 증오는 다 버려두고 홀가분하게 떠나기를 간구했다.

이 문을 나가 저 문으로 들어가듯, 이 마을을 지나 저 마을로 향하듯 그렇게 떠나는 것이 바로 죽음이기를 염원했다.

허무는 필요없다.

증오도 필요없다.

오직 지금 그에게 필요한 것은 흔들리지 않는 하나의 믿음이었다.

죽음이 다가 아니라는 믿음이고, 죽어서도 내 사랑과 헤어지지 않게 된다는 믿음이다.

함께 이 막다른 곳까지 달려왔듯이, 저 세상으로 옮겨가는 것도 함께한다는 믿음이었다.

그래서 류는 더 이상 죽음이 두려워지지 않았다. 머리맡에 어두운 그림자를 드리우고 우뚝 서서 비웃고 있는 저놈.

죽음이라는 저놈의 냉랭함과 오만함도 더 이상 미워지지 않았다.

“이놈 봐라?”

그 죽음이 의외라는 듯 말했다.

“웃고 있는데?”

“아직 안 죽었나?”

“지독하게 질긴 놈이로군. 이 지경이 되어서도 명줄을 붙잡고 있는 놈은 처음 본다. 봐, 웃고 있잖아.”

“흐흐흐, 그럼 조금 더 기다려 줄까? 완전히 숨이 끊어질 때까지 말이야.”

‘이상하다?’

류의 마지막 의식은 그런 의문으로 끝났다.

‘죽음이라는 놈이 한 놈이 아니었던가? 그놈들도 떼로 몰려다니는 건가? 지긋지긋하게 쫓아오는 그놈들처럼. 운명이라는 것처럼…….’

第三章

불타는 벌판

第三章

　재주 부리는 놈이 따로 있고, 실속 챙기는 놈이 따로 있게
마련이다.

　밀천의 흑살수들은 류와 염가연이 황하를 따라 하류로 흘
러갔을 것이라고만 생각했다. 그래서 그들은 대부분의 전력
을 강을 따라 내려가는 데 투입했다.

　밀천이 도주하는 두 남녀를 잡았다는 소식은 곧 흑천의 척
살대에게도 전해졌다. 그래서 그들이 부랴부랴 현장으로 모
여들었을 때는 류와 염가연이 강물로 뛰어든 뒤였다.

　한발 늦은 흑천의 무리들은 혹시, 하는 마음으로 절벽 부근
을 샅샅이 훑었다. 그리고 의식을 잃은 두 사람을 발견했으니

이건 횡재도 이만저만한 횡재가 아니었다.

밀천에서 많은 희생자를 낸 데 비해 저희들은 손가락 하나 까딱하지 않고 목적을 이루었으니 기쁨이 배가된다.

게다가 비록 중상을 입고 있었지만 아직 두 사람은 살아 있었다. 그래서 조장 이곡생(李谷生)은 욕심을 냈다.

"어떻게 생긴 놈인지 보자."

그의 말에 한 놈이 즉시 류의 모자를 벗겼다.

수염으로 뒤덮인 각진 얼굴이 드러났다. 창백하다.

이곡생이 머리를 갸웃거렸다.

나이가 많을 것이라고 짐작했는데, 거친 용모의 청년에 지나지 않았기 때문이다.

얼마나 대단한 놈이기에 혼자서 염가연을 끌고 밀천의 추적을 따돌리며 이곳까지 도망쳐 올 수 있었던지 의아하기만 하다.

그는 류를 알지 못했다. 한 번도 본 적이 없었던 것이다.

이곳에 와 있는 흑천이나 밀천의 대원들 모두가 그랬다.

지존보에 함께 있었지만 그들은 음지의 군생들인지라 양지의 사람들과 어울리지 않았던 탓이다. 때문에 류의 소문은 익히 들었어도 직접 그를 본 자는 없었다.

그들은 다만 류가 마교의 무리 중 한 명일 것이라고만 추측하고 있을 뿐이었다.

류를 신기한 물건 보듯 바라보던 이곡생이 손을 털었다.

시체를 끌고 가는 것보다 산 놈을 잡아간다면 공이 훨씬 커
질 것이다.

"살려서 데리고 간다."

이곡생의 한마디가 류의 운명을 결정했다.

비웃음을 흘리며 바라보던 두 놈이 류에게 달려들었다. 몇
군데 혈도를 점해 원기가 흩어지는 걸 막더니, 칼을 꺼내 서
슴없이 살을 찢고 화살을 뽑아냈다.

참을 수 없는 지독한 고통이련만 의식과 감각이 사라진 류
는 아무것도 느끼지 못했다.

상처에서 새로운 피가 흘러나왔다. 이 꼴이 되었는데도 아
직 흘릴 피가 남아 있다는 게 신기할 지경이었다.

놈들이 익숙한 솜씨로 갈고리같이 생긴 바늘에 금사를 꿰
서 벌어진 상처들을 봉합했다. 그 위에 지혈산을 뿌리고 금창
약을 두텁게 발라준 다음 흰 무명천으로 칭칭 동여맸다. 그러
자 류는 마치 염을 한 시체같이 변해 버렸다.

화살과 칼로 인해 생겼던 외상들은 응급처치가 끝났지만
문제는 내상이었다.

류의 완맥을 쥐고 상세를 살펴보던 조장 이곡생이 잔뜩 인
상을 썼다.

"빙혼의 청살장이 지독하다는 말은 들었지만 이 정도일 줄
은 몰랐는걸."

"빙혼이 직접 손을 썼는데도 죽지 않고 살아난 이놈은 더

지독하지요."

이곡생이 말없이 품에서 작은 옥병을 꺼내더니 손아귀에 힘을 주어 깨뜨렸다.

대추씨만 한 환약 세 알이 들어 있었는데, 밀봉되어 있던 옥병이 깨지며 공기와 접하자 맑고 은은한 향기를 토해냈다.

한 모금 숨을 들이켜는 것만으로도 폐부가 시원해지는 청량한 향기다.

검은빛으로 반짝이는 세 알의 환약을 손바닥에 놓고 바라보는 이곡생의 눈에 갈등이 어렸다.

한 놈이 의아하여 눈짓으로 환약을 가리키며 묻는다.

"설마 그것을 이놈에게 먹이려는 건 아니겠지요?"

"그럴 생각이다."

"조장, 그 천보환은 위급 시에 우리가 사용할 영단 아닙니까?"

"시끄럽다!"

낮게 꾸짖은 이곡생이 결심한 듯 류의 입을 억지로 벌리고 검은 환약 세 알을 모두 털어 넣었다.

그것을 본 두 놈이 동시에 소리쳤다.

"아니, 그걸 다 먹이다니!"

"미쳤소?"

천보환(天寶丸)은 지존보가 가지고 있는 비전으로 만들어 낸 영약이었다. 내상에 특히 탁월한 효능을 보인다.

약재를 구하기가 쉽지 않고, 제조법 또한 까다로워서 생산에 한계가 있다는 게 흠이었지만, 그 효능에 대해서는 모두 인정하는 바가 있었다.

소림의 대환단이나 아미의 속명환, 무당의 대정환 못지않은 영약으로 꼽히는 것이다.

그들 삼 개 문파의 영약은 내상의 치료는 물론 내공의 증진에까지 큰 효험을 보이는 것으로 이름 높았다. 그에 비해서 지존보의 천보환은 전문적으로 내상의 치료에 비중을 두고 제조된 영약이라는 차이가 있을 뿐이다.

그만큼 다른 어떤 영약보다도 내상에 탁월한 효험을 보이는 것이다.

지존보에서는 흑천유밀대의 조장들에게 세 알씩 주었다. 일 개 조가 삼 인으로 구성되어 있으니, 각자에게 한 알씩 배당된 것과 같다. 그것을 조장이 지니고 다니는 것이다.

활동 중에 심각한 내상을 입을 때를 대비하는 것인데, 조장 이곡생이 그것을 몽땅 류의 입 안에 털어 넣는 걸 보았으니 두 놈의 눈이 뒤집히는 건 당연했다.

이곡생이 그들을 꾸짖었다.

"이놈을 살려서 데려가면 공이 두 배로 높아질 것이다. 그때는 천보환 세 알이 문제이겠느냐?"

"하지만 천보환이 청살장의 독기까지 해독해 주는 건 아니지 않소?"

"그건 상관없어. 비록 청살장의 독기를 몰아낼 수는 없겠지만 내상이 다스려지면 좀 더 오래 살아 있을 수 있다."

그래야 지존보까지 갈 수 있고, 원하는 걸 얻어낼 때까지 고문이라도 할 수 있을 것 아닌가.

이곡생이 원하는 건 그것뿐이었다.

"하긴……."

그 말에는 두 놈도 머리를 끄덕였다.

"옥봉각주는?"

이곡생의 말에 그때까지 그녀에 대해서는 잊고 있던 두 놈이 퍼뜩 정신을 차렸다.

염가연은 여전히 의식을 잃은 채 물가에 늘어져 있었다. 물에 흠뻑 젖은 옷자락이 몸에 달라붙어 은은한 속살이 내비치고 있다.

심하게 탈진하고, 허벅지와 어깨에 화살이 꽂혀 있어서 중태였다. 하지만 그녀는 내상을 입지 않았으니 목숨에는 지장이 없다.

두 놈이 곧 달려들어 그녀의 옷을 찢었다. 희고 맑은 속살이 드러나 달빛을 튕겨낸다.

두 놈이 꿀꺽, 마른침을 삼켰다. 자신들이 비록 흑천의 척살자라는 특이한 신분을 가지고 있었지만 지존보 내에서의 위치는 염가연과 비교할 수가 없었다.

먼발치에서도 일 년에 한 번 볼까 말까 한 고귀한 여인. 지존보 안에서도 그녀의 위치는 독특한 바가 있었다.

지존보의 꽃으로 불리는 그녀가 지금은 이처럼 의식을 잃은 채 자신들의 손아래 고스란히 몸을 드러내고 있다. 그 생각만으로도 가슴이 뛴다.

"서둘러! 이러다가 밀천의 잡놈들이 들이닥치면 말짱 헛일이 된다!"

이곡생이 염가연의 몸뚱이를 외면하며 수하들을 꾸짖었다.

넋을 놓고 있던 두 놈이 정신을 차리고 그녀의 허벅지와 어깨에 조심스럽게 칼을 댔다.

류의 상처를 쪼갤 때는 거침없더니, 염가연의 피부에는 흠집을 내는 것조차 두려워하는 것이다.

하지만 상처를 찢지 않고서는 깊이 박힌 화살을 빼낼 수가 없다. 그들이 떨리는 손으로 염가연의 살을 찢었다.

"아―"

그 지독한 고통 때문에 그녀는 의식을 되찾았다. 불로 지지는 것 같은 아픔에 진저리를 친다. 하지만 기력을 완전히 잃은 몸이라 그저 작게 떠는 것에 지나지 않았다.

두 놈이 온 신경을 기울이느라 땀을 뻘뻘 흘리며 겨우 살 속 깊이 박힌 화살을 뽑아냈다. 즉시 그녀의 상처를 봉합하고 지혈산을 뿌린다.

금창약을 고루 발라주고 상처를 싸매는 동안 어느덧 동쪽 하늘이 뿌옇게 밝아오고 있었다.

그들이 그렇게 염가연을 치료하고 있을 때, 조장 이곡생은 류를 앉혀놓고 그의 등 뒤에 가부좌를 틀고 앉아서 명문혈에 손바닥을 붙이고 있었다.

저의 내공으로 류의 기혈이 순행할 수 있게 도와주는 것이다. 그래야 천보환의 약효가 빨리 몸에 퍼져 내상을 가라앉혀 줄 것이기 때문이다.

꺼져 가던 류의 기혈이 천천히 움직일 수 있게 되자 이곡생이 그의 명문혈에서 손을 떼었다.

"서두르자."

그가 이마의 땀을 훔치며 수하들을 채근했다. 그리고 품에서 손가락만 한 대롱을 꺼내더니 두 손으로 감싸 쥐고 불기 시작했다.

대롱에서 맑고 영롱한 새소리가 흘러나왔다.

깊은 산중의 새가 새벽빛을 보고 잠에서 깨어나 우짖는 것 같은 소리였다.

그것은 흑천의 척살자들끼리만 통하는 신호인데, 새 울음소리에 담겨 있는 고저장단과 반복의 횟수, 강약 등으로 이쪽의 상황을 전달했다.

보통 사람의 귀에는 그저 고운 새소리로 들릴 뿐이지만 익숙하게 훈련된 자들은 그 신호로 수많은 말들을 주고받을 수 있었다. 곁에서 마주 보며 이야기하는 것과 별 차이가 없는 것이다.

즉시 멀고 가까운 곳에서 화답하는 소리들이 들려오기 시작했다. 사방에 흩어져 있던 삼 개 조의 척살자들이 곧 모여들 것이다.

열두 명의 척살자가 두 개의 들것을 만들어 류와 염가연을 싣고 빠르게 달렸다.

깊은 골짜기와 울창한 수림을 거침없이 지났는데, 그들은 밀천의 흑살수들이 포진해 있는 곳을 용케 피해갔다.

"그래? 이건 정말 행운이로군."

이곡생의 말을 들은 삼조의 조장 장문탁이 의미있는 미소를 지었다.

"밀천의 강아지들은 지금 엉뚱한 곳만 뒤지고 있겠군 그래? 하하하, 그 꼴들을 한번 보고 싶은걸?"

"아마 이 일을 알게 되면 우리가 공을 가로챘다고 길길이 날뛸걸?"

"훙, 그래 봐야 어쩌겠어? 처음부터 이놈의 행적을 거짓으로 가르쳐 준 게 잘못이지."

밀천의 막충과 빙혼은 류가 염가연을 데리고 달아나는 경로에 대해서 거짓 정보를 주었던 것이다. 그 때문에 흑천의 척살대는 지난밤 내내 엉뚱한 곳만 지키고 있어야 했다.

그 분풀이를 몇 배로 한 셈이니 통쾌하기만 해서 두 조장은 얼굴을 마주 보며 모처럼 마음껏 웃었다.

아침 해가 불끈 떠올랐을 무렵 그들은 산을 벗어나 평지로 내려섰다.

사 개 조 열두 명의 척살자는 자신들이 세운 공에 한껏 들떠 있었다. 지존보로 돌아가면 많은 상을 받게 될 것이기 때문이다.

아직 봄이 오지 않은 벌판은 마른 억새풀로 가득 덮여 있었다. 이 억새 벌판 건너에 그들의 본진이 있고, 거기 총령인 추혼사객 우문창이 있다.

그는 이곡생의 조에서 전해진 연락을 받자 즉시 이번 일에 투입된 나머지 여섯 개 조, 열여덟 명의 척살대원을 불러 모았다. 이곡생이 돌아오면 엄중한 호위를 펼치며 지존보로 돌아가려는 것이다.

이쪽에서 힘 하나 들이지 않고 정체불명의 괴한과 염가연을 손에 넣었다는 걸 밀천에서 나온 자들은 아직 모르고 있는 게 틀림없었다.

만일 그들이 알았다면 죽고 죽이는 싸움을 벌이더라도 괴한과 염가연을 빼앗아가려 했을 것인데, 억새 벌판은 고요하기만 했던 것이다.

우문창이 기다리고 있는 열두 명의 척살자는 의기양양한 채, 그래도 극도로 조심하면서 염가연과 류를 이송해 억새 벌판을 건너오고 있었다.

반쯤 건넜을 때였다.

하얀 배꽃잎 쪽빛 치마에 떨어질 때
사랑한다는 그대의 속삭임.
나는 머리 숙여 그 음성 듣고,
하얀 꽃잎 바라보며 향기에 취했네.
그날과 같은 이 저녁 무렵,
그대도 나처럼 후회에 잠겨 있지 않나요?

멀리서부터 맑고 낭랑한 소녀의 노랫소리가 들려오기 시작했다.

이곡생이 손을 번쩍 들어 행렬을 멈추었다. 그 즉시 두 개 조 여섯 명이 사방으로 퍼져 나가 외곽 경계를 섰고, 두 개 조는 각기 류와 염가연이 누워 있는 들것을 지켰다.

한마디의 말도 없이 적막 속에 일사불란하게 이루어지는 행동이었다.

억새를 헤치고 앞으로 나선 이곡생과 장문탁이 눈을 크게 떴다.

저 앞, 삼십여 장 밖에서 한 소녀가 낫으로 마른 억새를 베어 짐수레에 싣고 있었던 것이다.

늙은 노새가 끄는 수레에는 벌써 억새 더미가 동산처럼 수북하게 쌓여 있었다.

벌판 건너 마을에 사는 처녀인데, 지붕이라도 새로 얹으려는 모양이다.

한 무더기의 억새를 더 얹어놓은 소녀가 수레에 앉아 노새의 고삐를 쥐고 흔들었다.

"이랴, 이랴, 이제 그만 가자. 못된 검둥개가 불쌍한 오리들을 물어뜯기 전에 돌아가서 울타리를 손봐야지."

노새가 머리를 끄덕이며 느릿느릿 움직였다. 목에 매단 방울이 짤랑거린다.

마부석에 앉은 소녀는 수건으로 머리를 감쌌고, 낡은 쪽빛 바지저고리를 입었다. 얼굴이 햇볕에 그을려 까맣게 탔지만 볼에 윤기가 흐르는 것이 제법 예쁘장해 보였다.

앞에 어떤 사람들이 있는지 아무것도 모르는 채 콧노래를 흥얼거리며 노새를 몰아 다가오는 소녀.

이곡생과 장문탁이 눈을 마주쳤다. 어떻게 하면 좋을지 언뜻 판단을 내리기 어려웠던 것이다.

방해자라고 생각되면 망설일 것 없이 목을 쳐버려야 한다. 그리고 눈앞의 소녀는 분명 진로를 방해하는 훼방꾼이나 마찬가지였다. 하지만 순박한 촌 아가씨에 지나지 않는다면 그건 너무 가혹한 짓이다.

그들이 망설이는 사이에 덜거덕거리는 바퀴 소리를 내며 짐수레는 더 가까이 다가왔고, 흥얼거리던 아가씨가 억새풀 속에 숨어 있는 두 사람을 발견했다.

"꺄악! 강도야! 도둑이야! 귀신이야!"

검은 경장에 두건까지 쓰고 억새풀 속에 웅크려 있으니 마주친 아가씨로서는 기겁을 할 만큼 놀랄 일이기도 했다.

문제는 짐수레를 끌고 있는 노새였다.

아가씨의 고함 소리에 깜짝 놀란 노새가 길길이 날뛰기 시작한 것이다.

그러더니 늘쩡거리던 조금 전과는 다르게 미친 듯 앞을 향해 달리기 시작했다.

수레가 부서질 듯 덜컹거리고, 바퀴가 빠져나갈 것처럼 요란하게 삐거덕거린다.

와드드드드—

비탈에서 굴러 떨어지는 바윗덩이처럼, 낡은 짐수레는 시끄러운 소리를 내며 무섭게 돌진했다.

"앗!"

이곡생과 장문탁이 놀라서 뛰어나왔을 때 수레는 벌써 그들을 지나쳐 곧장 척살대의 외곽 경비선에 다다르고 있었다.

"세워!"

이곡생이 당황하여 소리쳤다. 속았다는 걸 그제야 눈치 챈 것이다.

이른 아침에 벌판에 나와 억새를 베고 있는 소녀라면 수상하지 않을 수 없다. 그리고 짐수레에는 벌써 억새 더미가 수북하게 쌓여 있지 않았던가.

그렇다면 소녀는 밤새 이곳에서 억새를 베고 있었다는 건데, 말이 되지 않는다.

진작 그런 생각을 했어야 하지만, 워낙 의외의 일이었던지라 이곡생은 물론 장문탁도 잠깐 판단력이 흐려졌던 것이다.

그의 외침을 들은 여섯 명의 외곽 경비조가 몰려들었을 때였다.

파아아—

요란한 소리와 함께 수레 뒤에 실려 있던 억새 더미에 갑자기 불이 붙었다. 짙은 유황 냄새가 코를 찌르고 검은 연기가 무섭게 치솟는다.

"으헛!"

수레 주위로 달려들었던 자들이 놀라서 급히 물러섰다.

노새는 더욱 놀랐다. 자지러지게 울부짖으며 수레를 떼어놓기 위해 미친 듯 발광을 한다. 그럴수록 수레는 더 빠르고 맹렬하게 앞으로 나아갔다. 이제는 완전히 커다란 불덩어리가 되어 있었다.

마부석에 납작 엎드려 그 뜨거운 열기와 연기를 참고 있던 소녀가 훌쩍 몸을 날리더니 노새의 등에 올라탔다.

"적이다!"

외곽 경비조가 그렇게 소리쳤을 때, 수레는 이미 그들의 경계선을 통과하여 류와 염가연을 지키고 있는 여섯 명에게로 무섭게 돌진하고 있었다.

"흩어져!"

조장의 외침에 그들이 두 개의 들것을 각기 나누어 들고 좌우로 뛰었다. 그리고 수레 뒤에서는 정신을 차린 외곽 경비조 여섯 명이 질풍처럼 달려든다.

그 순간 미친 듯 날뛰는 노새의 등에서 소녀가 벌떡, 몸을 일으키더니 두 손을 허공에 뿌렸다.

삐리리리―

경쾌한 휘파람 소리가 사방에 가득 찼다.

쏴아아 하는 소리를 내며 한 무더기의 나뭇잎 같기도 한 것들이 어지럽게 흩어져 난다.

햇빛을 받아 반짝이며 이리저리 부드럽게 흐르는 그것.

바람에 섞여 흘러가는 그것들이 허공에 넓게 퍼졌다.

"크흑!"

"컥!"

몇 마디의 낮은 신음성이 그 속에서 들려왔다.

"풍향비다!"

누군가가 다급한 음성으로 그렇게 소리쳐 주의를 주었다.

그것은 나뭇잎처럼 얇고 가벼운 비도(飛刀)였다.

손가락만 한 크기에 살짝 비틀려 있어서 바람을 타고 회전하며 특유의 맑은 휘파람 소리를 낸다.

한 줌을 뿌리면 바람에 섞여 이리저리 날아가는데, 떨어지는 나뭇잎의 방향을 예측할 수 없듯이 그것 또한 어디로 어떻게 날아갈지 종잡을 수 없었다.

풍향비를 만들기 위해서는 쇠를 종잇장보다 얇게 펴야 하는데, 그것을 만들고, 이처럼 뿌릴 수 있는 비법을 지닌 곳은 대막(大漠)의 지주(地主)로 불리는 기련검파(祁連劍派)밖에 없었다.

게다가 투명하도록 얇게 펴지면서 질긴 성질을 유지하는 쇠는 기련산에서만 캐낼 수 있었다.

세상은 그것을 비철(妃鐵)이라고 했는데, 현철 못지않게 질이 좋아서 상품 중의 상품으로 쳤다.

풍향비를 만들기 위해서는 그 비철을 녹일 때 여러 첨가물을 넣고 배합을 맞추어야 하는데, 그것은 기련검파만의 비전이라 알려진 바가 없었다.

풍향비는 가벼워서 그것만으로는 위력이 거의 없었다. 겨우 옷자락을 찢거나 피부에 상처를 남길 뿐이다. 그래서 그것에는 대개 극독이 발라져 있었다.

피부에 스치기만 해도 즉각적이고 치명적인 독상을 입히는 그것의 해독약 역시 기련검파에만 있다.

이제 열 명이 된 척살대원들은 풍향비에 온 신경을 곤두세워야 했다.

허공에 남아 있는 삐리리리, 하는 맑은 소리.

그들의 귀에는 그것이 저승사자의 음침한 웃음소리로 들렸다.

그들의 주의력이 흩어진 순간, 소녀가 낫을 휘둘러 노새에 묶여 있는 수레의 가죽끈을 단번에 잘라 버리고 멍에를 벗겨 냈다. 홀가분하게 된 노새가 그녀를 태운 채 미친 듯 달려간다.

"저년!"

그녀의 움직임을 눈치 챘을 때, 소녀는 다시 한 줌의 풍향비를 허공에 뿌리며 그들에게 뛰어들었다. 그녀 자신이 풍향비에 상처를 입을 수도 있는 상황이지만 개의치 않는다.

하지만 척살자들은 그럴 수 없었다. 머리 위에서 휘파람 소리를 내며 흐르는 풍향비에 신경을 곤두세우느라 소녀를 방비하기 힘들었다.

쨍!

맑은 쇳소리가 들렸고, 그녀를 가로막았던 자가 검을 흔들며 급히 물러섰다. 소녀의 낫과 부딪친 즉시 '이건 아니다!' 하는 생각이 들었던 것이다.

그녀의 완력이 생각보다 대단해서 한두 초식으로 제압할 자신이 없었다. 게다가 풍향비에 신경을 써야 하니 싸움을 오래 끌 수가 없다.

그가 물러서자 소녀가 왼손을 휙, 뿌렸다. 두 개의 시커먼 물건이 좌우로 날아갔다. 언뜻 흙덩이같이 보이기도 한다.

두 놈이 재빨리 검을 휘둘러 그것을 쳐내자, 콰쾅! 하고 요란한 폭음이 터졌다.

참혹한 광경이었다.

두 놈이 형체도 없이 허공에 흩어진 것이다.

그것은 작지만 맹렬한 폭발력과 화력을 가지고 있는 굉화탄(宏火彈)이었다. 한 번 폭발하면 주변을 불바다로 만들어 버린다.

화르르륵—

그 즉시 사방에 불이 붙어 활활 타오르기 시작했다.

수레의 억새 더미들 속에는 유황이 섞여 있었다. 노새가 날뛰는 바람에 그것들이 사방으로 흩어져 불타올랐는데, 거기에 굉화탄에 의한 불길이 가세한 셈이다.

겨우내 바싹 말라 있던 억새 벌판이 순식간에 불바다로 변했다. 화광이 충천하고 짙은 연기가 벌판을 뒤덮는다.

억새들이 타다닥거리며 타오르는 소리가 천둥소리처럼 요란했다.

정신을 차릴 수 없는 상황이었다.

너무도 뜻밖에, 그리고 너무도 갑작스럽게 찾아온 그 상황에 척살자들은 우왕좌왕하기만 할 뿐 평소와 같은 냉정한 모습을 보이지 못했다.

소녀가 노새와 한 몸이 되어 짙은 화염을 뚫고 들어갔다. 여섯 명의 척살자가 염가연과 류의 들것을 끌며 각기 다른 곳으로 흩어져 뛰는 게 보인다.

잠시 망설이던 소녀가 이를 악물더니 류를 끌고 달아나는 자들의 뒤를 쫓았다. 이제는 그녀가 척살자가 된 것이다.

염가연은 흐릿한 의식 속에서 자기와 멀어지는 류를 바라보았다.

들것이 함부로 땅에 끌리며 요동을 치는 통에 상처의 고통이 이루 말할 수 없이 심해졌다. 하지만 그녀의 눈길은 악착같이 멀어지는 류를 붙잡았다.

그리고 그를 향해 달려가는 노새와 그것의 등에 납작 엎드려 있는 소녀의 뒷모습을 보았다.

'저건……?

불쑥 의문이 들었다. 어딘지 눈에 익은 자태였던 것이다. 하지만 그녀는 더 이상 그들을 볼 수 없게 되었다. 짙은 연기가 그녀와 류 사이를 가려 버렸고, 더 멀어진 것이다.

'다시 만나게 될 거야. 다시 만나게 될 거야. 살아서가 아니면 죽어서라도 반드시 다시 만나게 될 거야…….'

염가연은 마음속으로 수도 없이 그 말을 되뇌고 또 되뇌었다.

류가 죽을 것이라고는 생각하지 않았다.

그렇다면 나도 악착같이 살아남을 것이다.

무슨 일이 닥쳐도, 어떤 수모를 겪더라도 반드시 살아서 그를 기다리리라.

그녀의 희망은 이제 그것 하나였다.

그것이 어떤 고난과 역경 속에서도 자신에게 한줄기 빛이 될 것이라고 믿었다. 누구도 그것을 가리지 못할 것이다.

"얏!"

소녀의 높은 기합성이 들려왔다. 한 놈이 들것을 놓고 즉시 돌아섰다.

"컥!"

그리고 답답한 신음을 흘리며 무너진다.

그의 가슴 깊이 한 자루의 수전이 박혀 있었다. 지척에서 갑자기 발사된 것이다. 방비할 수가 없다.

노새가 히히힝, 하고 울부짖으며 쓰러지는 자를 뛰어넘었다. 어디에서 그런 힘이 나는 건지, 노새가 아니라 한 마리의 건장한 명마가 된 듯했다.

그 위에서 소녀가 낫을 힘껏 던져 한 놈의 주의를 끌더니 품에서 다시 한 줌의 풍향비를 꺼내 뿌렸다.

삐리리리―

그것의 울음소리가 놈들을 놀라게 했다.

당황하는 사이, 소녀가 노새 위에서 몸을 숙여 류를 낚아챘다.

커다란 장정을 가볍게 끌어올리는 팔 힘이 놀랍지만, 더 놀라운 건 그녀에게 류를 빼앗겼다는 것이다. 그래서 남은 두 놈은 풍향비를 무시한 채 필사적으로 그녀에게 달려들었다.

그리고 다시 한 개의 굉화탄을 받았다.

쾅!

두 놈이 펄쩍 뛰어 물러섰을 때, 소녀와 류를 태운 노새는 벌써 자욱한 화염과 연기를 뚫고 사라져 보이지 않았다.

"이런 멍청한 것들!"
화염 앞에서 발만 동동 구르고 있던 우문창이 이를 갈았다.
이글거리는 불덩이 속에서 겨우 빠져나온 자들의 꼴이 그를 더욱 화나게 했다.
사 개 조 열두 명의 수하들 중 돌아온 자들은 고작 여섯 명이었는데, 성한 몰골을 한 자가 한 명도 없었다. 하나같이 불에 그슬리고 화상을 입어 참혹한 모습이다.
게다가 그렇게 원했던 괴한은 정체불명의 소녀에게 빼앗기고 말았다. 염가연 하나만을 겨우 데리고 빠져나왔을 뿐이다.
눈앞에서 일어난 그 어처구니없는 일에 우문창은 미칠 것 같았다. 저 불길을 뚫고 계집을 추격해 가기란 이제 불가능한 일이 되었다.
염가연이라도 되찾았으니 겨우 체면 유지는 한 셈이지만, 자신의 명성에 흠이 생긴 건 어떻게 할 수 없었다. 보주의 신뢰도 저만큼 멀어질 것이다.
그 생각이 우문창의 살심을 더욱 불러일으켰다.
"이리 와!"
그가 사나운 얼굴로 이곡생과 장문탁을 불렀다. 그들이 주춤거리고 다가와 고개를 푹, 숙인다.

"병신 같은 것들."

으드득 하고 이를 간 순간, 그의 허리춤에서 한줄기 싸늘한 빛이 폭사되었다.

"으헛!"

바라보던 자들이 놀란 외침을 터뜨렸다. 이곡생과 장문탁의 목이 허공에 둥실 떠오르고 있었던 것이다.

철컥.

검이 검집으로 들어가는 경쾌한 소리가 들렸다.

누구도 우문창이 언제 검을 뽑아 두 사람의 목을 치고 다시 갈무리한 건지 알아본 자가 없었다.

"그녀를 넘겨주시오."

저쪽에서 묵묵히 서 있던 막충이 염가연을 가리키며 말했다.

막충과 빙혼은 뒤늦게 흑천에서 괴한과 염가연을 가로챘다는 것을 알고 미친 바람처럼 달려왔다.

그들이 흑살수들을 이끌고 도착했을 때 벌판은 온통 불바다로 화해 있었다.

그리고 그 앞에서 발을 구르고 있는 우문창과 흑천의 무리를 보았다.

우문창이 흰빛이 번뜩이는 눈으로 막충과 빙혼을 노려보았다. 그들이 흠칫한다.

우문창의 악명은 이미 모르는 자가 없었다. 막충과 빙혼이 아무리 차가운 심장을 가진 밀천의 도살자들이라고 해도 우문창 앞에서는 오금이 저려온다.

"다시 말해봐라."

우문창의 스산한 말속에 진득한 살기가 배어 있다. 막충이 어깨를 떨며 물러섰다. 입술을 악물고 있던 빙혼이 대신 말했다.

"그녀는 우리가 잡았소. 그러니 돌려주는 게 마땅하지 않겠소?"

"그래? 그렇다면 와서 가져가라."

"……."

"너희 두 놈의 목과 그녀를 바꾸는 거라면 기꺼이 그렇게 해주지."

"우리는 그놈과 그녀를 잡기 위해 막대한 피해를 입었소. 이대로 돌아갈 수는 없소이다."

"뭐라고 지껄이는 거냐!"

우문창이 발작하듯 소리쳤다. 그의 손이 검자루에 닿는 걸 본 빙혼이 펄쩍 뛰어 물러섰다.

"이 일을 잊지 않겠소."

그가 어금니를 악물고 스산하게 말했다. 노려보는 두 사람의 눈에서 새파란 불꽃이 인다.

"돌아간다!"

수하들에게 소리친 빙혼이 땅을 걷어차고 돌아섰다.

화염으로 붉게 변한 벌판을 등지고 서서 우문창은 지그시 입술을 깨물었다.

불길이 무섭게 번져 나가는 억새 벌판을 돌아보는 그의 눈에 진한 아쉬움과 분노, 그리고 의문이 떠올라 있었다.

'풍향비라니? 설마 기련검파가 이 일에 개입되어 있단 말인가? 그들이 어째서?'

그런 의문이 그를 혼란하게 했다.

기련검파라면 비록 강호에 나와 활동하는 일이 드물었고, 그들의 성정이 괴팍한 데가 있어서 정사 중간으로 꼽혔지만 오래전부터 이름이 높았다. 지존보와 긴밀한 관계를 맺고 있기도 하다.

그런데 풍향비를 뿌려대며 달려든 계집애가 애써 살려놓은 괴한을 낚아채 갔다니 어이가 없다.

우문창의 눈이 물기를 띠고 번들거렸다.

'기련검종 이양복이 설마 흑심을 품고 있는 건 아니겠지.'

만약 그렇다면 골치 아픈 존재가 또 하나 나타나는 것이니 지존보로서는 개운치 못한 일이었다.

'판단은 지존께서 하실 것이다.'

第四章

지독하다는 건
부끄러운 게 아니다

第四章

"으음—"

깊은 침음성이 대전 안의 어둠을 무겁게 짓누른다.

집무전에서 조작량은 밤새 꼼짝하지 않고 앉아 있었다.

그리고 이 아침에 우문창으로부터 한 통의 전서를 받았다.

괴한은 풍향비를 뿌리는 자에게 탈취당했고, 염가연만 사로잡아서 압송하고 있다는 내용이었다.

화천비룡대와 함께 경과를 보고할 자가 동행하여 지존보로 돌아가고, 나머지는 달아난 적에 대한 추적을 계속한다는 것도 포함되어 있었다.

전서구가 가져온 짧은 전서만으로는 그동안의 상황을 다

알 수 없었지만, 어쨌든 그놈을 놓쳤다. 그 결과가 중요하다.

밀천의 고수들과 흑천의 척살대가 동원되었는데도 그 한 놈을 끝내 손에 넣지 못했다는 게 마음에 걸린다.

'대체 누구란 말인가?'

지금의 강호에서 과연 누가 혼자 몸으로 염가연을 끌고 밀천과 흑천의 추적을 따돌릴 수 있을지.

정체를 알 수 없는 그놈이 막강한 고수가 아니고서는 있을 수 없는 일이다.

염가연의 일도 마음에 걸렸다. 전서의 내용에 그녀를 사로잡았다는 구절이 있기 때문이다.

'사로잡다니?'

조작량은 그 구절을 읽고 또 읽었다. 하지만 전서를 보낸 우문창은 구한 것이 아니라 사로잡았다고 분명히 그렇게 적었다.

그건 적을 두고 하는 말이다. 그녀가 어째서 현장에 나가 있는 흑천의 척살대에게 적으로 인식되었는지 알 수 없다.

'밀천의 보고가 사실이었단 말인가?'

불길한 생각이 더 커졌다.

지난밤에 밀천에서는 염가연이 배신했다는 전서를 보내왔었다. 그것을 읽고 조작량은 코웃음 쳤을 뿐 믿지 않았다.

그런데 이 아침에 받아 든 우문창의 전서 또한 그런 뜻을 담고 있지 않은가.

화천비룡대의 기마들이 그녀를 데려오고, 결과를 보고할 흑천의 수하가 도착하면 알게 될 일이지만, 조작량은 가슴이 납덩이처럼 두껍게 가라앉는 느낌을 떨쳐 버릴 수 없었다.

또다시 원흉의 전모를 밝혀내는 일이 어려움에 부딪쳤다는 것도 그를 분노하게 했다.

이렇게 숨바꼭질만 계속하다가는 언제 그놈들의 정체를 밝혀내서 토벌할 수 있단 말인가.

"게다가 기련검파라니……."

그의 얼굴이 더욱 어두워졌다.

풍향비가 기련검파만의 독특한 암기이고, 그것을 뿌리며 달려든 자라면 뻔하지 않은가.

"이양복, 그대마저 내게 등을 돌리는 건가?"

깡마른 몸에 광대뼈가 두드러지고 염소수염을 한 육십대의 노인.

눈빛이 태양을 담아둔 듯 강렬하게 이글거리는 한 사람의 모습이 뇌리에서 떠나지 않았다.

기련검종(祁連劍宗) 이양복(李陽福).

조작량은 그가 검법에 있어서 자기와 쌍벽을 이룰 만한 절대종사라는 걸 누구보다 잘 알고 있었다.

성격이 음침하고 괴팍한 데가 있으며, 강호에 왕래하는 일이 드물었으므로 신비롭게 여겨지기도 하는 존재.

그래서 강호에서는 그를 두고 기련검마(祁連劍魔)라 부르기도 한다.

그 이양복이 등을 돌렸다면 지존보로서는 외곽 전력에 틈이 생긴 거나 마찬가지다.

그 일도 조작량을 심난하게 했다.

*　　　　*　　　　*

제 몸에 대한 무게감이 느껴지지 않는다.

'내가 아직도 물속에 있는 건가?'

문득 그런 의문이 들었다.

'염가연은?'

그녀를 꽉 끌어안고 있던 걸 기억하는데, 지금은 아무 느낌이 없다.

손을 뻗으려 해보지만 굵은 동아줄로 온몸이 꽁꽁 묶인 듯 꼼짝할 수가 없었다.

힘이 하나도 남아 있지 않고, 허공에 둥둥 떠 있는 것처럼 어지럽다.

눈꺼풀이 바윗덩이를 올려놓은 것처럼 무거웠다.

시커멓게 생긴 놈들. 저승사자를 보았던 게 떠올랐다.

그놈들이 낄낄거리며 웃던 걸 어렴풋이 기억한다. 그리고 정신을 잃었다.

'내가 지금 저승에 와 있는 건가?'

그런 생각도 들었다.

하지만 그렇게 생각할 수 있다는 건 살아 있다는 거다. 그래서 류는 깜짝 놀랐다.

살아 있다니? 내가 아직 살아 있다니? 하는 의문이 기쁨보다 몇 배나 커진다.

살아 있다는 자각이 생기자 집념도 커졌다.

류는 필사적으로 눈을 떴다. 사물이 깊은 물속처럼 뿌옇게 보인다.

'염가연은?'

그녀를 찾기 위해 두리번거리지만 밤처럼 어두울 뿐이었다. 사방이 막혀 있기 때문이다.

덜컹거리는 소리와 흔들림.

류는 조금씩 현실감을 되찾아갔다. 제가 지금 마차 안에 있다는 걸 의식하자 의문이 다시 고개를 들었다.

잡혀가고 있는 것 같지는 않기 때문이다.

"깨어났어?"

귀에 익은 음성. 류의 눈길이 어둠 속을 더듬었다.

갑자기 밝은 빛이 쏟아져 들어와 사물을 더욱 모호하게 덮어버린다.

두텁게 드리워졌던 휘장을 활짝 열어젖히는 사람을 보았다. 낯선 소녀다.

그녀가 흰 치아를 드러내고 웃었다.

“정말 지독한 놈이라니까. 이 지경이 되어서도 아직 살아 있다면 누가 믿겠어?”

‘놈?

나를 아는 소녀인가? 하는 생각에 다시 그녀를 살펴보지만 생소하다.

“네가 죽었다고 했을 때 나는 반신반의했지. 그렇게 죽을 놈이 아니라는 걸 누구보다 잘 아는데, 죽었다니 쉽게 믿어지겠어?”

“너는…….”

“쳇, 멍청한 건 여전하군.”

그녀가 머리에 쓰고 있던 헝겊을 풀었다. 긴 머리카락이 물결치며 흘러내린다. 그래도 낯선 얼굴이기만 했다.

품에서 손수건을 꺼낸 그녀가 침을 뱉더니 그것으로 얼굴을 박박 문질렀다.

진흙이 벗겨져 나가듯, 시커먼 것들이 떨어져 나가고 원래의 뽀얀 살이 드러나기 시작했다.

“너!”

류가 비로소 눈을 크게 뜨고 놀란 소리를 냈다.

“이제 알아보겠어?”

얼굴 검은 산골 소녀로 보이던 그녀는 단목향이었다. 류도 알아보지 못할 만큼 감쪽같이 소녀의 모습으로 변장을 했던 것이다.

예전의 그 쌀쌀맞고 새침하며 도전적인 모습으로 되돌아
간 그녀가 류의 뺨을 찰싹, 때렸다.
"나쁜 놈."
"……."
찰싹!
"미련퉁이."
찰싹!
"멍청하고 못된 놈."
"그만 해."
다시 손을 들어 올리는 그녀에게 류가 힘겹게 말했다.
"왜? 나는 아직 직성이 풀리지 않았는데?"
"기껏 구해놓고선 때려죽일 작정이냐?"
"흥, 따귀 몇 대 맞았다고 죽을 놈이었으면 지금 살아 있지
도 않겠지."
찰싹!
기어이 또 한 대의 따귀를 때리고서야 손을 내린다.
"못된 년."
류가 볼을 부풀리고 퉁명스럽게 말했다. 단목향이 배시시
웃고 이번에는 류의 볼을 꼬집었다.
"내가 아무리 못된 년이라고 한들 너한테 비교할 수 있겠
어? 이 못된 놈아."
"마음대로 해라."

“흥! 나를 속이고 놀라게 한 걸 생각하면 이빨을 모두 뽑아
버려야 속이 풀릴 거다.”

“내가 언제 그랬단 말이냐?”

“죽었다고 했잖아.”

“그랬었지.”

“그리고 또 죽을 뻔했잖아.”

“……”

“더 참을 수 없는 건…….”

“말해.”

“너, 멍청이가 아직도 그 여우 같은 것에게 홀려 정신을 차
리지 못하고 있다는 거다.”

“그녀는 어떻게 되었지?”

“흥!”

매섭게 코웃음을 치고 외면한 단목향이 씹어뱉듯 말했다.

“죽었어.”

“억!”

류가 비명을 지르고 몸을 일으켰다. 겨우 흔들리는 마차 벽
에 기대앉아 헐떡인다.

그의 핏기없는 창백한 얼굴을 물끄러미 바라보던 단목향
이 한숨을 쉬었다.

“정말, 정말 그녀가…… 죽은 거냐?”

“죽었다.”

"어떻게? 어떻게 죽었는지 말해줘."

"몰라."

"모른다고? 나는 그녀와 함께 있었다. 네가 나를 구했다면 당연히 그녀도 보았을 텐데?"

"……."

"죽지 않았구나? 그렇지?"

"죽었어. 그렇게 믿도록 해."

"말해!"

류가 필사적으로 팔을 뻗어 그녀의 어깨를 움켜쥐었다. 손이 부들부들 떨리고 있다.

단목향은 우울해졌다. 류의 손아귀에 힘이 하나도 들어 있지 않았기 때문이다. 과자를 쥔 어린아이의 손보다 약한 그것.

돌멩이를 부수어 버리던 그 힘은 다 어디로 갔단 말인가.

'이대로 폐인이 되어버리는 건 아니겠지?'

그런 안타까움으로 얼굴이 어두워졌다.

"그녀는 죽지 않았지? 그렇지?"

류의 집착도 안타깝다.

단목향이 신경질적으로 어깨를 털어 류의 손을 뿌리치고 쏘아붙였다.

"죽지 않았지만 죽은 거나 다름없어. 흑천의 망나니들이 어떤 놈들인지 알아? 그놈들 손에 들어갔으니 살기는 틀린 거지."

"뭐라고?"

"모르겠어? 그 여우는 이제 끝난 거야."

그녀를 끌고 필사적으로 달아나던 일들이 주마등처럼 스쳐 간다.

밀천의 매복자들은 망설이지 않고 석궁을 쏘아댔었다. 그녀가 죽든 말든 상관하지 않았다. 그리고 그녀는 자신을 도와 그들을 죽였다.

'배신.'

류는 그 결과가 어떻다는 걸 잘 알고 있었다.

흑천의 척살자들은 그녀를 지존보로 데려갈 것이다. 이제는 옥봉각주라는 고귀한 신분이 아니라 배신자가 되어 붙잡혀 가는 것이다.

지존보의 형률은 배신자에게 관대하지 않다. 보주가 그녀를 차마 죽이지 못한다고 해도 뇌옥에 처박히는 신세를 면할 수 없을 것이고, 그건 죽는 것보다 고통스러울 것이다.

뇌옥에 짐승처럼 갇혀 있는 그 많은 수인들. 염가연은 그 속에 내던져진 먹잇감과 다름없게 되는 것이다.

"그럴 수 없어!"

류가 온 힘을 다해 소리쳤다.

분노와 초조함이 불길처럼 치솟지만 제 몸 하나 제대로 가누기 힘든 지금의 현실은 조금도 바꿀 수 없었다. 그래서 그는 더욱 분노하고 절망했다.

"그럴 수 없어……."

그의 부르짖음이 어느덧 절망의 흐느낌으로 변해 버렸다.

"그럴 수 있어."

단목향이 그런 류의 가슴에 비수를 꽂았다.

"그녀는 어쩌면 스스로 죽음을 택할지도 모르지. 그게 그녀다운 일일 거야. 그러니 어쨌든 죽게 돼."

"……."

"정신 차려, 이 멍청아. 그녀 때문에 이 지경이 되었으면서도 아직 깨닫지 못하고 있단 말이냐?"

"그녀 때문이라고 말하지 마라. 내가 아직도 강하지 못하기 때문이다. 내가 부족한 탓이지 그녀 때문이 아니다."

"천만에, 너는 충분히 강해. 누구라도 무서워할 만큼 강하지."

"……."

"하지만 무모하다. 그래서 이런 한심한 꼴이 된 거야. 그래서 미련하다는 욕을 먹는 거다."

류는 그 말이 옳을 것이라고 생각했다.

"오기와 고집이 있고 집념이 있을 뿐 교활하지 못해."

그녀의 말이 모두 옳기 때문에 가슴이 아프다. 그래서 듣기 싫다.

류는 귀를 닫았다. 외면해 버린다.

교활하다는 것. 그것만큼은 자기와 맞지 않는 말이라고 생각했다. 냉정하고 치열한 길을 고집하는 게 잘못은 아니지 않은가.

분노의 불길이 좀체 가라앉지 않았다. 가라앉아서는 안 된다.

류는 그것을 더욱 키우기 위해서 냉정해졌다.

마음의 흥분과 격정을 식히고 어둠 속에서 자기 자신의 일그러진 모습을 직시한다.

단목향은 확실히 변해 있었다. 그런 변화가 분노 때문이라는 걸 류는 잘 알고 있었다.

복수심이다.

그렇다면 이제 자신도 또 한 번 변해야 할 때라는 생각이 들었다.

강호에 나와서 죽음의 고비를 두 번씩이나 넘기고 악착같이 살아남은 목숨이다.

왜? 무엇이 그토록 자신의 목숨을 붙들고 놓아주지 않는 것일까? 하고 스스로에게 물었다.

답은 금방 나왔다.

'복수.'

그것 하나면 그만이다. 이제 다른 건 아무것도 필요치 않다.

류의 마음은 더욱 차갑게 가라앉았다. 무쇳덩이처럼 굳어진다.

만약 그녀가 죽는다면 지존보를 피로 물들이고 말리라. 죽지 않았다면 반드시 그녀를 되찾아오고 말리라. 역시 피의 강을 건너고 주검의 산을 넘는 일이 될 것이다.

거기에 사문의 한이 있다. 사부와 사저, 사형들의 죽음. 그렇게 한 자를 찾아내 천 배, 만 배로 빚을 받아내야 한다.

류는 자신에게 이제 두 개의 짐이 지워졌다는 걸 알았다. 그렇다면 결코 죽어서는 안 된다. 이렇게 맥을 놓고 있어서도 안 된다.

마차가 덜컹거리더니 멎었다.

단목향이 재빨리 밖으로 나갔고, 마차 안의 어둠 속에서 류는 눈을 감은 채 침묵했다.

두런거리는 말소리가 들리더니 마차의 문이 활짝 열렸다. 휘장을 펄럭이며 스며드는 바람결에 물비린내가 맡아진다.

"다 왔어."

류가 단목향의 부축을 받으며 나가자 한 사내가 성큼 다가왔다.

그를 본 류가 눈을 크게 떴다. 기가 막혀 말이 제대로 나오지 않았다.

"너, 너, 너……."

"말하지 않아도 돼. 하지만 나중에 나한테 백 대는 맞아야 할 거다."

빠르게 속삭이고 씩, 웃는 사람.

표양신이었다.

작은 강줄기.

인근에 마을도 없고, 길도 외진 곳이라 지나다니는 사람도 없었다.

언덕에 버드나무 몇 그루가 서 있을 뿐, 황량하기만 한 물가에 배 한 척이 기다리고 있었다.

표양신에게서 돈을 받은 마부가 연신 머리를 조아리고 나서 천천히 마차를 돌려 떠나자 그들은 좌우에서 류를 붙들고 조심스럽게 발판을 건너 배 위로 올랐다.

기다리고 있던 장정들이 즉시 삿대를 찔러 넣어 배를 움직였고, 그들은 배 밑바닥에 있는 선실 안으로 들어갔다.

"도대체 어떻게 된 거지?"

어리둥절해하는 류를 바라보던 단목향이 피식 웃었다.

"그는 네가 죽었다는 걸 믿지 않은 또 한 사람이지."

"어떻게……."

굳은 얼굴로 먼 허공만 바라보던 표양신이 남의 말 하듯이 말했다.

"너는 그렇게 쉽게 죽을 놈이 아니잖아."

"그래서?"

"그리고 그렇게 죽어서도 안·되는 놈이고."

“…….”

“마음속에 잊지 못할 한을 가지고 있는 자는 적모사(赤碼蛇) 같다더군.”

“적모사라고?”

“그놈은 지독한 독과 함께 서너 개의 목숨을 가지고 있다지? 여간해서는 죽지 않는다더라. 죽어도 다시 살아나서 침상으로 기어올라 와 반드시 물어뜯는다더군.”

“…….”

지그시 류를 바라보는 눈에 희미한 웃음이 떠올라 있다.

‘적모사라고? 내가?’

척박한 돌사막에 살고 있는 독사인데, 붉은 비늘로 덮여 있는 지독한 놈이다. 말도 한 번 발목을 물리면 열 걸음을 걷지 못하고 쓰러져 죽는다고 한다.

류는 표양신의 말을 곱씹었다. 사람들이 저를 독갈자라고 하더니, 표양신은 적모사라고 했다.

‘내가 그렇게 지독한 놈이었던가?’

저도 모르게 자조적인 웃음이 새 나온다.

부끄럽지는 않았다. 사내자식이, 잊을 수 없는 한을 품고 있는 놈이 지독하다는 소리를 듣는 건 부끄러운 일이 아니지 않은가.

겁쟁이, 비겁한 놈 소리를 듣는 게 정말 부끄러운 일이다.

‘독갈자든 적모사든, 뭐라고 하든 상관없다. 그보다 더한

비난을 들어도 좋다. 다 받아들일 테다. 하지만 용서는 없다.'

류의 마음속에 더욱 악독한 독기가 차 올랐다. 이렇게 된 저의 처지를 생각하면 독기는 더 커진다.

'빙혼이라는 놈. 반드시 오늘의 빚을 갚아주고 말 테다.'

그런 지독한 마음이 살아야 한다는 의지를 더해준다.

음침해지는 류의 얼굴을 묵묵히 바라보던 표양신이 다시 말했다.

"네가 죽었다는 소리를 들은 즉시 내가 할 수 있는 모든 걸 동원해 알아봤다. 북망곡에 내던져졌다고 하더군."

"그래서, 거길 가봤단 말이냐?"

"뼈라도 추려서 양지바른 곳에 묻어줄 생각이었다."

아직까지 저를 친구로 여기고 있다는 말이다.

류는 표양신의 얼굴을 마주 볼 수 없었다. 그에 대한 미안함과 부끄러움 때문이다. 염가연과 얽힌 세 사람의 문제였다.

"그런데 없더군. 며칠 지났으니 짐승들이 뜯어 먹었다 해도 뼛조각은 남아 있어야 하지 않겠어? 그런데 아무것도 없었다. 네가 버리고 간 거적만 남아 있더라."

"이런, 이런."

류가 당황하여 '이런'을 연발했다.

그렇다면 지존보에서도 제가 죽지 않았다는 걸 눈치 챘을지 모른다는 생각 때문이다.

그런 류의 마음을 읽은 표양신이 피식 웃었다.

"걱정할 것 없어. 내가 시체 하나를 던져 두고 왔으니까. 지금쯤은 앙상한 뼈가 되어 있을 게다. 옷 조각 한 개 남아 있지 않을 거야."

류는 표양신의 마음에 감동했다. 자신의 죽음을 확인하고, 뼈라도 거두어주기 위해 그 음침하고 귀기 서린 골짜기를 찾아갔다니 그렇다.

그는 지존보의 위사들 눈에 띄지 않기 위해 밤에만 은밀히 움직였을 것이다. 얼마나 가슴을 졸이며 식은땀을 흘렸을 것인가.

그리고 뒤처리까지 해주었을 만큼 과감했으며, 치밀하고 침착했다.

'그런데 나는……'

표양신에게는 염가연을 사랑하지 않는다고 해놓고서 결국 그녀를 가로챈 꼴이 되고 말았다.

사람의 감정이라는 것, 특히 젊은 남녀 간의 애정이라는 건 자를 대고 긋듯이 명확하게 가를 수가 없는 것이다.

하지만 그렇다고 해도 표양신이 겪었을 고통을 생각하면 역시 고개를 들 수 없었다.

'나는 그를 위해서 아무것도 해준 게 없다.'

그러면서 처음 만났을 때부터 지금까지 신세만 지고 있다는 자책감을 떨쳐 버릴 수 없었다.

그의 침묵을 본 표양신이 다가와 웃으며 어깨를 두드려 주었다. 그럴 때의 그는 의젓한 것이 마치 큰형이라도 된 듯하다.

"걱정하지 마. 곧 좋아질 거다. 죽음에서도 살아난 놈인데, 이까짓 부상 때문에 의기소침해지다니, 너답지 않아."

그는 류가 부상으로 낙심한 거라고 여긴 것이다.

"이제 더 이상 추격해 오는 자들은 없을 거다. 그러니 안심하고 정양해도 좋아."

"그걸 어떻게 알지?"

"흐흐, 다 이유가 있지."

표양신의 자신있는 표정을 보면서 류는 어리둥절해지고 말았다.

악귀같이 쫓아오던 흑살수들의 모습이 떠올랐다. 지옥 끝까지라도 따라올 것 같은 자들 아니었던가. 그런데 표양신은 자신만만해 있었다. 이유가 있을 것이다.

"우리는 황하를 거슬러 올라갈 거야. 물길을 타고 서안까지 갈 거다. 열흘쯤 걸리겠지."

류에게 또 다른 의문이 생겼다.

"그렇다면 문주께서도 이 일을 아신단 말이냐?"

"그러니 배를 내주셨지."

"으음—"

"걱정하지 마. 사부님께서 너를 지존보에 넘기진 않으실 테니까.”

그랬다면 배에 숨겨주지도 않았을 것이다. 하지만 이제는 문주에게도 신세를 진 셈이 된다. 류는 그게 부담스러웠다.

그런 한편 또 새로운 의문이 꼬리를 물기도 했다.

만약 지존보에서 알게 된다면 그 화가 황룡문에도 미치게 될 것 아닌가.

표양신이 빙긋 웃고 류의 의문에 대답해 주었다.

“이건 그냥 강을 오가는 평범한 운반선이다. 깃발을 내걸지 않는 이상 아무도 황룡문의 배라는 걸 알 수 없어. 선체의 표식마저 모두 없앴다. 그러니 지존보에서 아무리 눈을 부릅떠도 알아챌 리 없다. 걱정하지 않아도 돼.”

“그래도 그놈들이 눈치를 챈다면?”

“모두 죽는 거지. 배에 수백 근의 화약을 숨겨두었다. 그걸 터뜨리면 그만이야. 죽은 자들에게서 뭘 캐내지는 못할 테니까.”

표양신은 최후의 순간에 함께 죽겠다는 각오를 하고 있었다.

류는 목이 메어서 더 이상 말을 할 수 없었다. 자기 한 사람 때문에 많은 사람들이 위태롭게 되어가고 있다는 게 미안하고 불안해진다.

우울한 얼굴을 숙이고 있던 류가 한참 만에 다시 물었다.

“네가 어떻게 단목향과 함께 있는 건지도 말해주겠어?”

그와 단목향은 안면이 있었다. 그가 제남부중으로 류를 찾아왔을 때 서로 본 적이 있는 것이다. 하지만 이와 같은 일에 두 사람이 협력하고 있다는 건 뜻밖이었다.

류의 그런 의문에 단목향이 대답해 주었다.

"한 사람이 중간에 다리를 놓아주었어."

"누가?"

"너도 잘 아는 사람."

잠시 생각하던 류가 머리를 끄덕였다.

"알겠어. 개대가리로군."

떠오르는 사람은 그밖에 없었다.

개대가리, 장견두는 어떤 이유인지 몰라도 황룡문주 당고한과 친분이 깊었다.

두 사람은 그 사실을 숨기고 있지만 류는 잘 알고 있었다. 자기가 지존보로 간다고 했을 때, 문주는 특별히 장견두를 부탁하기까지 하지 않았던가.

그리고 장견두는 표양신도 잘 안다. 동가촌 밖에서 서로 만난 적이 있기 때문이다.

그런 저런 생각을 하던 류의 얼굴이 굳어졌다.

"그렇다면 문주님 또한……."

마교, 아니, 홍화교와 관계된 사람이 아니냐고 물으려다가 말을 삼켰다. 표양신이 과연 그 일을 아는지 모르는지 알 수 없기 때문이다. 모르고 있다면 그에게 큰 충격을 주는 말이 될 수 있다.

"내가 그동안 어디에 있었는지 알아?"

단목향이 정색을 하고 물었다.

"그렇군, 너는 황룡문에 숨어 있었군. 그랬기에 아무도 너를 찾을 수 없었던 거야."

비로소 그간의 이런저런 사정들이 이해된다.

"그 여우 같은 년이 지존보에서 나왔다는 소식을 듣고 나도 살짝 황룡문에서 나왔다. 그년을 죽여서 대사형의 복수를 하기 위해 뒤쫓다가 너를 본 거야."

"그럼 표양신은?"

"흥, 저 작은 멍청이는 뒤늦게 그 여우를 죽이지 못하게 방해하려고 나를 쫓아왔지."

그동안의 일들이 대략 머릿속에 그려졌다. 결국 이렇게 얽히고설킬 사람들이었던 것이다.

"장견두는?"

"모르지."

표양신이 퉁명스럽게 말했다.

"나는 그가 아무래도 마음에 들지 않아. 다시 만난다면 싸우게 될지도 모르겠어."

그는 아직 제 사부와 장견두와의 사이를 알지 못하는 모양이었다.

류가 머리를 저었다.

“그러지 마라. 그는 네가 상대할 사람이 아니야.”

“쳇, 너는 나를 너무 무시하는 경향이 있다.”

표양신이 눈을 흘겼다.

“어제의 내가 아니란 말이다. 네가 처음 보았던 얼뜨기 표양신은 그날 죽었어. 나는 전혀 새로운 표양신이다. 보여줄까?”

류는 그가 말한 ‘그날’ 이 동가촌 밖의 언덕 위에서 싸우던 날이라는 걸 안다.

그는 그날 처음으로 강호의 고수라는 자와 목숨을 건 싸움을 해보았고, 그 이후로 몰라보게 달라진 모양이었다.

당고한의 무공을 물려받은 데다가 표양신의 영리함이라면 빠르게 발전할 것이다.

류는 머지않아 그가 또 한 명의 강자가 되어 강호에 그 이름을 날리게 될 것이라고 믿었다.

“그런데 왜 하필 서안으로 가는 거냐?”

“지나쳐 간다는 거지, 최종 목적지가 거기는 아니야.”

단목향이 어깨를 우쭐거리며 말했다.

“우리는 기련산으로 가는 거야.”

“기련산?”

“잊었어? 나의 사문이 기련검파라는 걸.”

“그랬지.”

“너는 기련산에서 다시 태어나게 될 거야.”

“어째서?”

“지금 네 꼴을 봐. 죽은 것과 뭐가 달라? 그대로 만족하며 살 수 있어?”

“…….”

“하지만 사부님이라면 너에게 다시 생명을 주실 수 있을 거야.”

류는 그녀가 왜 자기를 기련산으로 데려가려 하는지 알았다. 마음이 무거워진다.

표양신이 어두워진 얼굴로 말했다.

“무사히 갈 수 있을지…….”

“왜?”

“당신은 신분을 노출시켰잖아. 그들이 벌써 알았을 텐데 과연 괜찮을까?”

그 말에 단목향의 얼굴이 즉시 어두워졌다.

자신이 풍향비를 뿌렸으니 사문을 스스로 밝힌 셈이다. 지존보에서는 그 일을 따지기 위해 기련검파로 사람을 보낼 게 분명했다.

사문에 누를 끼치게 되었다는 것 때문에 단목향은 마음이 무겁기만 했다.

‘어쩔 수 없었어.’

그때의 상황을 떠올리며 입술을 깨물었다.

혼자 몸으로 흑천의 척살자들을 따돌리기 위해서는 그렇

게 할 수밖에 없었다.

그 결과 류를 구하는 데는 성공했지만, 사문에 화를 불러들인 일이 되었다. 게다가 류마저 데려가고 있으니 어쩌면 사부님께서 크게 화를 낼지도 모른다고 생각했다.

하지만 그녀가 아는 한 빙혼의 청살장에 의해 입은 독기를 해독할 수 있는 곳은 자신의 사문밖에 없었다.

청살장의 독기는 지독해서 한 번 몸 안에 스며들면 사라지지 않았다. 아무리 내공이 심후한 자라고 해도 빙혼의 해독단을 먹지 않는 이상 독기를 몰아내지 못한다.

내력이 약한 자는 청살장을 맞는 즉시 내부 장기가 녹아 죽어버릴 것이고, 내공이 고강한 자는 목숨을 건지겠으나 죽은 거나 마찬가지였다. 언제 독기가 발작할지 알 수 없기 때문이다.

내력을 운기하면 그 즉시 독성이 발작하여 기혈을 타고 전신에 퍼지게 된다. 그러면 그때는 빙혼의 해약도 소용없다.

그러니 그자는 평생 병약해진 몸을 가지고 살 수밖에 없었다. 다시는 무공을 펼칠 수 없는 것이다. 그건 강호의 고수로 불린 자에게 죽음보다 더 지독한 일이었다.

빙혼이 비록 절정고수의 반열에 들기에는 부족하다고 해도, 강호에서 그의 청살장만큼은 모두가 꺼려하고 두려워하는 이유가 거기 있었다.

그러나 기련검파의 신공인 옥연신공(沃然神功)은 그 청살장의 독기를 몰아낼 수 있었다. 강호의 수많은 신공들 중 유일하게 빙혼의 청살장과 극성이기 때문이다.

그 반대로, 기련검파의 옥연신공에 의해 치명적인 내상을 입은 자는 청살장으로 치료해 줄 수 있다. 그러니 빙혼의 사문과 기련검파는 서로 상극인 셈이었다.

第五章

속고 속이는 자들

第五章

배가 강 독판을 거슬러 천천히 나아가고, 날이 완전히 어두워졌을 무렵이다.

류와 표양신, 단목향은 작은 밀실 안에 있었다.

창문도 없이 사방이 막힌 방인데, 벽에 동전 구멍만 한 구멍이 몇 개 뚫려 있어서 겨우 바깥의 사정을 엿볼 수 있다.

철썩거리며 부딪치는 물소리만 들릴 뿐, 사방은 온통 괴괴한 어둠에 잠겨 있었다. 그때 똑, 똑, 하고 누군가가 조심스럽게 문을 두드렸다.

표양신이 재빨리 밀실의 문을 열자 두 사람이 뛰어들어 왔다. 검은 야행의를 입었는데, 한 명은 키가 크고 한 명은 호리호리한 작은 몸집의 사내였다.

아직도 옷자락에서 물이 뚝뚝 떨어지고 있는 것이, 헤엄쳐서 다가와 몰래 배로 숨어든 게 틀림없다.

그들은 표양신과 눈인사만 나누었을 뿐, 곧 밀실 벽에 등을 기대고 앉아 눈을 감아버렸다.

다음날, 초량진(草良津)에 배가 멎었을 때 소녀가 한 사람을 부축하여 배에서 내렸다.

남자는 병이 깊은 듯 혼자서 걷지 못했고, 그를 부축하고 있는 소녀는 아직 어려 보였다.

그들은 강바람을 피하기 위해서인 듯 모자를 푹 눌러쓰고 있어서 얼굴을 알아보기 힘들었다.

뱃사람들은 비틀거리며 진두(津頭) 너머로 멀어지는 두 사람을 바라보았다. 그들은 어제 저물녘 마차에서 옮겨 탔던 소녀와 병자가 의원을 찾아 배를 떠나는 것이라고 믿었다.

이번 물길에 동행한 표양신이 뱃사람들에게, 그들이 급히 의원을 찾아야 하는 환자인데 평소에 안면이 있던 사이인지라 배에 태워 이곳까지 데려온 거라고 말했던 것이다.

뱃사람들은 모두 황룡문에 속해 있는 일꾼들이다. 표양신이 문주의 총애를 받는 제자라는 걸 모두 다 안다. 그러니 그의 말을 철석같이 믿을 뿐 의심하지 않았다.

이번 운송에 표양신이 갑자기 나타나 동승했다는 게 의아했지만 무언가 급한 사정이 있으려니 하고 짐작할 뿐이었다.

두 사람을 내려놓고 초량진을 떠난 배는 비로소 황룡문의 깃발을 높이 매달고 유유히 황하를 거슬러 서쪽으로 나아갔다.
돛대 꼭대기에 황룡문의 깃발을 내건 것만으로도 위세가 당당해서 관은 물론 수적의 무리들도 얼씬거리지 않았다.
황룡문은 황하 유역에서 교역과 운송을 독점해 부를 축적해온 문파다.
그들의 위세가 지금은 구파일방을 누를 만하니 섣불리 시비를 걸어올 자가 없는 건 당연한 일이었다. 게다가 지존보의 신뢰를 듬뿍 받고 있는 문파 아닌가.
초량진을 떠난 지 사흘 후 배는 무사히 서안 외곽의 십리포(十里鋪)에 닿았고, 곧 기다리고 있던 하역부들이 개미 떼처럼 달려들어 선창 밑바닥에 차곡차곡 쌓여 있던 곡식 가마들을 지고 나르기 시작했다.
선원들은 이번에도 무사히 물건을 운반했다는 안도감으로 긴장을 푼 채 한껏 늘어졌다. 대부분은 마을로 술과 여자를 찾아 떠나고 몇 사람만 남아서 곡물이 하역되는 걸 감독할 뿐이다.
표양신이 그들을 불러 모아 무엇인가 이야기를 하며 잠시 시간을 끄는 동안 하역부들 틈에 섞여서 류와 단목향이 배를 떠나는 걸 아무도 눈치 채지 못했다.

"자, 그럼 난 바람을 좀 쐬고 오겠소."

표양신이 한 사내의 어깨를 툭툭 치며 호탕하게 말하고 느긋한 걸음으로 배에서 내렸다.

단목향은 류를 부축하여 천천히 걸었다. 재빨리 뒤따라온 표양신이 그들을 허름한 주가로 이끌었다. 곧 주가의 점소이 한 명이 밖으로 나갔고, 오래지 않아 두 필의 말을 끌고 돌아왔다.

단목향과 류는 어느덧 평복으로 갈아입고 있었다. 먼 길을 떠나는 촌 부부처럼 보인다.

떠나기 전 표양신이 류의 손을 꼭 잡았다.

"부디 몸조심해라. 너 혼자 몸이 아니고 너 혼자 사는 게 아니라는 걸 명심해."

똑바로 바라보는 그의 눈길이 이글거린다. 류가 멋쩍은 웃음을 흘렸다.

"고맙다."

"썩을 놈. 그런 말은 하지 않느니만 못해. 갑자기 낯선 사람이 된 것 같잖아."

눈을 흘긴 표양신이 짐짓 사나운 표정을 지었다.

"아무튼 그녀를 꼭 구해내라. 안 그러면 내가 너를 가만 놔두지 않을 거야."

“명심하지.”

“나쁜 놈.”

그 한마디 속에는 수많은 복잡한 생각이 깃들어 있다는 걸 류는 잘 안다. 그가 표양신의 손을 마주 잡으며 머리를 끄덕였다.

표양신이 단목향을 돌아보고 빙긋 웃었다.

“이 멍청한 놈을 보살피려면 소저의 수고가 이만저만이 아니겠군요.”

“타고난 팔자려니 해야지 어쩌겠어요.”

“잘 부탁합니다.”

“걱정 마세요. 닷새만 더 가면 난주부에 이를 테고, 그러면 아무 걱정 없어요.”

단목향이 배시시 웃었다. 그녀는 난주부까지만 가면 어느 정도 마음을 놓아도 될 것이라고 생각하고 있었다.

난주부에는 기련검파의 연락소가 있다.

그곳이 새외로 나가는 관문이었으므로 기련검파에서는 중원의 소식을 듣고, 기련산 아래를 지나갈 자들의 동향을 파악하기 위해 난주부에서 연락소를 은밀하게 운영하고 있었던 것이다.

단목향은 그 연락소를 통해 소식을 전할 생각이었다. 그러면 이틀 뒤에는 사형들이 마중을 나올 것이다. 기련산으로 가는 길에 그들과 합류할 수 있다.

그런 생각으로 한층 여유가 있어진 단목향이 손을 흔들어 작별을 고하고 말고삐를 흔들었다.

표양신은 그녀와 류를 태운 말이 멀어지는 걸 하염없이 바라보고 서 있었다.

＊　　　＊　　　＊

같은 시각, 초량진에 있는 유일한 객잔인 만성객잔 후원의 객사에 상인 차림을 한 사람들이 모여들었다.

그리고 얼마 지나지 않아 두 명의 잡부가 겁먹은 얼굴로 잡혀왔다.

객사를 통째로 빌린 듯, 후원에는 그들 외에 아무도 얼씬거리지 않는다.

대청에 들어온 두 사람의 잡부가 한복판에 어정쩡하게 서서 잔뜩 어깨를 움츠리고 두리번거렸다.

잠시 후 눈매가 날카로운 중년의 두 사람이 들어왔다. 내실 쪽에서 나온 것인데, 남쪽에 마련된 의자에 거만하게 앉아 대청 좌우에 공손히 서 있는 사내들을 둘러본다.

두 사람 중 눈매가 서늘한 중년의 마른 사내가 잔뜩 겁먹고 있는 잡부들을 턱으로 가리켰다.

빙혼이다.

"본 걸 말해봐."

"저희들은 그저…… 한 명의 촌 아낙이 병든 사내를 부축하며 진(津)에 들어오는 걸 보았을 뿐입지요."

"저는 그들이 객잔 이층의 객방에 드는 걸 보았습니다."

"떠나는 건?"

"보지 못했습지요. 언제 떠났는지도 모릅니다."

"객잔에는 하루에도 수많은 사람들이 드나든다. 어째서 그들이 특별히 기억에 남았지?"

"밖에서야 그렇다고 쳐도, 객잔 안에 들어와서까지 푹 눌러쓴 모자를 벗으려 하지 않았거든요. 그건 이상한 일입지요. 게다가 여자가 혼자서 병든 사내를 데리고 여행을 하고 있으니 호기심이 생기지 않겠습니까요?"

"말을 걸어보았나?"

"그냥 먼발치에서 보기만 했습니다. 뭐, 저하고야 특별히 상관없는 일이었으니까요."

빙혼이 곁에 앉은 사내를 돌아보았다. 눈으로 의견을 묻는 것이다.

묵묵히 그들의 말을 들으며 안색을 살펴보고 있던 사내, 추혼사객 우문창이 수하들에게 말했다.

"돈을 줘라."

그들, 두 명의 잡부는 열 냥씩의 은자를 받아 들고 연신 머리를 조아렸다.

겁을 먹긴 했지만, 몇 마디 말을 해주고 보름은 흥청망청

놀아도 좋을 돈을 받았으니 입이 귀에 걸린다.

빙혼이 방에서 나가는 그들에게 말했다.

"이 일을 아무에게도 말하지 마라. 그렇지 않았다가는 쥐도 새도 모르게 그 모가지가 떨어질 것이다."

뼛속에 스며드는 스산한 말에 두 사람이 부르르 몸을 떨고는 달아나듯 허둥거리며 떠났다.

"어디로 갔을까?"

우문창의 말에 빙혼이 씩, 웃었다.

"한 가지 확실하게 해주실 게 있습니다."

"알아. 이번 일만큼은 반드시 협조한다."

"약속하신 거지요?"

"물론. 너나 나나 이미 겪을 만큼 겪었다. 상대는 생각보다 교활해서 호락호락하지가 않지. 우리가 힘을 합치지 않는다면 지난번과 같은 꼴을 또 당하게 될지도 모르지 않나?"

"좋습니다. 저도 이번 일만큼은 자존심을 버리고 흑천의 힘을 빌리겠습니다."

우문창이 소리없이 웃었다.

밀천의 치밀한 정보망과 흑천의 힘이라면 못할 게 없을 것이라고 믿는다.

처음부터 염가연과 괴한을 흑천의 척살대가 뒤쫓았더라면 멍청하게 놓치는 일은 없었을 것이라고 생각했다.

하지만 빙혼의 속마음은 그와 같지 않았다.

'흥, 네놈들도 멍청하게 놓친 건 마찬가지 아니었나? 흑천의 힘이라고? 말짱 개소리라는 게 이번에 여실히 증명된 셈이지.'

그는 우문창이 그렇듯이 모든 것을 까놓고 보여주지 않으리라고 다짐하고 있었다. 필요한 만큼만 꺼내주고, 내가 원하는 건 최대한 가져올 셈인 것이다.

"그럼 저는 지금부터 그자들의 행적을 탐색하도록 하겠습니다."

"좋아, 나는 서안에 수하들을 집결시키고 기다리지."

빙혼이 떠나자 우문창은 잔뜩 낯을 찌푸린 채 잠시 생각에 잠겼다.

그는 정체를 알 수 없는 여자에게 류를 빼앗긴 후 백방으로 그들을 탐색했다.

그건 밀천의 밀정들도 마찬가지여서, 두 조직은 치열한 암중 경쟁을 하며 상대보다 먼저 그들을 잡기 위해 총력을 기울였다.

이틀 뒤에야 그들이 화선진으로부터 두어 마장 떨어진 강가에서 아무도 모르게 배를 탔다는 정보를 얻을 수 있었다.

마차를 몰아 류와 단목향을 태우고 거기까지 갔던 마부가 마장으로 돌아와 이상한 일을 겪었다며 떠벌리는 걸 척살대원 한 놈이 들었던 것이다.

마부를 붙잡아 족쳤지만 그들이 타고 간 배가 어디 소속인지는 끝내 알아내지 못했다.

마부는 돈을 받고 마차를 그곳까지 몰아갔을 뿐, 아무것도 알지 못하는 촌무지렁이였던 것이다.

배가 황하를 따라 올라갔는지 내려갔는지도 알 수 없고, 중간에 수많은 물길들이 갈라지니 어느 곳으로 흘러갔는지는 더욱 알 수 없었다.

배의 생김새라도 안다면 찾을 수 있겠지만, 늙은 마부는 아무것도 기억하지 못했으니 답답한 일이었다.

우문창은 할 수 없이 밀천에 손을 벌렸다.

즉시 달려온 빙혼은 그동안의 경과를 듣기 무섭게 그들이 배를 탔다는 곳부터 시작해서 사방 오백여 리에 걸쳐 비상령을 발동했다.

밀천이 부리는 각처의 채반자들이 총동원되어 황하 상류와 하류, 그리고 지류를 오가는 배들에 대한 정보 수집에 들어갔다.

그리고 사흘이 지난 오늘, 그들은 서안에 가까운 초량진에서 수상한 두 사람이 배에서 내려 사라졌다는 소식을 들을 수 있었던 것이다.

지난 일들을 하나하나 되짚어가던 우문창은 번갯불처럼 뇌리에 떠오르는 한 생각에 부르르 몸을 떨었다.

'기련산이다!'

왜 진작 그 생각을 하지 못했던 건지, 저의 미련스러움이 저주스러웠다.

여인이 부상을 입은 놈을 데리고 배를 탔다는 건 좀 더 편하고 빠르게 서쪽으로 가기 위해서가 분명하다. 그렇다면 초량진에서 내린 건 속임수일 것이다.

다른 놈이 변장을 하고 대신 내렸거나 아니면 다른 곳에서 다시 배를 탔을 것이다.

그는 그렇게 단정했다.

괴한이 빙혼의 청살장에 맞았으니 그 독기를 해소하기 위해서는 반드시 기련검파의 도움을 받아야 한다.

빙혼이나 우문창은 모두 그 사실을 잘 알고 있었다.

그들은 괴한을 구해간 여자가 기련검파 특유의 암기인 풍향비를 썼다는 걸 중요하게 여겼다.

함정은 바로 거기 있었다.

그녀가 기련검파의 전인이 분명하고, 그렇다면 옥연신공으로 청살장의 독기를 치료할 수 있기 때문이다.

그랬기 때문에 그들이 그 먼 기련산으로 갈 것이라고는 생각하지 않았는데, 그렇지 않은 모양이었다. 며칠 만에 천 리가 넘게 떨어진 초량진에서 흔적이 발견되었다니 그렇다. 게다가 초량진은 서안과 가까운 나루 아닌가.

여자의 공력이 부족하던가, 괴한의 상태가 더 엄중하기 때문이리라. 그래서 그녀는 자신이 그를 치료하지 못하고 기련 검파로 데려가고 있는 중이다.

우문창은 그렇게 추측했다.

그가 의자를 박차고 일어났다.

"즉시 채비해라. 난주로 간다."

"예?"

어리둥절해서 바라보는 수하에게 우문창이 버럭 소리쳤다.

"긴급 소집령을 내려! 난주에 모두 집결한다! 시한은 사흘. 극비 사안임을 잊지 말도록!"

조금 전의 약속은 까맣게 잊고 빙혼을 따돌리려는 것이다.

*　　　*　　　*

서안에서 서쪽으로 가는 길은 험한 산이 끝없이 이어져 있었다.

류와 단목향은 옥계(玉鷄)를 지나서 맥적산(麥積山)의 고산 준령을 타고 올라갔다.

거기서부터 난주(蘭州)까지는 천 길의 벼랑 위를 지나고, 골짜기를 건너며, 구름도 쉬어가는 산 능선을 넘어야 하는 험한 길이었다.

다행히도 류는 갈수록 조금씩 체력을 회복하고 있었다. 그들이 서안을 떠나 나흘쯤 지났을 때는 혼자서 말고삐를 붙잡고 앉아 단목향의 뒤를 따를 수 있을 만큼 되었다.

이곡생이 세 알의 천보단을 먹여주고, 자신의 내력으로 기혈을 일부 터준 덕을 보고 있는 것인데, 류는 그 사실을 전혀 알지 못하고 단목향도 그랬다.

내상이 조금씩 치유되고 흩어졌던 양기가 모여들었지만 아직 힘을 쓴다는 건 불가능했다. 혈맥을 막고 기혈의 운행을 방해하는 청살장의 독기를 제거하지 못했기 때문이다.

이틀 후 그들은 민산의 북쪽 길을 따라 무사히 난주(蘭州)에 이를 수 있었다. 서안을 떠난 지 꼭 엿새 만의 일이다.

서역으로 가는 길목에 있는 난주는 서안을 떠난 대상(隊商)들에게 중요한 거점이다. 이곳을 벗어나면 옥문관에 이르기까지 쉬어갈 만한 곳이 없기 때문이다.

대상들은 난주에서 충분히 쉬며 사람과 낙타의 체력을 비축하곤 한다.

난주성에 들어서자 단목향이 안도의 한숨을 쉬고 말했다.

"우리도 이곳에서 쉬어가도록 하자. 준비해야 할 것들도 좀 있고 그러니까."

류는 서쪽으로의 행로가 처음이었다. 게다가 지금은 그녀의 보호를 받는 신세이니 그녀가 이끄는 대로 따를 수밖에 없었다.

그들은 난주부 외곽의 허름한 객잔에 들었다.

단목향은 망설임없이 한 개의 객사를 빌렸다.

류가 아직 완전치 못한 몸이고, 도망자라는 걸 염두에 둔 탓이기도 하다. 곁에서 보호하지 않으면 안심할 수 없었던 것이다.

이곳에 오기까지 늘 그래 왔던 일인지라 류도 거부감없이 그녀와 한 방을 쓰게 되었다.

그녀는 이상하게 여기는 다른 사람들에게, 남편이 병들어 먹고살 길이 막막해졌으므로 친정에 의탁하러 가는 길이라고 말하곤 했다.

그러면 사람들은 의심의 눈길을 거두고 측은한 동정의 시선을 보내왔다.

그녀가 이처럼 조금도 떨어지려 하지 않는 건 그만큼 류에 대한 마음이 깊어졌다는 것이기도 했다.

지존보에 있을 때는 염가연 때문에, 그리고 대사형에 대한 미련 때문에 내색하지 못했다. 하지만 이렇게 둘이 많은 날들을 보내게 되자 거리낄 게 없었다.

"나는 후회해."

그녀가 우울해진 얼굴로 그렇게 말했다.

눈을 감고 앉아 조용히 유허비결을 운용하고 있던 류가 무심하게 말했다.

"뭘?"

"너를 만나게 된 것 말이야."

"……."

"너는 내게서 너무 많은 것을 빼앗아갔어."

"그랬나?"

"내 마음을 가져갔잖아. 여자에게 그건 모두 다 빼앗긴 거
나 마찬가지야."

"훗, 그렇군. 너도 여자였군."

"뭐라고?"

단목향의 눈꼬리가 뾰족하게 치켜 올라간다.

"나는 네가 중성이라고 생각했다."

"중성?"

"생긴 건 여자 비슷하지만, 하는 짓은 남자거든."

"내가 언제!"

"늘 그랬잖아, 지금도 그렇고."

"……."

"네가 여자라면 그런 말을 쉽게 하지 못할 거야."

"멍청이!"

그녀가 빽, 소리치고 쿵쾅거리며 방을 나갔다. 꽝! 하고 문
이 닫히는 소리를 들으며 류는 빙긋 웃었다.

"쉽게 말했다고?"

씩씩거리며 주청으로 내려가는 단목향은 억울하기 짝이
없었다.

그런 말을 쉽게 할 수 있는 여자가 어디 있을 것인가. 참고

참아왔던 마음의 말을 이 기회에 슬며시 던져 준 건데 돌아온 건 핀잔밖에 없으니 자존심이 상했다.

"술!"

주청에 내려와 빈 탁자를 차지하고 앉은 그녀가 소리쳤다. 몇몇 술손님들이 의아한 얼굴로 돌아보지만 개의치 않는다.

"뭘 하고 있어? 백주 한 단지하고 삶은 쇠고기 한 근을 썰어 와! 잔은 필요없어!"

어리둥절하던 점소이의 눈이 더욱 커졌다.

이와 같은 주문과 말투는 여염집의 아낙이 하는 게 아니었기 때문이다. 강호의 여걸들이나 이런 거친 말을 한다.

병든 남편을 데리고 친정으로 가는 길이라고 하지 않았던가. 그런데 갑자기 강호의 여협으로 돌변한 듯하니 놀라울 뿐이다.

"귀가 먹은 거냐!"

멍하니 서 있던 점소이가 그녀의 호통에 번쩍, 정신을 차리고 정신없이 주방으로 달려갔다.

잠시 후, 단목향은 한 단지의 백주를 거침없이 들이켰다. 손으로 쇠고기를 집어 입에 넣고 볼이 미어지도록 씹는다.

속바지가 드러나지만 개의치 않고 한쪽 다리를 다른 쪽 무릎 위에 척, 걸쳐 놓고 앉아 있으니 자못 호기로워 보였다.

주청의 술손님들이 그런 그녀를 호기심과 경계의 눈길로

힐끔거렸다.

"빌어먹을 놈. 뭐? 내가 중성인 줄 알았다고? 그러는 너는 사내자식인 줄 아냐? 내가 볼 때 너는 아직 멀었다."

중얼거리고 술을 마시고 분풀이하듯 고기를 씹어댄다.

"너야말로 사내도 아니고 계집애도 아닌 중성이야. 뭐가 사내이고 계집앤지 모르는 코흘리개 꼬마지. 고집만 셌지 아는 게 뭐 하나 있어? 흥! 늙은 노새도 너보다는 부드럽겠다."

콸콸콸—

술을 마시는 게 아니라 들이붓는다고 해야 하리라.

항아리를 들어 올려 쩍 벌린 입에 부어대는 그런 무식한 주법은 강호에서나 어울리는 것이었다.

이제는 주객들이 겁을 먹고 하나둘 떠나기 시작했다. 그녀를 힐끔거리며 객잔에서 나간다.

*   *   *

난주는 서역과 중원의 많은 상인들로 늘 북적이는 대성(大城)이었다. 장성을 지키는 군인들이 수시로 오가고, 이족(異族)의 사람과 물자가 넘쳐 났으므로 치안을 유지하기 위한 관의 신경 또한 언제나 곤두서 있다.

천자의 궁성이 있는 북경과 마찬가지로 강호의 무리들이 활개를 펴기에 마땅치 않은 곳 중의 하나인 것이다.

그래서 난주에 머무는 무림의 고수가 없고, 지나기 위해 들렀더라도 스스로 조심하기 때문에 칼부림은 좀체 일어나지 않았다.

도검을 버젓이 차고 거리를 활보하는 강호의 무리를 찾아보기 어려운 곳이었던 것이다.

그 난주의 외곽 후미진 곳에 있는 관음당에 수상쩍은 자들이 모여들었다.

밤이 깊어 멀리서 부엉이 우는 소리가 들리고, 가끔씩 아랫마을의 개 짖는 소리가 들릴 뿐, 소나무에 둘러싸인 관음당은 적막하기 짝이 없었다.

음침한 어둠 속에 서 있는 관음당은 요괴의 소굴인 것처럼 음산해 보였다.

휙, 하는 바람 소리가 나더니 관음당 앞에 두 명의 흑의경장을 입은 자들이 하늘에서 떨어진 듯 갑자기 나타났다.

"속하 구호와 팔호입니다."

괴괴한 어둠에 잠겨 있는 당을 향해 머리를 조아리고 조심스럽게 말한다.

안에서 잠시 침묵이 흐르더니 묵직한 음성이 흘러나왔다.

"들어와라."

두 흑의괴한이 주위를 한 번 살펴보고 성큼 관음당의 낡은 문을 열고 들어갔다.

비로소 유등에 불을 붙인 듯, 안에서 희미한 빛이 흘러나왔

다. 그리고 다시 두 명의 흑의괴한이 이번에는 땅에서 솟아
나온 것처럼 불쑥 관음당 앞에 나타났다.

"칠호와 십호입니다."

"들어와라."

그들도 앞서 왔던 자들처럼 주위를 한 번 휘둘러보고 성큼
당 안으로 들어갔다.

관음당 안은 퀴퀴한 냄새가 배어 있고 여기저기 거미줄이
늘어졌으며 먼지가 잔뜩 쌓여서 지저분하기 짝이 없었다. 그
곳에 이십여 명의 흑의괴한들이 도열해 있었는데, 숨소리마
저 들리지 않아서 마치 모두 죽은 자들 같았다.

새로 들어온 두 명의 흑의괴한이 가장 끝줄에 붙어 서서 머
리를 숙였다.

제단 위에는 한 사람이 가부좌를 튼 채 앉아 있고, 그 좌우
에 두 명의 흑의괴한이 우뚝 서서 시립하고 있었다. 무리를
바라보는 그들의 눈에서 형형한 안광이 쏟아진다.

한 자루의 검을 옆에 세운 채 석상처럼 앉아 있는 자는 흑
천의 총령인 추혼사객 우문창이었다.

그가 천천히 눈을 떴다. 한줄기 싸늘한 빛이 섬광처럼 번쩍
이며 뻗어나가더니 곧 갈무리되었다.

"다 온 거냐?"

왼쪽에 시립해 서 있던 자가 공손히 대답한다.

"그렇습니다. 방금 들어온 칠조와 십조의 조장을 끝으로

모두 모였습니다."

그들은 흑천의 척살조에 속한 조장들이었다.

스물두 명의 조장이 왔으니, 흑천에서는 아무도 모르게 칠십여 명의 인원을 난주부에 집결시킨 것이다. 그것은 흑천의 전력 중 절반에 해당하는 숫자였다.

이차 정사대전 이후 흑천에서 이처럼 대규모의 인원을 동원한 적이 없었다.

우문창의 밀명대로 그들은 이틀 전에 모두 도착했다. 그리고 지난 이틀 동안 난주부를 샅샅이 뒤지고 있었다.

그 결과를 밤마다 이 관음당에 모여서 보고하는 것이다.

우문창이 턱을 끄덕이자 오른쪽에 시립하고 있던 자가 묵직한 음성으로 말했다.

"보고하라."

가장 왼쪽 줄 앞에 있던 자가 숙이고 있던 고개를 들고 말한다.

"밀천의 흑살수들도 속속 난주부를 향해 오고 있습니다. 이틀 후에는 그들 역시 이곳에 모여들 것으로 보입니다."

"흥, 냄새 하나는 역시 잘 맡는 놈들이라니까."

우문창이 입가에 싸늘한 웃음을 띠고 그렇게 말했으므로 잠시 관음당 안에 무거운 침묵이 흘렀다.

그 뒤로 다섯 명이 차례차례 자신들이 가져온 정보를 우문창에게 보고했다. 그리고 가장 마지막에 들어온 칠조의 조장이 머리를 들었다.

"수상한 계집을 보았습니다."

"어디에서?"

"서역로 끝에 있는 향빈객잔이라는 곳인데, 모습은 촌의 아낙이었지만 하는 짓거리는 강호의 여걸과 같았습니다. 점소이에게 은밀히 물어보니 병든 남편을 보살피며 서쪽으로 가는 길이라고 했답니다."

"병든 남편?"

거기에서부터는 십조의 조장이 보고했다.

"제가 슬쩍 이층의 객방으로 올라가 살펴보았습니다. 수염이 무성하고 머리카락을 흩치고 있어서 나이를 정확히 짐작할 수는 없었지만, 기력이 없고 낯빛이 병색으로 누렇게 떠 있는 것이 과연 병자가 틀림없었습니다."

"어디에서 왔다고 하더냐?"

"점소이도 그건 알지 못하고 있었습니다."

"계집의 생김새는?"

잠시 머리를 갸웃거리던 칠조의 조장이 다시 보고했다.

"얼굴이 검고 꾀죄죄했습니다. 특별히 눈에 띄는 인상은 아니었습지요."

"그것만 가지고는 부족하다."

우문창의 얼굴에 짜증이 어렸다. 보고를 한 칠조와 십조의 조장이 잔뜩 긴장해서 어깨를 움츠렸다.

“가라, 가서 확실한 걸 파악해 와. 아니다. 그 연놈들을 잡아와라.”

“존명!”

칠조와 십조의 조장이 포권하고 바람처럼 관음당을 떠났다.

우문창이 회심의 미소를 지었다.

빙혼이라는 놈이 오기 전에 일을 마무리 지을 수 있게 될지도 모른다는 희망이 생겼기 때문이다.

여기서 확실히 마무리해 버린다면 그놈도 약속 운운하며 길길이 날뛰지 못하리라.

두고두고 앙갚음을 하려 들겠지만 그건 다음의 일이고, 지금은 어쨌든 그자를 잡고 볼 일이었다. 그래서 확인을 해야 한다.

괴한이 이쪽의 추측대로 마교의 무리 중 하나라면 기련검파가 여태까지 알려졌던 것과는 달리 마교와 내통하고 있었다는 걸 확인할 수 있게 된다.

그건 강호에 커다란 풍파를 일으킬 일대 사건이 아닐 수 없다.

第六章

풍운(風雲)의
난주부(蘭州俯)

第六章

　그 무렵, 단목향은 취기가 오른 얼굴로 난주부 남쪽 골목을 휘청휘청 걸어 내려오고 있었다.

　저택들이 즐비하게 늘어서 있는 부촌이다. 청석이 깔린 골목길은 항상 깨끗했고, 지나다니는 사람들이 드물어서 언제나 조용했다. 더구나 지금은 한밤중이다.

　달빛이 오늘따라 휘영청 밝고, 드문드문 담 너머로 흘러나오는 불빛 때문에 주변의 경물들이 잘 보였다.

　"흥, 나쁜 놈. 제가 그렇게 잘났어? 천하에 두려울 게 없다는 듯 꺼덕대더니 결국 그 꼴이 되었잖아? 한 치 앞을 알 수 없는 게 사람인데, 다시는 나를 안 볼 것처럼 말하다니."

아직도 류에게서 들은 말이 가슴에 맺히는 그녀였다. 염가
연은 그렇게 공주님 모시듯 정성을 다하면서 저에게는 함부
로 대하는 류가 얄밉기 짝이 없다.

투덜거리며 적막한 골목길을 내려오던 단목향이 주춤, 멈
추어 섰다.

'기척!'

수상한 자들의 기척이 뒤에서 느껴졌던 것이다.

술기운 때문에, 그리고 류에 대한 원망으로 마음이 어지러
웠던 탓에 이제야 느낀 건지도 모른다. 한순간 술이 깨고 정
신이 번쩍 들었다.

혹시 놈들이 본 문의 비밀 연락소를 알아낸 건 아닐까? 하
는 의혹이 들었던 것이다.

저를 미행해 왔다면 기련검파의 난주부 연락소에 들어가
고 나오는 것을 보았을 것이다. 그렇다면 좋지 않다. 미행하
고 있었다는 건 호의를 품은 자들이 아니라는 증거이기 때문
이다.

단목향은 다시 천천히 걸었다. 겉으로는 조금도 달라진 게
없어 보였지만 그녀의 온 신경은 바늘 끝처럼 예민하게 곤두
서 있었다.

'세 놈.'

단목향이 입술을 지그시 깨물었다. 뒤에 두 놈, 그리고 한
놈은 방금 골목 모퉁이를 돌아 모습을 드러냈다.

평범한 상인 차림을 하고 있는 자들. 그러나 단목향은 그놈들이 결코 상인들이 아니라는 걸 충분히 느꼈다.

'혹시?'

지존보의 밀천이나 흑천의 추적자들일지 모른다는 생각이 번갯불처럼 달린다. 그렇다면 더욱 심각하다. 객잔에 홀로 남겨두고 온 류에 대한 걱정으로 마음이 불처럼 달아올랐다.

'모두 죽인다.'

그녀가 그렇게 모진 마음을 먹었을 때, 저 앞의 골목에서 나온 놈이 길을 가로막고 섰다.

"어이, 잠깐 나 좀 보자."

단목향은 대꾸하지 않았다. 고개를 숙이고 자박자박 다가가기만 할 뿐이다.

"함께 갈 곳이 있다. 얌전하게 굴면 털끝 하나 다치지 않을 테지만, 그렇지 않으면……"

놈이 음침한 눈을 굴리는 순간, 단목향이 소매 속에 찔러 넣고 있던 손을 뺐다.

열 걸음 앞이었다.

핏!

창백한 빛 한줄기가 섬광처럼 그 공간을 갈랐다. 손가락의 힘만으로 튕겨낸 유엽비(柳葉匕)다.

"흥!"

놈이 그럴 줄 알았다는 듯 코웃음을 치며 팔목에 두르고 있던 철비구(鐵臂具)로 그것을 튕겨냈다.

땅! 하는 맑은 쇳소리가 들렸을 때, 단목향은 유엽비를 뒤따라 미끄러지듯 그놈의 면전으로 닥쳐들고 있었다. 어느새 날이 시퍼렇게 선 한 자루의 단검을 쥐고 있다.

쨍!

쇠와 쇠가 부딪치는 맑은 소리가 한 번 터져 나왔다. 놈이 몸을 기울이며 다시 한 번 팔을 휘둘러 철비구로 단검을 쳐낸 것이다.

찰나의 순간에 보여준 그 움직임만으로도 예사로운 놈이 아니라는 걸 충분히 알 수 있었다.

그래서 단목향의 마음은 더욱 지독해졌고, 솜씨는 그것보다 열 배 악랄해졌다.

놈이 품에 감추고 있던 검을 뽑아내는 순간, 동작에 잠깐의 끊어짐이 생긴 걸 단목향은 놓치지 않았다.

그녀가 주저앉듯 몸을 낮추더니 거꾸로 쥔 단검을 사내의 무릎에 박으려 했다.

뜻밖의 기수(奇手)에 사내가 깜짝 놀라 급히 발을 뺀다. 중심이 기우뚱한 순간, 단목향이 가슴을 붙이려는 듯 바짝 다가서며 굽혔던 몸을 일으켰다.

빠악!

왼손을 접어 맹렬하게 올려친 팔꿈치에 둔탁한 충격이 전해져 왔다.

사내의 턱이 덜컥 들리고 답답한 신음을 흘린다.

놈은 아직 기울어진 몸의 중심을 잡기 전이었다. 무릎을 노리는 단검 때문에 놀란 순간이었기에 단목향의 그 일격에는 무방비일 수밖에 없었다.

단목향이 저항력을 잃어버린 놈의 목을 안고 재빨리 등 뒤로 돌아갔다.

퍽, 퍽!

그와 거의 동시에 두 대의 수전이 그놈의 가슴 깊이 박혀들었다.

멀찍이에서 은밀하게 뒤따르던 자들이 의외의 사태에 놀라 바람처럼 내달려오며 수전을 쏘았던 것이다.

숨이 끊어져 축 늘어지는 놈을 팽개친 단목향이 허리춤을 더듬었다.

창!

맑고 낭랑한 소리와 함께 흰 빛이 꿈틀거린다. 연검이었다. 그리고 두 놈이 검을 뽑아 들고 달려들었다.

"차합!"

단목향이 물러서기는커녕 오히려 마주 달려들며 날카로운 기합성을 터뜨렸다.

두 놈이 즉시 좌우로 갈라졌지만 좁은 골목 안이다. 곧 어깨가 차가운 돌 벽에 부딪친다.

푸르릉—

연검이 기묘한 울림을 토하며 좌측 사내를 찔러갔다. 눈앞
에 번갯불이 치는 듯한 쾌검이었다.

"헛!"

놈이 당황하여 헛바람을 들이켰다.

바람과의 마찰만으로도 가느다란 나뭇가지처럼 흔들리는
검봉이다. 낭창거리며 좌우로 어지럽게 흔들리고 있으니 어
디를 찔러오는 건지 짐작하기 어려웠다.

놈이 이를 악물고 검을 휘둘러 가슴 앞에서 단목향의 검로
를 끊으려는데, 그녀가 휙, 하는 바람 소리가 들릴 만큼 재빠
르게 몸을 틀었다.

연검이 엿가락처럼 휘며 오른쪽으로 돌아간다.

우측에서 달려들던 놈이 당황했다. 비정하게도 그녀가 동
료를 찌르는 순간을 노리고 있었기 때문이다.

누구든 상대의 몸에 검을 찔러 넣은 그 순간에는 동작에 끊
어짐이 생기게 마련이다. 그 틈을 노리고 뒤에서 찌른다면 피
할 수 없다.

놈은 두 명의 동료가 희생되더라도 저 계집만 잡으면 명령
을 완수하는 게 된다고 생각했다.

그래서 동료의 위험을 돌보지 않고 기습했지만, 단목향이
좌측 놈을 무섭게 몰아친 건 유인술이었다. 실은 우측 놈을
노리고 있었던 것이다.

그놈이 미끼에 걸려들었고, 단목향은 그걸 놓칠 수 없었다.

푸르릉—

회초리처럼 휘어졌던 그녀의 연검이 탄력을 받아 더욱 빠르게 쏘아져 나갔다.

“헉!”

놈이 급히 몸을 멈추었으나 연검은 이미 목덜미에 닿아 있었다. 뱀처럼 목에 감기는 선뜻한 감촉.

파앗!

놈의 목이 허공으로 둥실 떠올랐다. 그리고 단목향의 검은 다시 좌측으로 휘어진다.

핏!

무시무시한 쾌검이었다.

검봉이 토해내는 바람 소리가 사라질 때 좌측에 있던 놈은 목을 움켜쥐고 있었다. 차가운 돌담에 등을 기댄 채 우두커니 서 있는데, 손가락 사이로 뜨거운 피가 서서히 스며 나왔다.

“너, 너는……?”

그자가 꺼져 가는 정신을 안간힘을 다해 붙잡으며 겨우 그렇게 물었다.

“단목향.”

무심하게 말하며 제 옷깃에 검을 닦는 그녀의 한마디에 사내는 찢어지도록 눈을 부릅떴다.

“그, 그렇군…… 검기령주…… 였어…….”

사라졌다던 그녀가 지존보의 적이 되어 다시 나타났다는

게 사내를 조금 전의 그 무서운 검격보다 열 배는 더 놀라게
했다.

'이, 이 사실을 알려야 하는데……'

그런 생각도 점점 아득해져 가고, 사내는 벽에 기댄 채 주
르륵 무너져 내렸다.

기련검파는 쾌검으로 이름이 높다.

쾌검을 제대로 구사하기 위해서는 무엇보다 냉정하고 과
감해야 한다.

때로는 냉혹하다고 할 만큼 비정한 기질이 있어야 쾌검법
을 대성할 수 있는 것이다.

그래서 쾌검법의 고수로 꼽히는 자들은 대개 마음이 모질
고 악착같은 데가 있었다. 망설이지 않는 과단성과 일격필살
의 냉혹함이 오랜 수련을 통해 몸에 배어 있기 때문이다.

단목향은 그런 점에서 부족했다. 여자라는 타고난 천성 탓
도 있으리라.

그런 그녀가 변해도 무섭게 변해 있었다.

검기령의 수하 오십 명을 모두 잃은 싸움에서 큰 충격을 받
고 지존보를 떠나더니 비로소 사문의 쾌검법을 제대로 받아
들일 수 있게 된 것이다.

파앗!

또 한 놈의 목이 반쯤 잘려 쩍 벌어졌다. 두 번째 희생자다.

쉬잇, 하는 섬뜩한 소리를 내며 뒤에서 쏟아지는 검격. 그러나 그것은 창백한 안색의 괴한을 조금도 곤란하게 하지 못했다.

쉭!

기다리고 있었다는 듯 그자가 돌아서며 두 자루의 검 사이로 몸을 들이밀었다. 가슴과 등을 스치고 지나가는 검이 불빛을 튕겨낸다.

창!

사내가 두 자루의 단검으로 그것들을 가볍게 밀어냈다. 그리고 터져 나오는 파열음.

픽, 픽!

또 두 놈이 목을 찍힌 채 쿵쿵거리며 물러섰다.

사내가 바람개비처럼 맴돈다.

남아 있는 두 놈은 질려 버렸다. 눈 깜짝할 사이에 네 명이이 정체를 알 수 없는 괴이한 자의 단검에 베이고 찔려 쓰러졌는데, 미처 손써볼 새도 없이 벌어진 일이라는 게 더 어이없다.

사내는 피맛을 본 야차 같았다. 핏발 선 눈을 번쩍이며 와락 달려든다. 두 놈이 잔뜩 몸을 웅크리고 몇 걸음 물러섰다.

이제는 더 물러날 곳이 없다. 등이 벽에 닿아버린 것이다.

"너, 너는?"

한 놈이 정신을 차리고 겨우 물었다. 사내가 차갑게 웃는다.

“귀령.”

“귀령?”

들어보지 못한 이름이다.

“저승에 가면 알게 돼.”

팟!

귀령의 신형이 꺼져 버렸다. 두 놈은 눈을 부릅떴다. 불과 세 걸음 앞에 그가 있었는데, 눈 한 번 깜빡이고 났더니 휑한 허공이었던 것이다.

‘귀신?’

그런 생각이 든 순간, 그들의 머리 위에서 맹렬한 바람 소리가 쏟아졌다.

“억!”

놀란 두 놈이 급히 좌우로 갈라져 몇 걸음 쿵쿵거리고 비켜서더니 이내 풀썩, 주저앉았다.

정수리 깊이 한 자루씩의 단검이 박혀 있었다.

소리없는 조용한 싸움이 갑자기 벌어지더니 한순간에 끝나 버렸다.

“으음—”

침상 위에서 그 모든 광경을 꼼짝하지 않고 바라보던 류가 긴 숨을 내쉬었다.

단검을 갈무리한 귀령이 그를 돌아보고 히죽 웃는다.

“호호호, 처음부터 네가 죽었다는 말 따위는 믿지 않았다.”

“…….”

“고맙다는 말은 하지 않아도 돼.”

“내가 여기 있다는 건 어떻게 알았지?”

“다 아는 수가 있지. 서안에서부터 네 뒤를 따르고 있었다.”

잠시 생각하던 류가 피식, 웃었다.

“알겠어. 장건두에게서 부탁을 받은 거로군.”

귀령은 무표정한 얼굴로 바라볼 뿐 대답하지 않았다.

벌써 열흘 가까이 그가 뒤따랐는데도 까맣게 모르고 있었다는 게 류를 허탈하게 했다. 평소 같았다면 귀령이 가까이 다가온 즉시 느낌을 통해 그의 존재를 알아챘을 것이다.

건강은 많이 좋아져서 움직이는 데 불편한 게 없었지만, 몸 상태가 전과 같지 않다는 것. 그 사실을 귀령의 존재를 통해 다시 한 번 확인한 셈이었다.

류는 자기 자신의 처지에 씁쓸해지는 한편 불안한 마음이 되었다. 귀령이 자신의 생존 사실을 안다면 곧 조작량도 알게 될 것 아닌가.

“부탁이 있다.”

“나에게 그런 말도 할 날이 있군?”

“보주님께는 내가 살아 있다는 걸 비밀로 해줘.”

“쳇, 겨우 그거냐? 걱정할 것 없다. 나는 이제 지존보의 사람이 아니니까.”

“뭐라고?”

류에게 귀령의 그 말은 뜻밖이었다. 그는 조작량의 그림자로 살아가던 자 아닌가.

스스로를 조작량의 종이라고 했다. 충성을 맹세했다고 하지 않았던가. 그런데 지금은 제 입으로 지존보의 사람이 아니라고 말했다. 믿을 수 없다.

“대체 무슨 일이 있었던 거냐?”

“너 때문이다.”

류를 노려보는 눈길이 이글거렸다.

“뭐라고 하는 거냐? 왜 내 탓이라는 거지?”

“너 때문에 나는 맹세를 깨뜨릴 수밖에 없었다. 그러니 너는 내 명예를 빼앗아간 거나 다름없어.”

“무슨 개소리!”

류가 벌컥 화를 냈다.

그에게 어떤 사정이 있었는지 모르기 때문에 더욱 이와 같이 터무니없는 비난은 받을 수 없다고 생각한 것이다.

“흥!”

코웃음을 친 귀령이 다시 말을 하려는 순간 문짝이 쾅! 하고 요란한 소리를 내며 부서졌다. 한 사람이 바람처럼 뛰어든다.

“앗!”

눈앞에 펼쳐진 광경에 놀란 외침을 터뜨리고 우뚝 멈추어서는 사람. 단목향이었다.

천천히 시선을 옮긴 그녀가 침상 위에 우두커니 앉아 있는 류를 보고 비로소 안도의 한숨을 쉬었다.

"무책임한 년."

귀령의 낮은 꾸짖음.

단목향이 성난 고양이처럼 그를 홱, 노려보았다.

분칠한 듯한 얼굴을 한 괴이한 자가 침상 곁에 서서 자신의 시선을 고스란히 받아내고 있다는 게 불쾌하기만 하다.

석회로 만들어놓은 것처럼 생기가 없고 표정이 없는 괴이한 놈.

귀령은 그녀를 익히 보아서 알고 있었지만 단목향은 한 번도 본 적이 없다.

그녀가 머리를 갸웃거렸다.

류를 지켜준 걸 보니 적은 아닌 모양이다. 하지만 마음에 들지 않는다.

"가겠다."

귀령이 그 한마디를 남기고 훌쩍 몸을 날렸다. 누가 뭐라고 말할 새도 주지 않는다.

한줄기 매끄러운 바람처럼 창문 밖으로 사라지는 그의 뒷모습만 언뜻 보였다.

단목향이 한숨을 쉬었다.

"휴, 다행이야. 그런데 누구지?"

류가 딱딱하게 굳은 얼굴을 그녀에게 돌렸다.

"귀령."

"귀령이라고?"

처음 들어보는 이름이다. 고개를 갸웃거리는 그녀를 두고 류가 주섬주섬 옷을 챙겨 입기 시작했다.

"곧 알게 될 거다. 그런데 어디에 다녀오는 거지?"

"흥, 알 것 없어."

아직도 그녀의 마음은 다 풀어지지 않았다. 한껏 눈을 흘겨 준 그녀도 행장을 꾸리는 손이 바빠졌다.

류는 지존보를 떠났다는 귀령의 말이 내내 마음에 걸렸다.

대체 제가 없던 동안 무슨 일이 있었던 건지 더욱 궁금해진다. 아니, 귀령이 숨기고 있는 사연에 대한 호기심이고, 그것이 어쩌면 자신과 연관되어 있는 건지도 모른다는 생각 때문이었다.

그가 대뜸 '너 때문' 이라고 한 말이 귀에 쟁쟁 울렸다.

*　　　*　　　*

"뭐라고!"

우문창의 노한 고함 소리가 관음당 밖의 숲을 흔들었다.

"이런, 병신 같은 것들!"

벌써 두 번째다. 눈앞에서 다 잡은 먹이를 놓친 분함을 이제는 참을 수 없다.

혹시, 했던 그 두 남녀가 바로 자기가 뒤쫓는 그자들이라는 데에 더 화가 났다.

만전을 기하기 위해 삼 개 조 아홉 명을 보냈는데 모두 죽어버렸다니 허탈해지기도 한다.

도대체 얼마나 강한 계집이란 말인가? 하는 의문과 함께, 설마 그새 그놈이 본래의 제 힘을 되찾은 건가? 하는 의문이 함께 들었다.

어쨌든 좋다. 꼬리를 밟은 이상 끝장을 보지 않으면 사내가 아니다.

"잡는다. 무조건 잡아!"

발을 구른 그가 관음당의 문짝을 걷어차고 앞서 뛰어나갔다.

*   *   *

두두두두—

두 필의 말이 거침없이 난주부중을 질주해 나갔다. 늦은 밤이라 행인이 거의 없는 게 다행이다.

단목향이 앞서 길을 열고, 류가 뒤를 따랐다.

한 식경도 채 되지 않아서 그들은 북쪽 성문에 이르렀다.

성문을 지키고 있던 관병들이 급한 말발굽 소리에 놀라 뛰어
나왔다.

갑주 쩔그렁거리는 소리가 어둠을 흔들고, 밝혀놓은 횃불
에 창검이 번쩍인다.

"멈추어라!"

수문장으로 보이는 장수가 앞으로 나서며 쩌렁쩌렁하게
울리는 음성으로 호통을 쳤다.

두두두두―

두 필의 말은 아랑곳하지 않고 달려왔다. 곧 부딪칠 듯한
상황이 되자 장수와 병사들이 모두 당황하여 좌우로 흩어졌
다.

팟!

말 위에서 벌떡 몸을 일으킨 단목향이 그대로 솟구쳐 올랐
다.

싯싯거리는 날카로운 바람 소리가 들린다. 그녀가 소매 속
에 숨기고 있던 수전을 연거푸 발사한 것이다.

"끄억!"

"컥!"

가까운 곳에 있던 병사 다섯 명이 목을 움켜쥐고 나뒹굴었
다.

시잇!

다섯 대의 수전을 모두 써버린 그녀가 검을 뽑아 들었다.

몸과 검이 하나가 되어서 날카로운 바람 소리를 내며 수문장을 노리고 떨어진다.

크게 놀란 장수가 고함을 터뜨리며 급히 칼을 뽑아 후려쳤다. 땅! 하는 쇳소리와 함께 불똥이 화르륵 날려 어둠을 밝혔다.

그 틈에 류는 병사들을 뚫고 문에 이르렀다. 수문장을 따돌리고 급히 뒤따르며 몇 자루의 비도를 날려 관병의 추격을 막은 단목향이 류의 앞에 나섰다.

"문을 열어!"

날카롭게 외치고 와락 덮쳐 간다.

번쩍이는 검광이 허공을 가른다 싶었는데, 문을 가로막은 채 버티고 있던 병사들 중 세 명이 비명도 지르지 못하고 쓰러졌다.

히히히힝—

더 이상 나갈 수 없게 된 말이 앞발을 높이 들고 신경질적으로 울부짖었다.

단목향이 '이얏!' 하고 매서운 기합성을 터뜨리더니 말 등을 박차고 몸을 날렸다.

떨어지며 힘차게 내려친 단검이 두 개의 굵은 빗장을 거침없이 잘라 버린다.

그리고 다시 돌아서서 달려가 그새 뒤따라온 좌우의 병사들을 몰아쳤고, 몇 명이 또 쓰러졌다.

병사들은 이제 정신이 없었다. 와, 와, 소리치며 이리저리 몰려다닐 뿐, 제대로 된 대형을 갖출 틈이 없다.

단목향은 필사적인 움직임을 보이고 있었다. 죽고 사는 걸이 한 번의 싸움에 모두 건 듯 초인적인 힘을 발휘한다.

병사들을 물리친 그녀가 달려들어 무거운 성문을 좌우로 활짝 열어젖혔다.

류가 말 배를 박찼고, 놀란 그놈이 크게 울부짖더니 쏜살같이 성문을 빠져나갔다. 단목향도 자신의 말에 다시 뛰어올라 그 뒤를 따른다.

"추격대를 구성해라! 비상이다!"

뒤에서 고래고래 소리치는 장수의 분노가 눈앞에 보이는 것 같았다.

성루에서 급하게 치는 징 소리가 밤하늘에 울려 퍼졌다.

벼락치듯, 한순간에 급박하게 돌아간 상황이었다. 병사들은 아직 뭐가 어떻게 된 건지 어리둥절하기만 했다.

잠깐 사이에 십여 명의 동료가 죽어 나자빠졌고 성문이 뚫렸다. 모두가 크게 문책을 당할 상황인 것이다.

숙소에 있던 병사들이 모두 뛰어나오자 일백 수십 명이나 되었다. 그들이 대오를 정비하고 창검을 곧추세웠으며, 서른 명의 기병이 말을 끌어내 올라탔을 때였다.

두두두두—

어둠 속 저쪽에서 다시 한 떼의 급한 말발굽 소리가 쏟아져 들어왔다.

"으드득!"

수문장이 그곳을 노려보며 이를 갈았다.

조금 전에 놓친 놈들의 일행이 또 있었다고 여긴 것이다.

철통같은 경비로 이름난 난주부에서 야밤에 이런 일이 벌어진다는 건 있을 수 없는 일이고, 있어서도 안 되는 일이다.

이번마저 뚫린다면 군율에 의해 참수될 게 뻔했다.

"성문을 닫아라! 포진! 포로는 필요없다. 모두 죽여 버린다!"

단단히 화가 난 장수의 호령에 기병들이 즉시 앞으로 나서고, 보병들은 방패와 창을 세워 방어진을 쳤다. 성루에서는 서른 명의 궁수가 자리를 잡고 활시위를 당긴다.

두두두두―

백여 보 저쪽, 거리 모퉁이를 돌아 나오는 한 떼의 말들이 보였다. 언뜻 보아도 오십여 명이나 되는 자들인데, 하나같이 평복을 하고 있다.

"빠드득, 강호의 좀도둑놈들이 감히 북문을 넘보다니."

위사장의 이 가는 소리가 더욱 끔찍해졌다.

"엇!"

앞서 정신없이 말을 달리던 우문창이 놀란 외침을 터뜨렸다. 저 앞, 백여 보 거리를 두고 포진해 있는 성군들을 본 것이다.

어떻게 알고 저렇게 미리 나와 방비하고 있는 건지 의아해
진다.

"쏴라!"

장수의 호통이 터지자 성루 위에서 요란한 시위 소리가 났
다. 검은 구름 한 덩이가 내리 덮이는 것처럼 화살의 소낙비
가 쏟아져 내린다.

"물러서라, 물러서!"

놀란 우문창이 검을 휘둘러 화살들을 쳐내며 마구 소리쳤
다. 관병들을 상대로 싸움을 할 수는 없었던 것이다. 관병들
이 마치 전장(戰場)에 나온 것처럼 사납게 구는 것도 당혹스
럽다.

혹천의 척살대들이 화살을 쳐내거나 피하며 우왕좌왕하자
그 즉시 장수가 기병들을 이끌고 쳐들어왔다.

앞장서서 칼을 휘두르며 무어라고 고함을 질러대는 기세
가 전장을 질주하는 사나운 장수의 그것이다.

두두두두―

서른 명의 기병이 장창을 겨누며 쇄도해 든다. 우문창은 이
모든 게 그 고약한 계집애의 농간일 것이라고 짐작했다.

분하지만 북문을 뚫고 그들을 추격해 갈 수는 없다.

"돌아간다!"

소리친 그가 말 머리를 돌려 뒤도 돌아보지 않고 달려갔다.

난주부중에 때아닌 쫓고 쫓기는 추격전이 벌어졌다. 북문

에서 시작된 그 소란이 동이 틀 때쯤에는 성안에 모두 퍼져 관병들이 개미 떼처럼 쏟아져 나왔다.

지난밤 난주부중에 난동이 있었다는 소문이 돌았다. 북문이 정체를 알 수 없는 자들로부터 습격을 당해 십여 명이나 되는 관병이 죽었다는 것이다.

흉흉한 기세로 삼삼오오 짝을 지어 순찰을 도는 관병들의 기세가 소문이 거짓이 아님을 입증해 주었다.

사람들은 모두 무겁게 침묵했다. 제 발등에 불똥이 떨어지지 않기를 바랄 뿐이다.

수상하게 보이는 자들은 가리지 않고 묶어가니 난주부중의 거리에는 찬바람만 돌 뿐, 개새끼 한 마리 얼씬거리지 않았다.

동서남북 네 곳의 성문이 굳게 닫혀서 밖에 있는 자가 들어오지 못하고 안에 있는 자도 나가지 못했다. 벌써 이틀째다.

서역으로 떠나야 하는 상인들은 이 의외의 일에 발을 동동 굴렀지만 관에서 하는 일이니 달리 어쩔 수가 없었다.

난처한 것은 우문창과 그의 척살대원들이었다. 지난 이틀 동안 난주부중에 꼼짝 못하고 갇힌 처지가 되었으니 한심하기만 하다.

"교활한 년."

우문창이 이를 갈았다.

그녀가 북문의 관병들을 무참하게 살해하고 달아났다는

걸 안 것이다. 그때 마침 자신이 들이닥쳤으니 모든 죄를 덮어쓴 꼴이 되었다.

그녀는 이런 일을 기대하고 일부러 그렇게 난동을 부렸을 것이다. 그 생각에 더욱 이가 갈린다.

이제는 말을 타고 쫓아간다고 해도 너무 늦었다. 관음당에 오래 숨어 있을 수도 없다.

이곳, 오천산(五泉山)에도 언제 관병들이 들이닥칠지 모르니 불안하기만 했다.

잠시 생각하던 우문창은 어쩔 수 없다는 결론을 내렸다.

"각 조별로 흩어져서 재주껏 성을 빠져나간다. 내일 아침, 동틀 무렵 대사평에 모인다."

대사평(大沙坪)은 성 밖 동쪽, 황하를 건너 백탑산(白塔山) 너머에 있는 황무지였다.

이 밤중으로 성병의 눈을 피해 높은 성벽을 넘어야 하고 황하를 건너 백탑산을 지나야 하니 쉴 새가 없으리라.

第七章
기련검종(祁漣劍宗)
이양복(李陽福)

第七章

다음날 아침, 난주부중에 쥐새끼처럼 숨어서 사흘을 보냈던 흑천의 무리들이 무사히 성을 빠져나와 하나둘 대사평에 모여들기 시작했다.

그리고 단목향은 은천부 십 리 밖에서 기다리고 있던 사형들 세 명을 만나 합류했다.

그녀는 제 사형들을 붙잡고 크게 억울한 일을 당한 아이처럼 엉엉 울었다.

그날 밤 류와 단목향 일행은 은천부를 지나 기련산이 멀리 보이는 벌판에서 야영했다.

고리처럼 둥글던 보름달이 확연히 일그러지기 시작한 날

이다.

쓸쓸한 바람 소리로 술렁이는 벌판에서 그들은 낙타 가죽을 덮고 맨땅에 누워 잠을 청했다.

이마 위에는 은은하게 빛나는 달이 있고, 가끔씩 부스럭거리는 짐승들의 기척이 다가왔다가 멀어졌다. 달을 보고 우는 늑대의 길고 처량한 울음소리도 들린다.

곁에 누워 있는 단목향은 고른 숨을 쉬고 있었다. 그녀의 두 사형도 깊이 잠들었고, 기련검파의 셋째 제자인 장엄부 혼자서 우두커니 앉아 불침번을 서고 있었다.

그리고 사라졌던 귀령이 그곳으로 불쑥 찾아왔다.

좀체 잠들지 못하고 뒤척이는 류의 머리맡에 작은 돌멩이가 떨어졌다. 가만히 고개를 들고 바라보니 어둠 속에서 움직이는 기척이 전해져 온다.

"서쪽 언덕 아래로 와."

귓속에 파고드는 작은 앵앵거림.

그것이 귀령의 음성임을 안 류가 낙타 가죽을 걷어내고 부스스한 얼굴로 일어났다.

"왜?"

장엄부가 의아한 얼굴로 돌아본다.

"소변도 봐야겠고, 잠도 오지 않아 잠시 산책이라도 하려고 그런다오."

"이곳에는 늑대들이 많다. 혼자 돌아다니는 건 위험해."

“멀리 가지 않을 거요. 곧 돌아올 테니 걱정 마시오.”

느릿느릿 서쪽 언덕 아래로 향했다.

커다란 바위 뒤에서 귀령이 손짓을 한다. 천천히 다가간 류가 바위를 등지고 털썩 주저앉았으며 물었다.

“왜 다시 왔지?”

“해줄 말이 생각나서.”

“……?”

짧은 시간이었지만 귀령은 망설이고 있었다. 류는 그가 떠났다가 다시 돌아와 은밀히 자신을 불러낸 건 그만큼 중요한 일이 있어서라는 걸 짐작했다.

하지만 귀령은 아직도 무언가 마음의 결정을 내리지 못하고 있는 모양이다. 기다려야 한다.

한동안 머뭇거리던 귀령이 한숨과 함께 말했다.

“기련검파에서의 일이 끝나면 즉시 격이목으로 가봐라.”

“격이목이라고?”

격이목(格爾木)은 청해성(靑海省) 복판, 시달목분지(柴達木盆地)에 있는 회족의 고도(古都)다.

귀령이 갑자기 이름도 생소한 그곳으로 가보라고 한 의도가 무언지 류는 당황스럽기만 했다.

“어쩌면 네가 가장 원하는 걸 거기서 얻게 될지도 몰라.”

“……?”

“이제 가겠어.”

류가 돌아서는 귀령의 옷자락을 꽉, 움켜잡았다. 그를 노려
보는 눈 속에서 불길이 이글거린다.

"내가 원하는 게 뭔지 네가 어떻게 알지?"

"……."

"말하지 않으면 죽이겠어."

살기가 풀풀 날린다.

류는 이 문제를 심각하게 생각했다.

제가 원하는 게 사문의 복수라는 걸 아는 사람은 없어야 한
다.

아니, 표양신에게 언뜻 말해주었고 염가연도 눈치는 챘을
것이다. 하지만 그들은 그 안에 숨어 있는 사연들은 알지 못
한다.

그런데 귀령은 그 모든 걸 다 안다는 투로 말했다.

류를 물끄러미 바라보던 귀령이 귀찮다는 듯 말했다.

"사문의 복수를 하려고 강호에 나온 게 아니었어?"

"그렇다."

"원수를 모르지? 그래서 찾으려고 하지?"

"그걸 어떻게 알았는지 말해봐."

귀령이 그 질문에 대해서는 입을 다물었다. 류를 물끄러미
바라보다가 어깨를 으쓱하고는 천천히 제 할 말을 했다.

"지존보의 천주들 중 네가 보지 못한 사람이 한 명 있을 거
다."

“흑천의 천주는 보지 못했지.”

“왜 그런 줄 아느냐?”

귀령이 갑자기 엉뚱한 말을 하는 이유를 알 수 없다. 고개를 갸웃거리던 류가 무심하게 대답했다.

“그가 지존보에 없었기 때문이다.”

귀령의 얼굴에 싸늘한 미소가 스쳐 갔다.

“맞다. 그는 지존보에 없다. 벌써 십사 년 동안이나 강호를 떠돌고 있지.”

“십사 년!”

“그가 무엇을 하는지는 아무도 모른다. 보주님의 밀명을 받고 무엇을 찾아다니고 있다는 것만 어렴풋이 짐작할 뿐이지.”

이제 귀령의 말들은 류의 머릿속에서 웅웅 울리기 시작했다.

그는 귀령이 무슨 말을 하고 있는 건지 잘 알아들을 수가 없었다. 오직 십사 년이라는 그 한마디만 메아리처럼 자꾸 울린다.

“네가 지존보에 오기 전 그는 잠시 복귀했다가 곧 다시 보를 떠났다.”

“십사 년이라고 했지?”

자신의 지난 세월과 정확히 일치한다. 그것이 류를 긴장시켰다.

가슴의 통증이 은은히 살아나기 시작했다.

"몇 달 전, 그에게서 당고랍산(唐古拉山) 아래에 있다는 보고가 들어온 적 있다."

"당고랍산……."

"나는 그가 지금쯤 격이목으로 오고 있는 중이라고 본다."

"어째서?"

"지존보로 돌아오려면 반드시 거쳐야 하는 곳이니까."

"……."

"이번 일로 인해 보주는 그가 없는 흑천이 얼마나 무기력한지 절실히 느꼈을 것이다. 어쩌면 그에게 급보를 보냈을지도 몰라. 돌아오라고 말이다."

류의 가슴속 고통이 더욱 커졌다. 그가 가슴을 움켜쥔 채 잔뜩 낯을 찌푸리곤 거칠게 숨을 쉬었다.

귀령은 그 이유를 알지 못한다. 그의 몸 안에 도사리고 있는 청살장의 독성이 다시 발작하는 모양이라고 생각할 뿐이다.

"내 짐작이 그렇다는 것뿐 확실한 건 하나도 없다. 하지만 격이목에 가면 네 스스로 확인해 볼 수 있겠지. 그것만으로도 가치있는 일이지 않나?"

그렇다. 귀령의 말이 틀리지 않다.

류의 가슴속 상처는 더욱 큰 고통으로 부풀어 올랐고, 흥분으로 쿵쾅거리며 뛰었다.

"쯧쯧, 그러기 전에 빨리 네 독상부터 치료받아야겠다."

혀를 찬 귀령이 미련없이 돌아섰다.

몸을 돌린 순간 그의 형체는 어둠 속으로 사라져 버렸고, 중얼거림만 잠시 떠돌았다.

"다시 만나게 될 거야. 그때는 적이 아니면 친구겠지."

류는 멍해진 얼굴로 그가 사라진 허공만 바라보았다. 그리고 중얼거린다.

"격이목, 격이목이라고?"

기련산에서도 서쪽으로 수천 리 떨어진 곳이다. 대체 그곳에서 무슨 일이 벌어질 건지 흥분과 긴장으로 가슴이 답답해진다.

귀령에 대한 의문도 구름처럼 일었다. 그가 어떻게 이 모든 것들을 알고 있는 건지, 왜 자신에게 이와 같은 호의를 베푸는 건지 그것도 반드시 밝혀야 할 일이다.

*　　　*　　　*

다음날, 류 일행은 쉬지 않고 말을 달려 저물녘 기련산 아래의 회선진(回船津)에 이르렀다.

그곳은 높고 험한 산봉우리들로 둘러싸인 곳이었다. 기련산에서 흘러내려 오는 작은 개울들이 도처에 있을 뿐, 배가 뜰 만한 강은 없다.

그런데도 작은 산골 마을 이름이 배가 돌아오는 나루라는 뜻의 '회선진'인 건 그곳이 대상들이 떠나고 돌아오는 통로에 있었기 때문이다.

낙타를 흔히 '사막의 배'라고 말한다. 그것들이 곧 눈앞에 펼쳐질 끝없는 자갈과 황토의 사막을 생각하며 수심에 잠기거나, 막 그곳에서 건너온 낙타들이 지친 몸을 땅에 누이고 가쁜 숨을 헐떡이며 쉬는 곳.

그래서 마을 이름이 회선진이라고 불리게 된 것이다. 물을 그리워하는 사람과 짐승의 염원이 그렇게 이름 붙인 건지도 모른다.

또한 그 회선진은 기련검파로 가는 첫 관문이기도 했다.

기련산 골짜기마다 크고 작은 마을들이 수백 개나 퍼져 있었는데, 그들의 보호자는 기련검파였다. 그래서 그들은 기련검파를 자신들의 수호신처럼 여겼다.

기련검파의 제자들은 어디를 가든지 공경을 받았고, 그의 가족과 친구들도 그랬다.

장엄부(張嚴夫)와 목특파(木特巴), 고한령(高寒嶺)이 단목향과 류를 에워싼 채 마을에 들어서자 모두 환호성을 질러 그들을 맞았다.

류는 마을 전체가 성벽처럼 높고 튼튼한 목책으로 둘러싸인 걸 의아하게 여겼다.

"사막의 약탈자들 때문이야."

단목향이 몰라보게 밝아진 얼굴로 그렇게 말했다. 목소리마저 짜랑짜랑 울린다. 집에 돌아왔다는 기쁨이 온통 묻어 나오고 있었다.

"저 산 건너 사막에는 비적 떼들이 있다. 대상을 약탈하는 게 주업이지만, 때로는 무리 지어서 이곳까지 쳐들어와 많은 피해를 주곤 했지. 그놈들을 막기 위해서 저렇게 목책을 두르고 지키는 것이다."

"그렇다면 마을에는 무장한 장정들도 있겠군?"

"물론이지. 이곳은 변경의 마을이다. 관군의 힘도 여기까지는 미치지 못해. 그들은 관(關)을 지키기에도 벅차니까."

기련산 북쪽에 주천(酒泉)이 있고, 가욕관(嘉峪關)과 옥문관(玉門關)이 있다. 황제의 힘이 미치는 가장 끝인 것이다.

"마을의 장정들은 스스로 무력(武力)을 갖추어 비적들에게 대항했지. 물론 우리 기련검파에서 많은 도움을 주었기에 가능한 일이었어."

단목향의 어투에 자부심이 깃들어 있었다.

류는 마을에 들어선 즉시 이곳에서 기련검파의 위세가 어떤지 충분히 짐작할 수 있었다. 기련산 기슭, 사방 오백여 리가 모두 그들의 영향력 아래 있다고 해도 과언이 아니었던 것이다.

북쪽 골짜기를 타고 한 시진가량 달려 올라갔다. 말들이 지쳐서 헐떡일 때쯤 그들은 절벽 위에 올라설 수 있었다.

아래를 내려다본 류가 감탄성을 터뜨렸다.

"아!"

발아래 펼쳐진 모습에 절로 입이 벌어진다.

그곳은 사방이 깎아지른 절벽으로 에워싸인 분지였다. 남쪽과 서쪽에 좁은 길이 나 있어 사람과 짐승의 출입이 가능할 뿐, 천 길의 성벽을 쌓아두고 있는 것과 다름없는 천험의 요새다.

"봐, 저것이 기련검파다."

단목향이 기쁨과 자부심이 넘쳐 나는 얼굴로 그렇게 말했다.

그들은 멀리 절벽을 돌아 내려가 서쪽 골짜기를 통해 분지 안으로 들어갔다.

일 리쯤 되는 길은 마차 한 대가 겨우 통과할 만큼 좁았다. 좌우에 절벽이 치솟아 있는데, 아래에서 올려다보니 더욱 높고 무시무시했다.

연락을 받은 단목향의 첫째와 둘째, 두 사형이 마중을 나왔다. 다시 그녀와 두 사형 간에 한바탕 눈물겨운 상봉의 기쁨이 오갔다.

"자네가 류인가?"

기련검파의 대사형, 단월검(斷月劍) 왕무량(王武量)이 다가왔다.

큰 키에 몸집이 좋은 삼십대의 사내였다. 입술이 두텁고 부리부리한 눈에 신광이 어려 있다.

겉모습만 보아서는 외문 무공을 익혀 경지에 오른 자 같았다.

그는 원래 기련검종 이양복의 일곱 제자들 중 둘째였는데, 지존보로 불려간 대제자 정취경이 실종되면서 그가 문파 내의 모든 일을 관장하는 첫째 제자가 되었다.

그들 여섯 사형제에게 둘러싸여 류는 천천히 기련산중의 깊은 골짜기로 들어갔다.

골짜기 안의 분지는 생각보다 넓어서 오십여 호의 집들이 있고, 밭과 초지(草地)가 어우러져 있었다.

하나의 번듯한 마을을 이루고 있는 것이다.

그곳에 살고 있는 이백여 명의 남녀노소 모두가 기련검파의 문도들이었다. 또한 온갖 잡다한 일들을 도맡아 하는 일꾼이기도 하다.

류는 잠시 외부인이 머무는 숙사(宿舍)에서 기다렸다가 곧 기련검종의 부름을 받았다.

대제자인 왕무량을 따라간 곳은 동쪽 절벽이었다. 거울처럼 매끄러워서 붙잡을 곳 하나 없는 그 절벽 아래 나머지 다섯 제자가 서 있다가 웃으며 류를 맞이했다.

"검종께서는?"

류가 어리둥절한 얼굴로 두리번거리자 단목향이 배시시 웃었다.

그녀는 머리를 묶고 기련검파를 상징하는 세 개의 비운(飛雲)이 수놓인 짙은 남색 무복을 입고 있었다.

"저 위에서 기다리고 계셔."

그녀가 가리키는 곳을 바라본 류는 기가 막혔다.

대패로 깎아낸 듯한 절벽에 일 장 간격으로 나무 말뚝이 박혀 있었는데, 한 사람이 겨우 딛고 올라설 수 있을 정도였다. 그것이 비스듬히 절벽을 타고 올라갔다.

절벽의 중간 지점인 사십여 장 위에 한 번 접힌 것처럼 꺾인 부분이 있었다. 나무 말뚝은 거기까지 이어져 있었다.

평소 같았다면 별 어려움 없이 그것을 밟으며 뛰어올라 갈 수 있었겠지만 지금의 류에게는 불가능한 일이다.

셋째 장엄부가 등을 내밀었다. 부끄러웠지만 류에게는 달리 방법이 없었다.

그의 목을 붙잡고 매달리자 장엄부가 훌쩍 뛰어올랐다. 제 체구만큼이나 큰 장정을 등에 업었으면서도 조금도 힘들어하지 않는다.

그가 날랜 원숭이처럼 훌쩍훌쩍 뛰어서 말뚝을 차고 빠르게 절벽을 치달아 올라갔다.

류는 그의 등에 매달려 아래를 내려다보았다. 어질어질해진다. 두어 번 숨을 쉬는 사이에 이십여 장이나 솟구쳐 올라왔던 것이다.

밟고 있는 나무 말뚝이 부러지기라도 하는 날에는 꼼짝없이 바윗덩이처럼 굴러 떨어질 것이다. 그래서 바닥에 부딪치면 뼈와 살이 흩어져 버릴 게 틀림없다.

다시 이십여 장을 숫구쳐 올라가 절벽이 꺾인 부분에 이른 장엄부가 비로소 류를 내려놓고 거친 숨을 내쉬었다.

그의 이마에는 송골송골 땀방울이 맺혀 있었다. 내색은 하지 않았지만 그 또한 진땀을 흘릴 만큼 긴장했던 것이다.

그곳은 움푹 파인 사방 일 장여의 공간이었다. 천연적으로 생긴 게 아니라 사람이 절벽을 파고 깎아서 만든 곳이라는 걸 금방 알 수 있었다.

그리고 그 앞에 시커먼 입을 벌린 동굴이 있었다. 역시 사람이 파서 만든 것이다.

"나는 더 이상 갈 수 없어."

장엄부가 동굴을 향해 공손히 허리를 숙여 예를 올리고는 훌쩍, 아래로 뛰어내렸다.

류는 천천히 동굴 안으로 걸어 들어갔다.

곳곳에 사람의 손이 닿은 흔적이 남아 있다.

이 거울 같은 절벽을 타고 올라와 이곳에 이와 같은 동굴을 뚫기까지 얼마나 많은 세월이 흘렀을 것이며, 얼마나 많은 공이 들었을 것인가, 하는 생각에 절로 감탄성이 나온다.

동굴은 십여 장을 곧게 들어가다가 두 가닥으로 나뉘었다. 왼쪽은 사람들이 자주 다닌 듯 바닥이 매끄럽게 길들어 있고, 오른쪽은 사람의 자취가 끊어진 것 같았다.

류는 망설임없이 오른쪽 동굴을 택했다. 다시 십여 장을 들어갔는데, 갈수록 좁아지는 데다가 이리저리 굽어 있어서 허리를 숙이고 천천히 나아가야만 했다.

꺾이는 모퉁이마다 한 사람이 웅크리고 있을 만한 구덩이가 파여 있었다. 적들에게 쫓겨 이곳까지 도망쳐 와야 하는 일이 생겼을 때, 최후의 저항을 하기 위한 매복처이리라.

드디어 동굴이 끝났다.

커다란 석실이 나왔고, 조사동(祖師洞)이라는 굵은 글자가 음각되어 있다.

석실은 불을 밝힌 수십 자루의 굵은 촛불로 인해 대낮처럼 밝았다. 그 한복판에 반 장 높이의 흰 석대(石臺)가 있고, 그곳에 깡마른 몸집의 초로인(初老人)이 지그시 눈을 감은 채 가부좌를 틀고 앉아 있었다.

류는 그가 기련검파의 장문이자 기련검종 또는 기련검마로 불리는 이양복이라는 걸 알았다.

일세를 풍미하는 검법의 종사인 것이다.

천천히 석실 안으로 들어간 류가 두 손을 모으고 공손히 허리를 숙였다.

"강호의 말학 후배 류가 검종을 뵈옵니다."

한껏 예의를 갖추었다. 일파의 종사에 대한 존경심을 표하는 것이다. 그러면서 다시 한 번 슬쩍 그를 훔쳐본다.

육십쯤 되어 보이는 노인이었다. 깡마른 몸에 두드러진 광대뼈와 매부리코. 세 가닥의 염소수염. 그것이 그를 더욱 음침하고 차가워 보이게 한다.

이양복이 굳게 닫고 있던 눈을 떴다. 서릿발같이 차갑고 날카로운 신광이 쭉, 뻗어 나오더니 곧 갈무리된다.

"오느라고 수고했다."

물끄러미 바라보던 그가 그 한마디를 했을 때, 류는 머리끝이 곤두서는 느낌을 받고 당황했다.

한밤중에 깊은 산중에서 올빼미가 우는 듯한 음성이었던 것이다. 게다가 그 음성에는 듣는 사람의 심령을 떨리게 하는 묘한 무엇이 있었다.

류는 혼란스러웠다.

보는 것만으로도 이런 거부감을 주는 사람이 백도의 명숙으로 존경을 받고, 일문의 종사이면서 검법의 조종으로 추앙받고 있다는 게 왠지 납득되지 않았기 때문이다.

"네가 대단하다는 소문은 익히 들었지."

그의 머릿속을 긁어대는 음성이 다시 들려온다.

"그런데 고작 청살장에 초주검이 되어서 나를 찾아오다니 실망이다. 역시 소문은 믿을 게 못 돼."

싸늘한 비웃음.

류의 마음속에 반감과 함께 거부감이 치솟았다.

일파의 종사가 새까만 후배에게 비웃음을 던진다는 건 스스로의 체통을 깎아내리는 일이다. 하지만 이양복은 아랑곳

하지 않았다.

어쩌면 그는 세상의 이러저러한 예의범절과 고리타분한 규범 따위에 얽매이지 않는 사람인지도 몰랐다. 그렇다면 자기 자신에 대한 자부심이 그만큼 대단한 사람이리라. 그렇기에 세상을 조소하고 조롱하는 것 아니겠는가.

"나에게 무엇을 대가로 주겠느냐?"

"예?"

"네가 나에게 줄 수 있는 게 무언지 말해보아라."

"소생은……."

류는 한순간 당황하여 얼굴을 붉혔다.

이 괴팍하고 까다로운 노인에게 줄 수 있는 건 아무것도 없기 때문이다.

"너는 이미 내게서 두 가지를 빼앗아갔다. 그러면서도 내놓을 건 하나도 준비하지 않은 모양이니 괘씸한 놈이로군."

"소생은 무슨 말씀인지 잘……."

"흥!"

이양복의 차가운 코웃음 소리에 류가 신음을 흘리고 비틀거렸다. 마치 커다란 종이 머릿속에서 쾅! 하고 울린 듯했던 것이다.

"단목향의 마음을 빼앗아갔지?"

"아!"

"그리고 내게서 평화로운 시간을 빼앗아갔다."

"소생은 그 말씀을 받아들일 수 없습니다."

류의 낯빛이 굳어진다. 이양복의 표정이 싸늘해졌다.

"무엇이? 네놈이 감히 내 면전에서 반발을 한단 말이냐?"

"존장께서 아무리 고귀하신 분이라 하더라도 억지로 소생을 윽박지르지는 못하실 겁니다. 소생은 승복할 수 없습니다."

"흐흐흐, 들던 대로 교만방자하기 짝이 없는 놈이로군."

"소생은 단지 단목향이 권고하여 이곳에 왔을 뿐입니다. 그게 마음에 들지 않으셨다면 지금이라도 떠나겠습니다."

"떠나겠다고? 흐흐흐, 네놈 마음대로 오고 갈 수 있는 곳인 줄 알았느냐? 청살장의 독기는 어떻게 하고?"

"비록 노선배님의 손에 제 목숨이 달려 있다고 해도 그걸로 위협하여 소생의 굴복을 받아낼 수는 없을 것입니다."

"어째서? 너는 사는 게 싫어진 모양이로구나?"

"살기는 어렵지만 그렇다고 죽는 걸 쉽게 생각하진 않습니다. 저는 살고자 이곳에 왔지 죽으려고 온 게 아닙니다."

"흐흐흐, 터진 주둥이를 가졌다고 말은 또박또박 잘도 지껄이는군. 그럼 네 재주껏 살아서 돌아가거라."

이양복이 다시 눈을 감아버렸다. 이제는 돌부처처럼 굳어서 류가 뭐라고 하든 돌아보지 않겠다는 듯하다.

류는 단단히 화가 났다. 이런 모욕을 당하고 비웃음을 당하려고 이곳까지 왔나, 하는 생각에 노여움이 더 커진다.

‘이 넓은 천하에 청살장의 독기를 해소할 방법이 어디 기련검파에만 있을 것인가? 흥! 아직 목숨이 붙어 있으니 내 스스로 방법을 찾아보리라.’

그런 마음이 된 류가 한껏 이양복을 흘겨보고는 건성으로 포권했다.

“옥체 보중하십시오. 소생은 이만 떠나렵니다.”

이양복은 듣지 못한 듯 꿈쩍도 하지 않았다.

류는 한 점의 미련도, 망설임도 없이 찬바람이 날리도록 돌아서서 성큼성큼 동굴을 걸어나왔다.

하지만 절벽 앞에 서자 눈앞이 막막해졌다. 내려갈 길이 없기 때문이다. 호기롭게 소리치고 나온 일이 무색하게 되었다.

등에 이양복의 비웃음이 달라붙는 것 같았다.

‘네놈이 날아가는 재주라도 있는 모양이구나. 그렇다면 어디 한번 내려가 보지 그래?’

“흥!”

부쩍 오기가 솟구친 류가 몸을 굽혀 절벽 아래를 내려다보았다. 바닥은 구름처럼 넘실거리는 안개에 가려져 보이지도 않는다.

일 장 아래쪽에 나무 말뚝이 하나 불쑥 솟아 있을 뿐, 발 딛고 손으로 잡을 곳도 없다.

고산도에서 십 년을 하루같이 깎아지른 절벽에 매달려 오르며 손아귀의 힘을 기르던 류였다.

평소의 그였다면 이까짓 절벽쯤 손가락을 박아 넣어가면서라도 내려가지 못할 리가 없으나 지금은 그렇지 않으니 문제였다.

절벽 모서리를 잡고 매달려 한껏 발을 늘어뜨려도 나무 말뚝과는 두어 자의 공간이 생긴다.

과감하게 미끄러져서 그것을 정확히 밟고 설 수 있으면 된다. 하지만 조금만 방향이 틀려도 천 길 아래로 떨어져 가루가 되어버릴 것이다.

또 나무 말뚝 위에 정확이 떨어졌다고 해도 겨우 팔뚝 굵기의 그것을 밟고 중심을 유지하는 것도 쉬운 일이 아닐 것이다.

그런 저런 생각을 하는 것만으로도 등줄기에 식은땀이 솟았다.

하지만 동굴 안으로 다시 돌아가기는 싫었다.

한 번 자존심을 굽히고 굽실거리기 시작하면 끝이 없을 것이다. 그것 한 번으로 끝날 리가 없기 때문이다. 그때는 이양복의 종이나 다름없는 신세로 전락할 수도 있다.

'차라리 죽고 말지.'

류는 그런 결심을 했다. 죽을지언정 이곳에서 모욕과 비웃음을 참으며 목숨을 구걸하고 싶은 마음은 조금도 없었다.

결심한 그가 절벽 모서리에 열 손가락을 걸치고 몸을 조금씩 아래로 내려뜨렸다. 사타구니가 서늘해진다.

한 발이 떨어지더니 곧 몸 전체가 허공에 뜬 것처럼 되어버렸다. 오직 열 손가락의 힘만으로 체중을 지탱하는 일이 힘겹다.

고개를 돌려 두어 자 떨어진 곳의 나무 말뚝을 몇 번이나 확인한 뒤 눈을 질끈 감고 손을 놓아버렸다.

휙—

아찔한 순간, 발에 딱딱한 것이 밟혔다. 류는 두 손을 활짝 벌려 절벽에 밀착시키고 최대한 몸의 균형을 잡기 위해 애썼다.

다리가 후들거려서 좌우로 비틀거리기를 몇 번, 기어이 두 발로 나무 말뚝을 밟고 섰다.

이제는 다음이 문제다.

그 상태에서 류는 한 손만을 이용해 허리띠를 풀었다. 한 손은 활짝 펴서 손바닥을 절벽에 딱 붙여 몸의 중심을 잡고 있으니 움직임이 둔하고 느릴 수밖에 없다.

일 장 길이의 허리띠를 풀어 한 손과 입을 이용해 반으로 접었다. 그것을 쥐고 조금씩 몸을 굽힌다.

발판 역할을 하는 나무 말뚝 위에 쪼그리고 앉기 위해서는 온몸을 절벽에 한 치의 틈도 없이 붙이고 있어야 했다.

다리에 쥐가 나고 진땀이 줄줄 흘러내려 눈을 뜰 수 없을 지경이 되었을 때, 류는 겨우 그것 위에 쪼그리고 앉을 수 있었다.

과도한 긴장과 피곤으로 온몸의 근육들이 경련을 일으키지만 멈출 수가 없다.

반으로 접은 허리띠를 두 발 사이로 밀어 넣어 발판에 걸친 류가 그것을 잡고 조금씩 몸을 아래로 늘어뜨렸다.

다리가 미끄러진 순간 몸이 그대로 뚝, 떨어진다. 아찔한 현기증.

류는 이제 나무 말뚝에 걸린 허리띠를 두 손으로 꽉 움켜쥔 채 매달려 있는 처지가 되었다. 그래도 아무 의지할 것 없이 허공에서 미끄러져 내리는 것보다는 낫다.

다음 발판에 올라선 류는 기진맥진하고 말았다. 허리띠의 한쪽을 잡아당겨 머리 위의 발판에서 풀어내는 손이 와들와들 떨린다.

일 장 간격으로 나무 말뚝이 박혀 있으니, 바닥에 닿을 때까지 무려 마흔 번이나 이런 재주를 부려야 한다.

지금의 체력으로 그게 무리라는 걸 절실히 느꼈지만 이제는 다시 올라갈 수도 없는 형편이었다. 죽으나 사나 내려갈 수밖에 없다.

잠시 마음을 진정시키고 호흡을 가다듬은 류가 똑같은 방법으로 발판에 허리띠를 걸었다.

간신히 쪼그리고 앉는데, 그래도 처음보다는 쉽게 할 수 있다는 게 다행이라면 다행이다.

그렇게 다섯 개의 발판을 타고 내려왔다. 온몸이 땀에 젖어 물에 빠졌다가 나온 사람 같이 되었다. 바람이 불어가자 추위가 엄습한다.

류는 이 상태로 결코 오래 버틸 수 없다고 생각했다. 손아귀와 종아리에 마비 증세가 오기 시작했던 것이다.

게다가 벌써 해가 질 무렵이 되었다.

한낮에 장엄부의 등에 업혀 절벽에 올랐는데 어느덧 한나절이 지나 버린 것이다. 서쪽 산봉우리 너머로 짙은 붉은빛이 밀려와 류가 매달려 있는 절벽을 물들이고 있었다.

한나절 동안 꼬박 절벽에 매달려 온몸으로 씨름을 한 셈이었다.

다른 사람 같았으면 벌써 탈진해 떨어지고 말았을 텐데, 지독한 오기가 여태까지 그를 버티게 해주었다.

하지만 그것도 한계가 있다.

류는 이제 움직일 수조차 없게 되었다. 몸의 감각이 점점 사라지고 있었다.

골짜기를 타고 불어오는 바람이 한겨울의 그것처럼 차가워져서 더욱 견디기 힘들었다.

땀에 젖은 몸이라 추위는 몇 배나 크다. 바람이 스쳐 갈 때마다 몽둥이로 두드리는 것 같은 고통이 찾아들었다.

아직도 바닥은 보이지 않았다. 짙은 안개가 모든 것을 감싸 버린 탓이다.

　꿈틀거리는 거대한 짐승처럼 산 능선을 타고 느릿느릿 넘어온 안개가 절벽 아래의 골짜기를 온통 뒤덮어 버렸다.
　이제는 바로 아래의 나무 발판조차 보이지 않게 되었다.
　류는 자꾸만 흐려지는 눈을 부릅떴다. 곧 어둠이 밀려들게 될 텐데 그러면 더욱 곤란해질 것이다.
　흐려지는 의식 속에서 어느덧 살겠다는 생각마저 사라져 버렸다. 오직 아래로 내려가야 한다는 것만 절대적인 명령인 것처럼 머릿속에 가득할 뿐이다.
　류가 다시 허리띠를 발판에 걸쳤다. 두 손으로 움켜쥐고 천천히 몸을 내려뜨린다.
　휙―
　그의 몸이 미끄러져 내렸다.
　발밑이 허전하다.
　하지만 류는 그것을 의식하지 못했다.
　감각이 사라진 손에서 허리띠가 빠져나갔다는 것마저 모른다.
　그러니 제가 넘실거리는 안개의 바다 위로 추락하고 있다는 것도 알 리가 없다.
　몸이 중심을 잃고 기울어지더니 빙글빙글 돌며 돌덩이처럼 떨어졌다.
　쏴아아아―
　차가운 바람이 두 볼을 매섭게 스치고, 옷자락이 마구 펄럭였다.

류는 이미 의식을 잃어버렸다. 죽음이 고통스럽지 않을 것이다.

휙―

절체절명의 순간, 흰 그림자 하나가 날랜 매처럼 그의 머리 위를 스쳤다. 그리고 류의 몸이 잠시 허공에 멈춘 것 같았다.

옷자락 펄럭이는 요란한 소리가 들리고, 류의 뒷덜미를 단단히 움켜쥔 한 사람이 거대한 새처럼 훌훌 날아 절벽 아래로 떨어져 내려가더니 이내 자욱한 안개 속으로 스며들어 사라져 버렸다.

第八章

쾌검(快劍)을 얻다

第八章

얼마나 시간이 지났을까.

류는 제 몸이 까마득한 허공을 날다가 무섭게 떨어지는 꿈을 꾸었다.

곧 단단한 돌바닥에 철썩, 하고 부딪쳐 산산이 부서져 버린다.

"으악!"

지독한 악몽이 그를 죽음 같은 잠에서 깨어나게 했다.

온몸이 식은땀으로 흠뻑 젖었고 눈동자가 멍하게 풀려 있다.

찰싹, 찰싹.

뺨을 때리는 손길이 느껴졌다.

"어, 어?"

류가 헛소리인 듯, 신음인 듯 알아들을 수 없는 소리를 웅얼거렸다.

찰싹!

비로소 그의 눈동자에 초점이 잡혔다.

흐릿하다가 점점 뚜렷하게 보이는 얼굴 하나.

단목향이었다.

"여기가 어디냐? 내가 산 거야?"

"죽었다고 생각해."

안도의 한숨을 내쉰 단목향이 이번에는 샐쭉하게 토라져서 말했다. 그녀의 눈에는 그렁그렁 눈물이 고여 있었다.

"너 같은 고집쟁이는 처음 본다. 거기가 어디라고 그래, 뛰어내릴 생각을 했단 말이야? 설마 새처럼 날개가 돋을 거라고 믿은 건 아니겠지?"

"네 잔소리가 들리는 걸 보니 확실히 죽지는 않은 모양이구나."

"차라리 죽어버려!"

찰싹!

그녀가 빽, 소리치며 류의 뺨을 호되게 후려쳤다.

아프다.

뺨이 얼얼해지는 아픔. 그것이 오히려 류를 기쁘게 했다.

고통을 느낀다는 건 살아 있다는 것이기 때문이다.

"그런데 어떻게 된 거지?"

힘을 잃고 떨어지던 것만 기억되었다.

발밑이 허전해진 걸 느끼고 이제는 죽었구나 하고 생각한 게 마지막이다.

그런데 눈을 떠보니 단목향이 제 뺨을 때리고 있지 않은가.

"사부님께 백 번 절해도 부족할 거다."

"응? 네 사부가 나를 구해주었단 말이냐? 왜?"

"그걸 어떻게 알아? 그렇게 궁금하면 직접 가서 물어보지 그래?"

그래야 할 일이다. 비웃으며 내쫓은 건 열 번 생각해도 분한 일이지만, 어쨌든 목숨을 구해주지 않았는가.

이불을 걷어차고 침상에서 뛰어내린 류는 다시 한 번 어리둥절해지고 말았다.

내가 언제 독상을 입고 무기력해졌던가 하는 의심이 들 만큼 몸 안에 기운이 충실했던 것이다. 아니, 독상을 입기 전보다 오히려 크고 강성해졌다.

"이게, 이게 어떻게 된 일이냐? 응?"

류가 제 몸을 이리저리 훑어보며 물었다. 단목향이 실쭉, 눈을 흘긴다.

"사부님께 백 번 절하고 나서 다시 백 번 절해야 한다."

"검종께서 치료해 주셨구나?"

"흥! 그 뻔뻔한 낯짝 좀 저리 돌릴 수 없어?"

하지만 류는 와락 달려들어 덮치듯 그녀를 안아버렸다.

"하하하하—"

"고얀 놈."

이양복의 싸늘한 얼굴은 여전하다. 하지만 그의 눈 깊은 곳에는 이글거리는 불길 대신 희미한 웃음이 담겨 있었다.

포권한 채 머리를 숙이고 있던 류가 슬그머니 고개를 들었다. 이양복을 빤히 마주 보며 빙그레 웃는다.

"제가 이겼습니다."

"뭣이?"

"그렇지 않습니까?"

"끄응—"

이양복이 된 숨을 내쉬고 외면했다.

활짝 열린 옥풍헌(玉風軒)의 내실 문밖에는 기련검파의 여섯 제자가 두 손을 모으고 공손히 서 있었는데, 그들의 얼굴에 놀람과 의아함이 가득해졌다.

그들은 사부의 심성이 얼마나 차갑고 모진지 누구보다 잘 아는 사람들이다.

이 냉엄한 사부는 제자들 모두에게 넘치는 애정을 가지고 있었지만 한 번도 따뜻한 마음을 드러낸 적이 없었다. 외부인에 대해서는 그 엄격함과 괴팍함이 더하다.

말 한마디만 비위에 거슬려도 서릿발처럼 변해서 내치거나, 심하면 검을 뽑아 목을 치고 가슴을 꿰뚫어 버리지 않았던가.

그래서 그들은 류가 사부에게 함부로 말할 때, '저놈이 정말 죽고 싶어 환장을 했구나' 하고 생각했다.

그런데 사부는 류의 당돌하고 무례한 언동을 책망하기는커녕 혀를 차고 외면했다. 언뜻 입가에 미소가 떠오른 것 같기도 하다.

그래서 기련검파의 여섯 제자는 슬며시 제 허벅지를 꼬집었다. 꿈을 꾸고 있는 건 아닌가 싶었던 것이다.

이양복을 힐끔거리던 류가 헛기침을 하고 나서 말했다.

"저를 왜 살려주셨습니까?"

감사하기는커녕 따지듯이 묻는다.

"그래서? 불만이냐?"

"살려달라고 찾아갔을 때는 눈썹 하나 까딱하지 않으시더니, 정작 절벽에서 떨어져 죽게 되자 제 동의도 구하지 않고 마음대로 구해주셨습니다. 이건 뭔가 모순되지 않습니까?"

"동의?"

"제 목숨은 제 것입니다. 누가 함부로 한다면 화가 나지 않을 수 없지요."

"허, 너 그걸 지금 말이라고 하는 거냐?"

이양복이 입을 딱 벌리고 기막히다는 얼굴을 했다.

내실 밖, 여섯 제자의 안색은 창백하다 못해 파랗게 변해 버렸다.

대체 저놈이 무슨 생각으로 저러는 건지 불가사의하게 여겨지기만 한다.

당장 검을 뽑아 후려치지 않는 사부의 반응 또한 불가사의하다.

류는 한술 더 떴다.

"책임을 지셔야겠습니다."

"뭐라고?"

"제 목숨을 멋대로 살려주셨으니 그만한 대가를 치러야 하는 것 아닙니까?"

"이놈! 이거 이제 보니 미친놈이로구나!"

이양복의 얼굴에 서릿발이 돋는다. 하지만 류는 태연하기만 했다.

"살고 죽는 건 제 뜻대로 합니다. 제 목숨이니까요. 그걸 간섭하고 방해하셨으니 저는 반드시 대가를 받아야 하겠습니다."

"좋다!"

외침의 여운이 아직 귓가에 울리는데 이양복의 모습이 사라졌다. 그리고 목덜미에 서늘한 기운이 닿았다.

그가 언제 자리를 박차고 일어나 탁자를 건너뛰었는지, 언제 검을 쥐었고, 언제 그것을 뽑아 찔렀는지 알 수가 없다.

더욱 놀라운 건, 그처럼 빠르고 맹렬하게 뻗었던 검을 원하는 곳에서 마음대로 딱, 멈추었다는 것이다.

기(技)의 완급(緩急)과 힘의 강약을 이미 뜻대로 다스릴 수 있는 경지에 올라 있다는 걸 증명해 보여준 한 번의 검격이었다.

목덜미에 달라붙어 있는 차가운 검인을 느끼련만 류는 여전히 태연하기만 했다. 표정에 한 올의 놀란 기색도 없다.

이양복이 그런 류의 얼굴을 뚫어지게 바라보며 음침한 음성으로 말했다.

"강호에서는 살고 죽는 게 꼭 제 뜻대로 되지 않는다. 강한 자의 뜻으로 결정되는 거야. 이렇게 말이다."

류가 귀찮다는 듯 낯을 찌푸리며 혀를 찼다.

"쳇, 꼭 이렇게 어려운 방법이라야 합니까? 그냥 쉽게 가르쳐 주시면 안 되나요?"

"……?"

"움직임은 잘 보았습니다. 그럼 이제 비결을 가르쳐 주실 차례군요. 이번에는 천천히, 쉽게 해주십시오."

"……!"

이양복의 눈에서 불길이 토해졌다. 얇은 입술이 파르르 떨린다. 극도로 분노한 것 같았다.

그가 손목에 조금만 힘을 주면 그걸로 류의 목은 어깨 위에서 미끄러져 떨어질 것이다.

“사부님…….”

그 모든 광경을 지켜보고 있던 단목향이 떨리는 음성으로 불렀다.

정작 류는 태연한데, 그녀가 죽음에 직면한 것처럼 새파랗게 질려서 애처롭게 떤다.

억겁처럼 지루하고 답답한 시간이 흘러갔다.

뿌드득, 이를 갈고 난 이양복이 더욱 음침해진 음성으로 말했다.

“보았다고 했느냐?”

기다렸다는 듯 류가 턱을 끄덕였다.

“분명히 보았단 말이지?”

“그렇습니다.”

이양복이 이글거리는 눈으로 다시 류를 뚫어지게 바라본다.

긴장된 시간이 물 흐르듯 흘러갔다.

한참 만에야 이양복이 검을 거두었다. 그리고 말한다.

“좋다. 가르쳐 주마.”

“엇!”

의외의 말에 여섯 제자가 모두 놀란 외침을 터뜨렸다.

여태까지 짧게는 십여 년, 많게는 이십여 년씩이나 기련산에서 사부를 모시며 그의 그림자가 되어 살아왔지만 오늘과 같은 일은 처음 본다.

"빠름은 모든 초식보다 우월하다."

기련검종 이양복의 가르침은 그 한마디에 모두 담겨 있었다. 그리고 그 한마디로 시작되었다.

"빠름을 당할 수 있는 건 아무것도 없다."

막강한 호신강기도 뇌전과 같은 극쾌의 검격 앞에서는 종이막이나 다름없다.

"빠름에는 강렬함이 필요없다."

빠르다는 것 그 자체로 그 어떤 강렬함보다 큰 강렬함이기 때문이다.

빠른 검격.

상대의 의표를 찌르고 방심을 찌르는 그것은 시간을 지배한다.

나의 시간은 한없이 늘어지지만, 상대는 한순간도 긴장을 풀 수가 없으니 나의 무심함으로 상대의 시간을 다스릴 수 있는 것이다.

내가 검을 뽑겠다는 의지를 보이는 것만으로도 상대는 긴장하다가 지쳐서 스스로 쓰러지고 마는 것.

그것이 쾌검의 궁극이었다.

이양복은 천천히, 그리고 누구나 다 들을 수 있도록 큰 목소리로 기련검파가 자랑하는 쾌검의 비결을 말해주었다.

기련검파의 제자들은 이미 수십 번도 더 들은 사부의 가르침이었다. 하지만 지금 이 순간만큼 절실하게 머릿속에 박혀

든 적이 없다.

류는 빠름을 제 싸움의 원리로 삼아왔다. 그의 움직임은, 눈과 반응과 공수의 비결은 오직 쾌(快)를 근간으로 삼아 이루어졌던 것이다.

강렬한 힘과 파괴력은 그것의 부수적인 결과물에 지나지 않았다.

류는 한 번도 제 주먹에 강렬한 힘이 깃들기를 원하지 않았지만, 무엇이든 제대로 맞은 것은 부수어지고 말았다. 바윗덩이라고 해도 마찬가지다.

빠르게 움직이고, 빠르게 공격하기 위해서는 몸의 이완이 필수적이었다. 뼈와 근육과 신경을 최대한 부드럽게 풀어놓아야 하는 것이다.

그리고 움직인다.

그 움직임에는 힘의 집점(集點)이 필요했다. 마음속에 한 점을 찍어놓고 그것에 전력하는 것이다.

응축되었던 모든 힘과 의지를 한 점에 집중하여 갑자기 터뜨려 버리는 것.

그것이야말로 빠름의 비결이었다.

기련검종 이양복의 가르침 또한 거기에서 크게 벗어나지 않았다.

류가 익히고 있는 구양진결은 무공의 지고한 원리를 밝혀 놓은 비결서였다. 그 안에 담겨 있는 뜻에서 벗어나는 원리란

없다고 해도 좋다.

이미 그것에 통달해 있는 류였기에 이양복이 전해주는 몇 마디의 비결을 통해서 쾌검의 진수를 받아들이는 건 어렵지 않은 일이었다.

그는 어떤 무공 초식이든지 한 번 보는 것만으로도 제대로 이해하고, 더 나아가 그것의 근본을 꿰뚫어 볼 수 있는 능력을 지닌 것이다.

그것을 충분히 소화하고 실현할 수 있는 몸의 조건만 갖추면 된다. 그리고 류는 이미 제 몸을 그렇게 만들어두고 있었다.

기련검파의 쾌검법은 극쾌를 지향하는 만큼 극히 단순했다.

보법이 단순하고 검초가 단순하다. 움직임에 장애가 될 만한 모든 등작과 의도를 제거해 버린 것이다.

그건 곧 그만큼 배우기 쉽다는 것이기도 했다.

동작을 따라 하고, 검법과 신법의 동선을 익히는 게 여타 문파의 절기를 배우는 것과 비교할 수 없게 쉽다.

하지만 그것만으로는 아무 소용이 없었다. 쾌의 원리에 대한 지극한 깨달음이 있어야 하고, 그것을 실현할 수 있는 고도의 수련이 뒤따라야 하는 것이다.

제 몸을 그것에 맞추어가는 일이 필요한데, 그건 하루 이틀의 수련으로 가능한 게 아니다.

하지만 류에게는 이미 모든 조건이 갖추어져 있었다. 그걸 알고 이양복은 너무 기뻐서 할 말을 잃었다.

한 번 보여주고, 한 번 풀어 설명해 주면 그대로 받아들이는 놈.

받아들일 뿐만 아니라 바로 적응하고, 나아가 응용까지 하는 놈.

이양복은 그런 자를 처음 본다.

수많은 영재들 중에서 엄선해 받아들인 제자들이었지만 그의 마음에 흡족했던 건 오직 한 명, 지존보에서 사라진 정취경뿐이었다.

그리고 단목향이 있는데, 아쉽게도 그녀는 여자라는 한계를 뛰어넘지 못했다.

그녀의 심성은 여리고 침착하기만 했던 것이다. 쾌검법을 대성하기 위해 필요한 독하고 모진 심성이 부족했다.

그런 단목향이 사문을 떠난 지 오 년 만에 다시 돌아왔을 때는 놀랍게 달라져 있었다.

쾌검법을 대상할 심성을 얻은 것 같아서 이양복은 내심 기쁘기 한이 없었다. 그런데 류를 보고 나자 그런 단목향이 어린아이로만 보였다.

류에게는 그 누구도 따라오지 못할 천부적인 자질이 있는 것 같았다.

하지만 그가 느끼고 있는 그와 같은 건 착각이었다.

류는 기재가 아니었다. 그럼에도 불구하고 검종으로 불리는 이양복이 그런 착각을 한 건 구양진결과 고산도에서의 십 년 세월 때문이었다.

그 십 년 세월 동안 류는 그 어떤 기재도 따라올 수 없을 만큼 완성되어 있었던 것이다.

콰콰콰콰—

소용돌이치는 급류 한가운데 서 있는 것처럼 요란한 소리가 귀를 찢는다.

어지럽게 돌아가는 천체의 운행을 보는 것 같은 현기증이 일었다.

번쩍이는 검광이 번갯불처럼 허공을 이러 저리 긋고, 으르렁거리는 파공성이 제멋대로 달린다.

백석의 대 위에 앉아 있는 이양복의 머리카락이 하늘로 뻗쳤다. 옷자락이 곧 찢어질 듯 펄럭이고, 온몸에 부딪쳐 오는 검풍의 강렬함에 살갗이 터질 듯 경련을 일으킨다.

하지만 이양복은 꿈쩍도 하지 않았다. 부릅뜬 두 눈에 핏발이 섰다.

짜자자작—

정수리에 떨어지는 뇌성(雷聲).

그것을 끝으로 소용돌이치던 기파와 검풍이 천천히 가라앉았다.

“네놈은 무섭구나.”

긴 숨을 내쉬고 난 이양복이 심각한 얼굴이 되어서 그렇게 말했다.

그의 앞에 검을 가슴에 안을 듯하고 우뚝 서 있는 사람은 류였다.

이글거리는 그의 눈 속에 감출 수 없는 희열이 담겨 있다.

그들은 절벽을 훌훌 뛰어올라 조사동에 들어와 있었다. 그리고 이양복의 거처인 넓은 석실에서 지난 사흘 동안 함께 보냈다.

그건 류가 이양복에게서 기련검파의 절정검이라고 할 수 있는 단 한 초식의 검법을 배운 지 사흘이 지났다는 것을 의미한다.

섬환몽(閃幻夢)이라고 불리는 그것이야말로 검종 이양복의 모든 것이며, 기련검파의 일백 년 뿌리가 피운 찬란한 꽃이었다.

류는 사흘 만에 그것을 완벽하게 시연해 냈다.

지난 이십여 년 동안 사부의 지도를 받으며 뼈를 깎는 수련을 해온 대제자 단월검 왕무량.

그조차 아직 십이성에 이르지 못했는데, 류는 불과 사흘 만에 이루어 버린 것이다.

그리고 지금 막 한차례의 환상 같은 검무가 끝났다.

이양복은 제가 본 것을 믿을 수 없었다.

류가 섬환몽을 뛰어넘어 새로운 검초를 만들어가고 있었기 때문이다.

비로소 사방의 석벽이 쩌적거리는 소리를 내며 몸살을 앓는다. 우수수, 떨어지는 돌가루들.

먼지가 되어 석실 안을 뿌옇게 했던 그것들이 가라앉고, 단단한 석벽에 수많은 검흔(劍痕)이 새겨졌다.

일정한 법칙이 없고, 배합이 없다. 장난꾸러기 꼬마가 나무 꼬챙이로 진흙 위에 아무렇게나 휙, 휙, 그려놓은 것 같은 선과 점들.

이양복은 그것들 속에서 자유로움을 보았다. 자연의 본성일 것이다.

그것이 류가 섬환몽에서 벗어났다는 증거였다.

검초의 틀에서 그는 자유롭게 된 것이다. 그것이야말로 기련검파의 쾌검이 추구하는 궁극이기도 했다.

이양복 자신도 만년에 이르러서야 깨닫고 이루었던 그것을 사흘 만에 해치워 버린 류에 대한 놀라움이 두려움으로 바뀐다.

"이만하면 쓸 만합니까?"

류가 보검을 공손히 돌려주며 그렇게 말했다.

"쓸 만하냐고?"

"부족하다면 뭐, 할 수 없지요. 시간이 없으니 어쨌든 수련은 더 할 수 없으니까요. 한가로울 때마다 천천히 연구해서 가르쳐 주신 게 헛되지 않도록 하겠습니다."

"허—"

이양복은 기가 막혔다.

한참 동안 노려보던 그가 천천히 말했다.

"너는 이제 나에게서 모든 걸 다 빼앗아갔다."

"단목향의 마음이라면 그건 그녀의 의지였지 제가 그렇게 한 게 아니라는 걸 알아주셨으면 합니다."

"듣기 싫어! 어쨌든 너는 책임을 져야 한다!"

다시 고집을 부리기 시작한다.

류는 제 고집 못지않게 이양복의 고집 또한 대단하다는 걸 절벽 사건 이후 충분히 알고 있었다.

"나는 너에게 기련검파의 정수를 아낌없이 전해주었다. 그렇다면 너도 나에게 뭔가를 줘야 하겠지?"

"무엇을 원하십니까?"

"처음 너를 보았을 때는 이것저것 시킬 일이 많았지. 하지만 이제는 한 가지만 시키려고 한다."

"제가 할 수 있는 일이기를 바랍니다."

"물론이지."

거기서 말을 멈추고 지그시 노려보던 이양복이 품에서 백옥패 하나를 꺼냈다.

"받아라."

얼떨결에 받아 들었지만 류는 그게 무엇인지 몰랐다.

손에 쥐고 있는 것만으로도 서늘하고 청량한 기운이 온몸에 퍼지는 것이어서 대단한 보물이라는 것만 짐작했다.

옥패에는 높은 산 위에 해와 달이 걸려 있고, 천지인을 상징하는 세 조각의 구름이 물 흐르듯 흘러가고 있는 모습이 양각되어 있었다. 기련검파를 상징하는 삼색운(三色雲)이다.

단순한 중에 우아함이 넘치고, 속되지 않으면서 귀품(貴品)이 은은히 우러나는 옥패였다.

하지만 '검문조종(劍門祖宗) 기련지령(祁連之令)'이라고 새겨진 글귀를 본 순간, 감탄은 사라지고 불에 덴 것 같은 놀람이 밀려들었다. 등에 식은땀이 다 흐른다.

"이, 이것은……?"

"장문영부다."

"이것을 어째서 저에게 주신단 말씀입니까? 받을 수 없습니다."

"흐흐, 미련한 놈. 내가 아무리 노망이 들었기로서니 장문영부를 제자도 아닌 놈에게 물려줄 리가 있느냐?"

"하오면?"

"너에게 잠시 기련검파의 미래를 맡기겠다는 것이다."

"무슨 말씀인지 모르겠습니다."

"제자들은 아직 부족해서 기련검파의 정수를 얻지 못했다. 그러니 그들에게 영부를 맡긴다면 저승에서도 걱정 때문에 편할 수 없겠지."

“……?”

“그들 중 네가 얻은 것과 같은 경지에 오르는 자가 있다면 그때 그 영부를 그에게 물려주기 바라는 것이다.”

류는 아직도 이양복의 의중을 이해할 수 없었다.

“네 손에 영부를 맡겨둔다면 나는 안심할 수 있다. 천하가 아무리 넓고, 강호에 기인이사가 모래알처럼 많다고 해도 이제 네 손에서 그것을 빼앗아갈 수 있는 자는 없을 테니까.”

“어째서 검종께서 지니고 있다가 문파를 전할 때 함께 물려주시지 않으십니까?”

“나는 머지않아 죽을 것이다. 그 때문이지.”

“예?”

“어느 황량한 들에서, 어느 인적없는 산중에서 죽을지 모르는데, 그렇게 되면 기련검파를 상징하는 그것이 영영 사라져 버리지 않겠느냐? 일파의 장문인으로서 어찌 그렇게 되도록 할 수 있단 말이냐?”

“무슨 말씀입니까? 이렇게 정정하신데 어째서 그런 말씀을 하십니까?”

“사부가 죽었으면 제자가 원수를 갚는 게 당연하고, 제자가 억울하게 죽었으면 사부가 그 원수를 갚아주는 게 당연한 일. 나는 그것 때문에 죽을 것을 알지만 포기할 수 없다.”

“지존보에서 사라졌다는 정취경에 대한 말씀이군요. 단목향에게서 그 이야기를 들으셨군요?”

"그렇다. 그 아이가 어떻게 되었는지 알았는데 기련검파에는 나 대신 나서줄 만한 사람이 없다."

"역시 보주께서 그렇게 한 일이랍니까? 나는 믿을 수 없습니다."

"나 역시 그렇다. 그러니 확인해 봐야지."

"지존보로 가실 작정입니까?"

"그렇다."

그는 홀로 찾아가 조작량에게 따질 작정인 것이다.

그와의 싸움이 불가피할 것이고, 그러면 죽게 되리라는 걸 알고 있었다.

그러면서도 가고자 하는 건 고집과 자존심 때문만은 아니었다.

류의 얼굴이 어두워졌다. 강호행을 시작한 이래 하나씩 드러나는 조작량의 실체 때문이다.

지존보에 있었을 때 그에게 조작량은 아버지를 연상시켜 주는 존장이었고, 닮고 싶은 사람이었다. 그의 모든 것을, 그의 명예와 지위와 인품을 나의 본보기로 삼았다.

그러던 것이 조금씩 혼란스러워지더니 이제는 그에 대한 실망과 미움이 싹트기 시작했다.

생각해 보면 염가연을 만나면서부터이고, 귀수활선 동백을 만나고 난 뒤부터이며, 뇌옥 안에서 동천일괴 엄수량을 만나고 나서부터 비롯된 일이었다.

그래서 지금은 그에 대한 기련검종 이양복의 증오가 별 거부감 없이 받아들여진다.

류는 영패를 바라보았다. 뜻하지 않게 기련검파의 수호자 역할을 떠맡게 되었으나 이양복의 결심이 어떤지 아는 이상 거절할 수도 없었다.

묵묵히 생각에 잠겼던 류가 고개를 들고 결연한 얼굴이 되어서 말했다.

"잠시 참고 기다려 주실 수 없습니까?"

"어째서?"

"두 달이면 될 것입니다. 저는 즉시 기련산을 떠나 격이목으로 가겠습니다. 제가 그곳에 다녀온 뒤에 결정하시는 게 어떻겠습니까?"

"왜 그래야 하지?"

"……."

망설이던 류가 입술을 악물더니 화난 듯 말했다.

"저도 지존보로 가야 하기 때문입니다."

뇌옥 안에서 엄수량은 류에게 네 사문의 원수는 조작량이 틀림없을 것이라고 말했다. 하지만 그때 류는 그의 말을 믿지 않았다. 귀를 막고 들으려 하지 않았다.

그러나 귀령은 그런 그의 마음을 결정적으로 흔들어놓았다.

귀령의 말대로 격이목으로 가 그곳에서 흑천의 천주를 만난다면 모든 의문이 풀릴 것이다.

그건 곧 조작량이 흠모와 동경의 대상에서 원수로 바뀐다는 걸 의미한다.

스스로 만들어 가졌던 우상을 제 손으로 부수어야 하는 것이다.

그 일이 아니더라도 지존보로 돌아가지 않을 수 없다. 염가연에게 한 약속이 있지 않은가.

나 때문에 고통받고 있을 그녀를 위해서 돌아가야 한다. 그러니 어쨌든 지존보로 갈 수밖에 없다.

전에는 동지로서 태연히 돌아갔는데, 이제는 적이 되어 이를 갈며 찾아가야 한다는 차이가 생겼다.

염가연을 생각하면 당장이라도 달려가 그녀를 지존보라는 감옥으로부터 끌어내 자유롭게 해주고 싶었다. 하지만 아무리 그녀가 안타까워도 격이목부터 다녀와야 한다.

그 생각에 마음이 급해졌다.

"나와 함께 지존보로 가겠단 말이지?"

"두 사람이 힘을 합한다면 혼자보다야 훨씬 낫겠지요."

"으ㅎㅎㅎ—"

"영패는 제가 지니고 다니기에는 너무 무거운 것이라 사양하겠습니다. 제 약속 한 가지와 함께 돌려 드리지요."

"……?"

"제가 살아 있는 동안 언제든 기련검파를 위해 기꺼이 힘을 빌려 드리겠습니다."

"장부 일언은?"

"저승빚보다 무겁지요."

"으흐흐흐—"

이양복의 음침한 웃음소리에 감출 수 없는 즐거움이 실렸
다.

세상으로부터 멀리 떨어진 동굴 안에서 한 문파를 상징하
는 신물이 아무 거리낌 없이 오갔다.

늙고 젊은 두 사람 사이에 그와 같이 할 수 있게 된 건 믿음
때문이었다.

신뢰가 그들을 하나로 묶었고, 그래서 서로의 나이는 아무
상관이 없게 된 것이다.

第九章
기련산(祁連山)에 부는
혈풍(血風)

第九章

“으드득!”

빙혼의 이 가는 소리가 끔찍하게 들린다. 하지만 우문창은 태연하기만 했다.

“속고 속이는 게 너희들의 일 아니던가? 속는 것도 당연하게 받아들여야지.”

우문창의 말이 빙혼의 살기를 더 짙게 했다. 그가 얼음 굴에서 불어 나오는 바람처럼 차가운 입김을 불어내며 말했다.

“호호호, 그렇다면 우문 총령께서도 죽음을 기꺼이 받아들일 수 있겠군요?”

“응?”

“쫓아가 기어이 죽이는 게 당신의 일이니 당신 또한 그런 신세가 되어도 할 말이 없을 것 아니겠소?”

“홍! 과연 어떤 놈이 나에게 그렇게 할 수 있단 말이냐? 그런 놈이 있다면 기꺼이 죽어줄 수 있지.”

“호호호, 그 말을 꼭 기억해 두시오.”

화가 난 빙혼이 음산한 조소를 남기고 돌아섰다.

그가 데리고 온 흑살수들은 모두 스무 명이었다. 기련산에 도착하고 나서 이틀 뒤에 음풍곡(陰風谷)으로 찾아왔는데, 우문창이 이끄는 척살대가 거점으로 확보한 곳이다.

호리병처럼 생긴 천험의 골짜기를 빠르게 벗어나던 빙혼의 입가에 싸늘한 조소가 떠올랐다.

“소문을 흘려라.”

“…….”

“기련검파의 귀에 곧장 들어갈 수 있도록 해야겠지. 음풍곡에 쥐새끼들이 들끓는다고 해.”

“존명!”

곁에 있던 자가 재빠른 신법으로 숲을 뚫고 사라졌다.

“호호호, 어디 고생 좀 해봐라. 그러면 다시 도와달라고 손을 벌리겠지.”

그때는 더욱 골탕을 먹여줄 작정이었다.

아예 이곳에서 우문창과 그의 수하들이 몰살을 당해도 아깝지 않을 거라는 생각이 드는 건, 그에게 여태까지 당한 일을 생각하면 치가 떨리기 때문이다.

우문창은 망설이고 있는 중이었다. 자기와 오십여 명의 수하들만으로 기련검파를 상대하기에는 부족하다고 여겼기 때문이다.

빙혼이 데리고 온 스무 명의 흑살수가 가세한다면 그럭저럭 해볼 만하겠지만 더 이상 그의 협조를 기대할 수는 없었다.

최선은 숨죽이고 기다렸다가 목표로 삼은 그 괘씸한 놈이 청살장의 독기를 치료받고 기련산을 떠날 때 들이쳐 잡는 것이다.

그놈의 정체를 밝혀낸다면 뒤에 도사리고 있는 은밀한 세력들도 밝혀낼 수 있을 것이다.

그렇게만 한다면 그것이 마교가 되었든, 아니면 또 다른 무엇이 되었든 충분히 공을 인정받을 수 있게 된다.

우문창이 그런 속셈을 가지고 있을 때, 빙혼 또한 그와 같은 생각을 하고 있었다.

"이번만은 우문창 그 표리부동한 놈에게 당하지 않을 테다."

그가 어금니를 악물고 그렇게 중얼거렸다.

귀선진에는 운봉루(雲峰樓)라고 하는 유일한 주루가 있다.

늘 서역으로 가고, 그곳에서 온 상인들로 북적이는 터라 하루도 조용할 날이 없었다. 그만큼 장사가 잘 되는 곳이다.

귀선진의 토박이들은 주루에 들어오지 않았다. 한 푼이라도 더 외지인의 돈을 벌어들여야 한다는 마을 공동의 정서가 뿌리 깊었던 것이다.

그 주루의 후원 객방 깊은 곳에 며칠 전부터 수상한 자들이 머무르고 있었다.

그들은 상인이라면서 좀체 길 떠날 생각을 하지 않았다. 게다가 낙타도 없고 짐꾼만 몇 명 있을 뿐인데, 무슨 바쁜 일들이 있는지 수시로 나가고 들어왔다.

변장을 하고 있는 빙혼과 그의 수하들이었다.

그날도 그들은 아침나절부터 부지런히 어디론가 나갔다 오후 늦게 들어오더니 객방에 틀어박혀 꼼짝하지 않고 있었다.

아직 해가 지려면 두어 시진은 족히 남아 있는 느긋한 오후다.

외지인들로 북적거리는 귀선진에 세 필의 말이 터벅터벅 걸어 들어왔다.

한 사람은 기련검파의 셋째 제자인 장엄부이고, 한 사람은 단목향이었다. 그녀는 먼 길이라도 나선 듯, 몸에 검은 피풍을 두르고 검은 수건으로 얼굴을 가렸으며 죽립을 깊이 쓰고 있었다.

나머지 한 사람은 류였는데, 단목향과 마찬가지로 피풍을 두르고 죽립을 눌러써서 얼굴을 잘 알아볼 수 없었다.

이미 갈 곳을 정하고 찾아온 것처럼 그들은 곧장 운봉루 뒤쪽의 후원 객사로 향했다.

점소이 한 명이 고개를 내밀었다가 장엄부를 보고 반갑게 손짓을 하고는 쏙 들어갔을 뿐, 아무도 참견하는 자가 없다.

담 밖에 말을 세워둔 세 사람이 월동문을 성큼 넘어섰다.

제법 아늑한 후원이 눈앞에 있다.

두 개의 건물에 십여 개의 객방이 있었는데, 모두 사람들로 차 있어서 왁자하게 떠드는 소리들이 정원까지 밀려나왔다.

"저기."

장엄부가 턱짓으로 한곳을 가리켰다. 남쪽 건물 끝에 있는 객방인데, 문 앞 난간에 허름한 옷을 입은 두 명의 사내가 걸터앉아 잡담을 나누고 있었다.

"나 혼자 하겠어."

류가 낮게 말했다.

단목향이 눈을 흘겼다.

"나는 허수아비인 줄 알아?"

"그놈은 내 거다. 아무도 건드리지 못해."

"쳇, 그럼 나머지 놈들은 괜찮겠지?"

"마음대로 해."

단목향과 장엄부가 서로를 마주 보며 득의의 미소를 나눌

때, 류는 천천히 객방으로 다가가고 있었다.

"거기 서."

잡담을 나누고 있던 두 놈이 긴장한 모습으로 류를 막아섰다.

"안에 있는 게 빙혼이겠지?"

"엇?"

갑작스런 물음에 두 놈이 크게 놀라 주춤한다. 그 순간 류가 와락 덮쳤고, 빡, 빡! 하는 두 번의 무거운 격타음이 허공에 퍼졌다.

콰당탕!

요란한 소리를 내며 문짝이 부서질 듯 활짝 열렸다.

"앗!"

의외의 일에 원탁에 둘러앉아 머리를 맞대고 있던 일곱 명의 사내가 펄쩍 뛰어 물러섰다.

문밖으로 언뜻 보이는 두 개의 주검은 얼굴이 없었다. 밟아버린 진흙덩이처럼 으깨진 머리통에서 허연 뇌수와 피가 느릿느릿 흘러내리고 있다.

그 끔찍한 모습에 사내들은 잠시 넋을 잃었다.

"웬 놈이냐!"

상석에 앉아 있던 자가 그제야 천천히 몸을 일으키며 낮고 날카롭게 꾸짖었다. 빙혼이다.

부유한 상인의 옷으로 치장을 하고 있었지만 류는 금방 그를 알아보았다. 한시도 잊어본 적이 없는 놈인 것이다.

류가 천천히 죽립을 벗었다.

이글거리는 눈빛이 고스란히 드러났고, 빙혼은 비로소 그의 얼굴을 알아보았다.

"너, 너!"

놀람을 감추지 못하고 류를 가리키는 손가락을 부들부들 떨었다.

"나를 잊지 않았겠지?"

"너는 죽지 않았단 말이냐? 아니면 귀신이냐?"

"흐흐, 귀신이라고 생각하는 게 편할 거다."

빙혼은 류를 기억하고 있었다. 제남부중에서 캐낸 곽빙호에 대한 정보를 주기 위해 그를 만난 적이 있기 때문이다.

그리고 또 만난 적이 있었다는 걸 비로소 기억해 낸다.

"그럼, 네가 바로 그놈?"

그날, 염가연을 데리고 달아났던 놈이고, 절벽 위에서 저의 청살장에 맞아 떨어졌던 놈이라는 걸 눈빛에서 기억해 냈다.

류가 흰 이를 드러내고 히죽 웃었다.

"빚을 갚아주마."

"어떻게 이럴 수가 있단 말인가……?"

빙혼의 머릿속이 엉킨 실타래처럼 어지러워졌다. 이해할 수가 없다.

류는 분명 죽었다. 형당에서 확인했고, 보주도 사람을 보내 확인한 일이다. 그들의 경험과 눈썰미를 속일 수 있는 어떤 자도, 어떤 수작도 있을 수 없다.

그들이 죽었다고 결론을 내렸다면 그게 진실이다.

그런데 눈앞에 당당히 버티고 서 있는 이놈은 뭐란 말인가?

'이 사실을 지존보에 알려야 한다. 하지만 어떻게?

류가 제 본모습을 이처럼 드러냈다는 건 이곳에 있는 자들 모두를 죽이겠다고 결심했기 때문일 것이다.

빙혼은 알 수 없는 두려움에 사로잡혀 턱을 덜덜 떨었다.

죽은 자가 다시 살아나 버젓이 나타난 데 대한 놀라움, 그리고 비수처럼 가슴을 찔러오는 살기에 대한 두려움이다.

'끝인가?

빙혼의 머릿속에 언뜻 그런 불길한 생각이 스쳐 갔다.

그러자 오기가 치솟는다.

류가 절벽 위에서 자신의 일장을 맞던 일이 떠올랐다. 삼무 잔도에 베이기도 했다.

오갈 데 없는 절박한 순간에 몰리자 저에게 이로운 일만 떠오르는 건 본능이다.

그때 류가 이미 몸을 움직일 수도 없을 만큼 심각한 부상을 입고 있었기 때문이라는 건 그래서 까맣게 잊었다.

"쳐라!"

빙혼이 힘껏 탁자를 차고 뒤로 물러나며 소리쳤다.

넋을 놓고 있던 자들이 정신을 차리고 맹렬하게 달려든다.

어느 틈에 검을 뽑아 들고 있었다.

의외의 기습을 당한 셈이지만 평소 이런 일에 익숙해져 있던 자들답게 반응이 신속하고 격렬했다.

류는 문을 가로막고 선 채 움직이지 않았다. 두 발이 뿌리 내린 것 같다.

쌩, 하는 날카로운 바람 소리를 내며 세 자루의 검이 정면과 좌우에서 파고든 순간, 류의 피풍이 펄럭인 것 같았다. 그리고 모든 것이 정지했다.

싯―!

뒤늦게 도착한 바람 소리가 짧게 빙혼의 귓전을 스치고 지나갔다.

그는 눈을 크게 떴다. 사물이, 시간이 그대로 얼어버린 것 같은 이 기묘한 순간을 어떻게 이해해야 할지 막막해진다.

"끄으으―"

누군가의 입에서 처음으로 낮은 신음성이 흘러나왔다. 그러자 멎어 있던 시간이 왈칵 밀려간다.

파아아아―!

그것을 따라가듯 허공에 숫구쳐 퍼지는 선연한 피보라.

쿵쿵거리며 세 놈이 동시에 무릎을 꿇더니 그대로 엎어져 움직이지 않았다. 심장에서 흘러내리는 피로 바닥이 금방 홍건하게 젖는다.

"억!"

나머지 세 놈과 빙혼이 비로소 사태를 파악하고 놀란 외침을 터뜨렸다.

"쾌검!"

빙혼은 이와 같은 쾌검을 본 적이 없었다. 극쾌라는 말로도 부족할 것 같은 무엇. 그것을 제가 보았다는 것까지도 믿어지지 않았다.

내가 지금 꿈을 꾸고 있는 건 아닌가? 하는 엉뚱한 의심이 들 지경이다.

류는 검을 아래로 늘어뜨리고 서 있었다. 동시에 세 놈의 심장을 꿰뚫었건만 피 한 방울 묻어 있지 않은 그것이 새파란 빛을 뿌린다.

"한 놈도 살려두지 않을 테다."

저승사자의 스산한 중얼거림. 빙혼과 남은 세 놈은 그것을 들었다. 등줄기에 소름이 쫙, 돋고 머리카락이 곤두선다.

쿵! 쿵!

다가오는 류의 발소리가 우렛소리처럼 크게 머릿속에 울렸다.

"살(殺)!"

빙혼이 악을 쓰듯 소리쳤다. 그 즉시 머뭇거리던 세 놈이 반사적으로 튕겨 나온다. 류가 그들의 악랄한 검광 속에 파묻힌 것 같은 순간,

촤아아―

그들의 목이 허공에 둥실 떠올랐다. 솟구친 선혈이 폭포가 되어 쏟아지고, 그것을 뚫는 또 다른 그림자가 있었다. 빙혼이다.

그는 세 명의 수하를 방패로 삼은 것이다. 그들의 죽음으로 저를 가리고 은밀히 다가와 필살의 일격을 날릴 셈이었다.

그날, 벼랑 위에서 류의 옆구리를 길게 갈라놓았던 삼무잔도. 그것이 쨍! 하는 울림을 토하며 피의 폭포를 가르고 류에게 떨어졌다.

동시에 좌장을 불쑥 뻗어 자신만의 지독한 독장인 청살장을 갈긴다.

"훙!"

귓가에 파고드는 싸늘한 코웃음.

'역시……'

빙혼은 역시 헛수고였다는 걸 절실하게 느꼈다. 가슴에 파고든 따끔하던 느낌이 급작스럽게 온몸으로 퍼지며 팽창한다.

그 고통이 너무도 지독해서 그는 비명조차 지를 수 없었다.

조각조각 갈라져 흩날리는 가슴 앞 옷자락을 본다. 그리고 드러난 맨살이 거북 등처럼 쩍쩍 갈라지는 걸 본다.

콰아아—

언뜻, 조각난 뼈 사이로 붉은 심장을 본 것 같았던 순간, 그것이 폭죽처럼 터졌다. 눈앞에 뿜어지는 붉은 피.

'도대체 언제?

빙혼의 눈이 놀람으로 부릅떠졌다.

언제 이처럼 나의 살을 찢고 뼈를 조각내고 심장을 열 가닥, 백 가닥으로 쪼개놓았단 말인가? 찰나의 순간에, 단 한 번의 검격이었는데 그게 가능한 일이란 말인가?

삶의 끈을 놓아버리는 마지막 순간에 불쑥 그런 의문이 들었다. 그리고 곧 모든 생각들이 허공에 흩어져 버렸다.

쿵!

빙혼의 몸이 발아래 쓰러졌다.

류는 더 이상 그 주검을 바라보지 않았다.

류가 밖으로 나왔을 때 그곳에도 쓰러진 주검들이 널렸고, 핏물이 흥건하게 고여 있었다.

모두 여덟 명이다. 객방 여기저기에 섞여 있다가 쏟아져 나온 밀천의 살수들을 단목향과 장엄부가 모두 처치해 버린 것이다.

그들의 변장이 아무리 감쪽같았다고 해도 수많은 상인들을 겪어본 운봉루 점소이의 눈을 속일 수는 없었다. 게다가 귀선진의 주민 모두가 기련검파의 눈과 귀가 되어 있지 않은가.

귀령이 처음부터 귀선진을 택한 건 커다란 실수였다. 제 딴에는 '등잔 밑이 어둡다'는 말을 한껏 활용한 것이었지만, 결과적으로 그와 밀천의 흑살수들은 스스로 기련검파의 함정

속으로 뛰어든 꼴이 되었다.

　마당 여기저기에 널려 있는 주검이 여덟 구, 각 방 안에 엎어져 있는 주검이 여섯 구, 그리고 류가 처치한 자들이 일곱이다.

　빙혼까지 모두 스물한 명. 기련산에 온 자들 모두가 비명 한 번 지르지 못하고 죽은 것이다.

　밀천으로서는 잠시 공황 상태에 빠질 만큼 커다란 타격을 입은 셈이었다.

　류와 장엄부, 단목향은 뒤처리를 마을 청년들에게 맡기고 급하게 말을 달렸다.

　이번 목표는 음풍곡에 숨어 있다는 흑천의 척살대들이었다. 어느덧 류는 쫓기던 자의 입장에서 그들을 쫓는 사냥꾼의 입장이 되어 있었다.

　"뭐야, 이게 도대체 어떻게 된 일이냐? 빙혼은? 그놈과도 연락할 수가 없단 말이냐?"

　우문창이 당황하여 소리쳤다.

　세 개의 수급이 곡 안으로 굴러 떨어진 지 한 시진. 놀란 그가 다시 세 명의 수하를 밖으로 내보내 빙혼과 연락하려 했지만 그들 또한 잠시 뒤에 몸과 머리가 따로 떨어진 채 돌아왔다.

　음풍곡은 완전히 고립되어 있었다.

　호리병처럼 생긴 그곳은 한 사람이 백 사람을 가로막을 수

있는 천연의 요새였지만, 그 반대로 한 사람이 곡구를 막고
서 있으면 백 사람이 갇히고 마는 지형이기도 했다.

좌우의 벼랑을 기어올라 갔던 자들이 목이 잘려서 떨어진
걸 보고 우문창은 이곳에서 나갈 수 없다는 걸 절실히 느꼈다.

고립된 것이다.

'대체 어떻게?'

누가 자신들의 은밀한 잠입을 눈치 챘으며 기련검파에 알
린 건지 그 와중에도 궁금해졌다.

그는 빙혼이 정보를 흘렸으리라고는 생각도 하지 못했다.

밀천의 흑살수들과 흑천의 척살대원들 사이에 오래전부터
이어져 왔던 질투와 경쟁심은 때로 기대 이상의 놀라운 성과
를 가져오기도 했다. 하지만 지금은 그것이 결국 그들 모두를
망하게 하고 있었다.

류 일행이 도착하자 음풍곡을 에워싸고 있던 무리들이 환
호성을 질러 맞이했다.

단목향과 장엄부를 뺀 기련검파의 나머지 네 제자가 백여
명 가까운 청년 문도들을 지휘하여 음풍곡을 봉쇄하고 있었
던 것이다.

하나같이 활을 지녔으며 창을 들고 검을 찬 늠름한 모습들
이다.

대제자 왕무량이 후덕해 보이는 웃음을 띠고 다가왔다.

“귀선진에서의 일이 빨리 끝났군?”

“셋째와 여섯째가 도와준 덕이지요.”

“저 아래 있는 놈들은 제법 버티는걸? 어떻게 할까 망설이고 있는 중이었다네.”

일시에 들이쳐서 섬멸해 버릴 것인지, 스스로 손을 들고 나올 때까지 지키고 있을 것인지 고민하는 것이다.

장정들을 이끌고 뛰어든다면 난전을 피할 수 없고, 그 와중에 이쪽의 피해도 커질 것이다.

그들이 항복할 때까지 기다리는 건 얼마나 오래 걸릴지 알 수 없다. 감시당하는 자나 감시하는 자나 다 같이 피곤해지는 일이 아닐 수 없다.

류는 그의 고민을 이해했다. 그리고 왕무량다운 일이라고 생각했다.

그는 언제나 신중하고 침착했다. 자기의 결정이 혼자만의 일이 아니라 기련검파 전체에 영향을 준다는 걸 잘 알고 있는 것이다.

류는 제가 끌어들인 일로 인해 기련검파의 사람들이 다치는 걸 원하지 않았다.

“내가 하겠소.”

“혼자서 말인가?”

류의 말에 왕무량이 눈을 크게 떴다.

“이건 내 일이오.”

“하지만 자네 혼자서는 어려울 텐데?”

“어렵다고 피한다면 할 수 있는 일이 없을 겁니다.”

단목향이 류를 밀치고 나섰다.

“나도 저놈들에게 빚진 게 있어요.”

“사매가 나선다면 내가 곁에서 보호해 주지 않을 수 없지.”

장엄부도 호기롭게 말하고 나섰다.

그는 오랜만에 통쾌하게 검을 휘두른 터였다. 사문의 쾌검법을 더 시험해 보고 싶은 마음이 가득하다.

그건 다른 제자들도 마찬가지였다.

그들은 사부 밑에서 오랜 세월 동안 검법을 수련했지만 제대로 된 싸움을 해볼 기회가 거의 없었다.

유일하게 단목향이 강호에 나가 활동했을 뿐, 다른 제자들은 사부의 엄명에 의해 기련산을 벗어나지 못했던 탓이다.

이와 같이 좋은 기회가 왔는데 놓치고 싶지 않았다. 그래서 단목향과 장엄부가 나선 걸 기회 삼아 둘째와 넷째, 다섯째도 검집을 두드리며 나섰다.

“기련산을 제멋대로 차지하고 있는 놈들을 그대로 두고 있을 수는 없지요.”

“이건 우리에 대한 명백한 도전이오.”

“아무리 지존보라고 해도 이처럼 무례한 짓을 했다면 두고 볼 수가 없어.”

사제들이 한 입인 것처럼 말하는 데에는 왕무량도 어쩔 수 없었다. 그 또한 내심으로는 이 기회에 그동안 힘들게 수련해 온 검법을 시험해 보고 싶어 안달이 나 있기도 했다.

그가 류를 돌아보고 어깨를 으쓱했다.

"사제들이 하나같이 고집을 부리니 나 혼자서는 막기가 힘들군."

"짐승을 구석으로 몰아넣었는데, 잡으려 하지 않는 사냥꾼은 없겠지요."

"그럼 함께 내려가도 되는 거지?"

단목향이 재빨리 류 곁에 붙어 섰고, 그녀의 다섯 사형들이 싱글벙글했다.

쿵, 쿵, 쿵─

피풍을 펄럭이며 일곱 사람이 음풍곡의 좁은 골짜기를 걸어 들어간다.

한 걸음 한 걸음 디딜 때마다 발에 힘을 실어 구르니, 일곱 사람의 걸음에 골짜기 전체가 지진을 만난 듯 은은히 진동했다.

'이건 좋지 않다.'

우문창은 잔뜩 눈살을 찌푸린 채 긴장했다.

골짜기를 뒤흔들 만큼 거대한 힘을 드러내 보이며 다가오는 자들에 대한 경계심으로 가슴을 졸인다.

기련검파에 대한 소문은 강호에 무성했다. 하지만 한 번도 그들과 부딪쳐 본 적이 없고, 그들이 싸우는 걸 본 적도 없었다.

기련검종 이양복.

어찌 보면 마도로 불리는 게 더 어울릴 것 같은 그 괴인의 검법에 대해서는 강호의 명숙들이 모두 머리를 절레절레 가로젓는다.

그가 몸소 왔을 것이라고는 생각하지 않았다.

두려움 속에서, '그의 여섯 제자가 왔을 뿐이라면 한 번 해 볼 만하지 않을까?' 하는 생각이 불쑥 들었다.

이쪽은 오십여 명이나 된다. 하나같이 추적과 암살로 명성을 날리는 자들이고, 실전의 경험이 넘치는 고수들이다.

기련검파와 지존보 사이의 관계는 그날, 요악한 계집이 풍향비를 뿌리며 벌판에 불을 지르고 괴한을 구해 달아나던 그 순간에 깨진 거나 마찬가지였다.

그리고 지금, 저렇게 골짜기를 울리며 위협적으로 다가오는 자들이 그것을 확인시켜 주고 있다.

"으드득!"

우문창이 이를 갈았다.

아무리 기련검파의 위용이 대단하다고 해도 지존보에 비할 수는 없다. 그런데도 이처럼 드러내 놓고 적대시한다는 건 그들 스스로 명을 재촉하는 일밖에 되지 않는다.

우문창은 재수가 없어서 이 기련산 골짜기에서 저희들 모두가 죽는다 해도 곧 보주가 복수해 줄 것이라고 믿었다. 지존보에 의해서 기련검파는 초토화가 되어버리고 말 것이다.

잘하면 살아서 그것을 볼 수도 있다.

우문창과 그들 오십여 명의 척살대원들은 그런 생각으로 전의를 다졌다. 검을 움켜쥐고 서서 좁은 골짜기 입구를 노려본다.

쿵, 쿵, 쿵―

울림이 점점 가까이 다가왔다. 거대한 몸집의 코끼리라도 풀어놓은 건 아닐까? 하는 엉뚱한 생각마저 든다.

그리고 그들이 모습을 드러냈다.

일곱 명.

피풍을 펄럭이며 당당하게 다가오는 자들.

가운데 서 있는 자의 긴 머리카락이 바람에 날리고 있다. 그자를 뚫어지게 바라보던 우문창이 '억!' 하고 놀란 외침을 터뜨렸다.

야무지게 입술을 깨물고 있는 한 여자가 뒤에서 나와 그자 곁에 나란히 섰기 때문이다.

"검기령주!"

그녀가 백천수호대의 검기령주 단목향이라는 걸 우문창은 확실히 알아볼 수 있었다.

'그렇다면 저놈은?'

저놈이 바로 염가연을 구해 달아나다 붙잡혔던 바로 그 괴한이라는 걸 알았다. 그가 류인 줄은 아직 짐작도 못하고 있다.

벌판에 불을 지르고 저놈을 구해 달아났던 게 다른 사람이 아닌 단목향이었다는 걸 알고 기가 막혔다. 뒤통수를 호되게 맞은 것처럼 정신이 멍해지기까지 한다.

"쫓고 쫓기는 장난은 여기까지다."

류가 스산한 음성으로 말했다.

"너희들이 올 수 있는 곳도 여기가 끝이야."

"뭐라고 지껄이는 거냐!"

우문창도 검을 움켜쥐고 앞으로 나서며 마주 소리쳤다.

"네놈은 대체 누구냐?"

"류."

"뭐라고?"

한순간, 우문창의 얼굴이 멍청해졌다. 제가 잘못 들었다고 여긴다. 류가 검을 들어 그를 가리키고 싸늘하게 말했다.

"아직 모르겠나? 내가 모습을 드러낸 뜻을?"

"너, 네가 정말 류란 말이냐? 어떻게? 그놈은 죽었는데?"

빙혼이 그랬던 것처럼 우문창 또한 얼떨떨해서 뭐가 어떻게 된 건지 혼란하기만 했다.

류가 히죽 웃었다.

"죽은 귀신인지 아닌지는 네가 직접 확인해 봐라. 그럴 용기는 있겠지?"

우문창의 얼굴이 보기 흉하게 일그러졌다. 그가 옷자락을 허리띠에 찔러 넣으며 소리쳤다.

"귀신이든 뭐든 상관없어! 흥! 제 발로 나타났으니 고마울

뿐이다! 순순히 무릎을 꿇는다면 살려서 데려가겠지만, 그렇
지 않으면 목만 들고 갈 테다!"

"하하하하―"

류의 웃음소리가 골짜기 가득 쩌렁쩌렁 울렸다.

"쳐라!"

우문창이 그것을 덮어버리듯 굉렬하게 외쳤다.

"끼야아아―!"

안으로 긴장을 꾹꾹 눌러두고 있던 오십여 명의 척살대원
들이 괴성을 지르며 물밀 듯 쏟아져 나갔다.

모진 마음을 먹고 살심을 크게 일으킨 류도 몸을 날렸다.
밀려드는 파도를 온몸으로 맞듯 그렇게 부딪치는 것이다.

쾅!

그의 몸을 두르고 있던 기운의 덩어리가 파도의 한복판에
충돌했다.

후우우우―

류에게서 비롯된 무시무시한 기파의 폭풍이 사방으로 밀
려 나갔다. 그것에 부딪친 자들의 옷자락이 찢어질 듯 펄럭이
고, 주춤거린다.

그리고 번쩍이는 섬광.

류의 쾌검은 거칠 것이 없었다. 가로막는 모든 것들을 찌르
고 베어 넘기며 나아가는데, 농부가 잘 드는 낫으로 잡초를
이리저리 베어 길을 내는 것 같다.

"아!"

그 눈부신 검격을 본 단목향과 장엄부 등이 얼어붙어 버렸다. 사부님의 쾌검, 섬환몽을 보는 것 같았다. 아니, 그보다 더 사납고 거칠다. 그러면서 어디 한 군데 막히는 곳이 없다.

"그는 본 문의 비전을 대성했군."

대제자 왕무량이 류의 움직임에서 눈을 떼지 못한 채 어눌한 음성으로 그렇게 중얼거렸다.

자신은 이십여 년을 두고도 이루지 못한 것을 류가 지난 사흘 동안 이루어냈다니 놀라울 뿐이다.

"좋다! 기련검문의 쾌검이 어떤 건지 오늘 아낌없이 보여 주리라!"

류의 검격에 사기가 한껏 고조된 장엄부가 호기롭게 외치고 격전의 와중으로 뛰어들었다.

여섯 명의 검사가 부챗살처럼 퍼져서 류의 뒤를 받쳐 주며 치고 나가는 모습이 장관이었다.

거침없는 그들의 검격 또한 눈부시다.

가로막는 자들은 언제, 어떻게 찔렸는지도 모르고 숨이 잘려 나갔다. 비명을 지를 새도 없다. 그래서 음풍곡 안은 조용한 살육의 현장이 되었다.

번쩍이는 검광과 질풍처럼 종횡으로 달리는 사람들의 그림자가 어지러울 뿐, 검이 서로 부딪쳐 긁어대는 소리도, 아우성과 고통의 비명 소리도 없다.

우문창은 뻣뻣이 굳어버렸다. 두려움 때문이 아니라 눈앞에서 펼쳐지고 있는 믿을 수 없는 일 때문이었다.

류의 검격이 저렇게 빠르고 사납다는 게 믿어지지 않는다.

그가 눈을 끔벅이는 사이에도 세 명의 수하가 목과 가슴을 움켜쥐고 쓰러졌다. 뒤늦게 뿜어져 나오는 선연한 피보라.

거친 바람 앞에 마른풀들이 쓸리듯 그렇게 꺾이고 주저앉는 수하들의 모습이, 기련검파 여섯 제자의 검무가, 류의 질풍 같은 움직임이 모두 비현실적으로 다가왔다.

그리고 그런 우문창 앞에 드디어 류가 우뚝 섰다.

"이야아아―!"

멍하니 그를 바라보던 우문창이 스스로를 터뜨려 버리는 듯한 고함을 질렀다.

피잉―

그의 검이 곧장 류의 미간으로 뻗어나간다. 살짝 흔들리더니 여섯 가닥, 열두 가닥…… 서른여섯 가닥이 되어 온통 번쩍이는 검막을 드리웠다.

류의 몸이 옆으로 기울었다. 바람에 밀린 것처럼 부드럽다. 그리고 솟구쳐 오르는 단 하나의 차가운 빛.

그것이 우문창이 뿌린 수많은 검광들을 가볍게 관통해 버렸다.

"크윽!"

우문창의 입에서 낮은 신음성이 흘러나왔다. 류는 어느덧 그를 지나쳐 등 뒤에 우뚝 서 있고, 검을 뻗어낸 자세 그대로 우문창은 석상처럼 굳어버렸다.

천천히 좌우로 흔들리더니 울컥, 한 모금의 선혈을 토해냈다. 그리고,

파아아—

좌우에서 힘껏 잡아당겨 찢어버린 것처럼 복부에서 가슴을 지나 목에 이르기까지 그의 몸이 길게 벌어졌다.

뿜어져 나오는 선혈이 하늘을 붉게 물들인다.

"이건, 이건……."

무어라고 웅얼거리던 그가 천천히 뒤로 넘어갔다. 쿵, 하고 등이 바닥에 닿았을 때는 처참하게 찢긴 형체로만 남았을 뿐이다.

흑천의 도살자, 추혼사객으로 불리던 자.

추적과 암격, 그리고 비정함으로 명성을 날렸던 자의 비참한 최후였다.

第十章

격이목(格爾木)

第十章

　　지난 이십여 일의 여정(旅程)은 다시 생각하고 싶지 않을 만큼 끔찍했다.

　　종일 풀 한 포기 찾아볼 수 없는 자갈의 사막 위에서 햇빛과 바람에 시달리는 일은 끔찍한 경험이었다.

　　뜨거운 바람은 정수리를 녹여 버릴 듯했고, 건조한 바람에 살갗이 쩍쩍 갈라졌다.

　　머리끝부터 발끝까지 온몸을 검은 천으로 둘둘 감고 쉰 땀 냄새에 찌들어가는 걸 참아야 하는 일도 고역이었다.

　　모래사막을 건너는 일은 그보다 더했다. 갑자기 불어오는 모래폭풍에 갇혀 하루 동안 꼼짝하지 못하고 엎드려 있던 일을 평생 잊지 못할 것이다.

폐 속으로 빨려 들어오던 퍼석퍼석한 모래먼지. 그것이 땀과 섞여 살갗에 끈적끈적하게 달라붙자 물속에 빠진 것처럼 답답해졌다. 그 불쾌하던 기분은 떠올리기도 싫다.

말도 사람도 모두 고통스러워하던 그 날들은 류에게 지옥과 같았지만 단목향은 용케 참고 견뎠다. 때로는 그러한 낯선 경험을 즐기는 것 같기도 했다.

그녀는 몇 번 사막을 건너 천산까지 다녀온 경험이 있었던 것이다.

그녀가 동행하겠다고 했을 때 류는 펄쩍 뛰며 반대했지만, 그녀의 사부와 사형들은 사막을 건널 때 말보다 그녀가 더 필요할 것이라며 한사코 권했었다.

녹주(綠州:오아시스)에 도착해 쉴 때마다 류는 그녀에게 진심으로 감사했다. 그녀가 없었다면 저 막막한 사막에서 길을 잃고 쓰러지거나, 모래바람에 날려 흔적도 없이 사라져 버렸을 것이기 때문이다.

하찮게 여겨왔던 푸른 풀과 나무 그늘이 이처럼 고맙고 소중하다는 걸 새롭게 안 것도 뜻 깊은 경험이었다.

그렇게 이십 일 가까이 고된 여행을 했을 때, 류는 마치 다른 사람이 되어버린 것 같았다. 검게 타고 건조해진 얼굴 때문이다.

수염이 무성하게 자라 있어서 젊은이인지 늙은이인지조차

구분하기 힘들어졌다.

단목향도 마찬가지였다.

제대로 씻을 수가 없고 단장할 수가 없었으니 그녀의 꼴은 류보다 더 지독하게 변했다.

햇빛과 바람에 말라 쩍쩍 갈라지는 뻣뻣한 머리카락이 마구 헝클어져 있고, 윤기 흐르던 피부는 흙처럼 푸석거렸다.

어느 여자도 그와 같이 변하는 걸 좋아하지 않을 것이다. 하지만 단목향은 거기에 대해서 한마디의 불평도 하지 않았다.

그런 그녀가 대견하고 또 미안하기도 했지만 류가 할 수 있는 거라고는 그저 안쓰러운 눈길로 물끄러미 바라보는 것뿐이었다.

"봐, 저기가 격이목이야."

그녀가 손가락으로 가리키는 곳에 신기루처럼 둥둥 떠 보이는 성읍이 있었다. 온통 회백색으로 반짝인다.

어느덧 그들은 사막을 건너 황토의 땅에 들어와 있었다.

모든 것이 누런 흙덩이다.

흙으로 된 세상의 복판인 것이다.

산도 누런 흙덩이고, 깊이 파이고 깎인 골짜기와 병풍처럼 서 있는 벼랑도 누런 흙덩이다.

그 벼랑 위에서 바라보는 풍경은 다른 곳에서는 볼 수 없는 것이었다.

흙덩이들이 거대한 탑처럼 숫구쳐 숲을 이루고 있었다. 그 위에 구름 한 점 없이 푸른 하늘이 펼쳐졌고, 내리쬐는 햇빛이 밝음과 어두움을 극명하게 갈라놓고 있다.

그 너머에 섬처럼 떠 있는 고성(古城).

그것이 먼 옛날부터 이 척박한 땅을 지켜온 회족(回族)의 고도(古都), 격이목 고성이었다. 납살(拉薩)로 이어지는 비단길 남쪽 교역로의 중간 거점이기도 하다.

중원과는 다르게 둥근 지붕을 이고 있는 회백색의 집들이 낯선 정취를 불러일으킨다.

그곳을 향해 류와 단목향을 태운 말이 터벅터벅 다가갔다. 그것들도 이제 쉴 곳에 왔다는 걸 아는지 생기가 돌아서 투레질을 했다.

머리에 수건을 두르고 낡은 회백색의 장포로 몸을 가린 자들에게서 류는 어떤 거부감마저 느꼈다.

하나같이 구레나룻을 덥수룩하게 기르고 있는 사내들은 덩치가 크고 용맹해 보였다.

늙은이든 젊은이든, 상인이든 양을 치는 목동이든 가리지 않고 모두가 허리에 만월처럼 굽은 만도(灣刀)를 차고 있었다. 붓이 선비의 필수품이라면 만도는 그들의 필수품인 모양이다.

낡고, 군데군데 무너지기는 했지만 두터운 성벽으로 둘러싸인 도시에는 활기가 있었다. 낯선 이방인들이 언제나 들끓고, 그들이 흥청망청 써대는 돈이 넘쳐 나기 때문이다.

조정에서는 이 먼 곳에까지 도호부(都護府)를 두고 관리와 병사들을 파견했다. 그러나 격이목의 치안과 회족들의 통치를 담당하는 건 그들 자체의 자경단(自警團)이지 도호부의 힘은 아무 도움이 되지 못했다.

낙타와 사람이 뒤엉켜 있는 거리를 류와 단목향은 천천히 걸었다.

이곳은 이방인들의 세상인 것 같았다. 넘쳐 나는 낯선 말과 낯선 사람들 속에서 원래의 주인인 회족들마저 낯선 사람처럼 되어버리고 만 것 같다.

그러므로 격이목은 회족의 고성이면서 아니기도 했다. 그곳은 이방인들의 땅이고 세상이 되어버린 것이다.

온갖 서로 다른 말과 짐승들의 울음소리로 귀가 먹먹해지는 거리를 지나 좁은 골목으로 들어섰다.

낯익은 간판들이 몇 개 줄지어 있었다.

객잔과 주루, 여각을 뜻하는 ‘하남향(河南鄕)’이며 ‘낙양루(落陽樓)’, ‘태산관(泰山館)’ 등의 이름에 왈칵 반가운 마음이 든다.

“우선 쉴 곳을 정하고 천천히 다음 일을 생각해 보자.”

류의 말에 단목향도 이의가 없다.

그들은 말을 끌고 천천히 하남향이라는 이름의 객잔으로

향했다.

점소이에게 말고삐를 넘겨주고 들어서니 우선 왁자한 중원의 말들이 귀에 쏟아져 들어왔다.

각 지방의 사투리가 한데 뒤섞여 있어서 혼란스럽지만 그 말들과 그 사람들의 모습은 더 이상 이방인이 아니었다.

간혹 도검을 지닌 무사들도 보이고 도호부의 병사들도 있었는데, 대부분은 대상을 따라온 짐꾼들로 보였다.

그들의 시선이 일제히 단목향에게 향했다. 이런 곳에서 중원의 여자를 보게 되니 신기한 모양이다.

까치집처럼 헝클어진 머리에, 검게 그을리고 푸석푸석해진 살갗이며, 꾀죄죄해진 옷차림 등이 숭하지만 그들의 눈에는 양귀비보다 아름다워 보일 것이다.

그들을 훑어본 단목향이 슬쩍 머리를 기울여 류의 귓가에 빠르게 속삭였다.

“잘된 일이야.”

“뭐가?”

“내가 여자라는 게 말이야. 곧 고마워하게 될걸?”

“……?”

대체 무슨 말을 하는 건지 이해할 수가 없다.

단목향이 그런 류의 볼을 꼬집었다.

“곧 알게 될 거야. 참고 기다려 봐.”

교태를 띤 눈웃음마저 친다. 사람들의 시선이 그녀와 자신에게 집중되어 있다는 걸 아는 터라 류는 더 당황했다.

단목향은 한 술 더 떠서 류의 팔짱을 끼고 찰싹 달라붙었다.

무얼 어떻게 먹고 마셨는지 모를 정도로 정신없이 젓가락을 놀리고 술을 마셔댔다.

이십여 일 만에 처음 음식다운 음식과 향기로운 술을 대하니 곁에서 누가 죽어나가도 모를 정도로 탐닉하게 된다.

그리고 대취해서 단목향의 부축을 받으며 비틀거리고 이층의 객방으로 들어왔다.

이런 곳에서 독방을 요구한다는 건 누구에게나 욕먹을 짓이었다.

류와 단목향은 한 방을 써야 하는 형편이 되었지만 그것마저 호사에 가까웠다. 대부분의 사람들은 서너 명, 많게는 대여섯 명씩 비좁은 방을 나누어 쓰기 때문이다.

단목향이 류를 침상에 내던졌다. 흙먼지가 풀풀 날린다.

"엉뚱한 짓을 했다간 알지? 엉뚱한 생각도 하지 마."

허리에 손을 얹고 서서 노려보는 그녀가 예뻐 보이는 건 술기운 탓일 것이다.

물끄러미 바라보던 류가 피식, 웃었다. 꺼억, 트림을 하더니 외면한다.

"내가 해주고 싶었던 말이다. 난 잘 테니까 깨우지 마."

“뭐라고? 그럼 나는?”

단목향이 어이없는 얼굴을 했다.

침상 위에 큰대 자로 눕더니 벌써 코를 골아버리는 류가 얄밉기 짝이 없다.

“에라, 이 나쁜 놈.”

그의 옆구리를 걷어찬 단목향이 뽀얗게 흙먼지 쌓여 있는 탁자에 턱을 괴고 앉았다. 멍하니 어둠이 짙어진 창밖을 바라본다.

이곳까지 오는 동안 스무 날 가까이 류와 모진 고생을 함께 하면서 그녀의 마음은 더욱 그에게 가까워졌다.

대사형에 대한 애틋한 마음이 아직 다 사라진 건 아니었지만 조금씩 멀어지고 있다는 걸 그녀 스스로 느낀다.

‘이래서 여자인 것일까?’

그런 생각이 들지 않을 수 없었다.

남자들은 은혜와 원한을 잊지 않는다고 한다.

그래서 지독한 사랑과 지독한 증오가 다르지 않은 것이듯 은혜와 원한도 다르지 않다고 말한다.

잊지 않고 돌려주어야 하는 것이기 때문이다.

그런데 단목향은 제 마음속의 그 지독했던 원한도, 사랑도 점점 잊어가고 있었다. 새로운 존재에 대한 감정의 기울어짐을 막을 수가 없다.

그걸 느낄 때면 스스로가 미워지면서, 제 마음을 빼앗아가

버린 류가 미워졌다.

낯선 곳에서의 하룻밤을 이렇게 혼자 남겨두고 저 혼자 코를 드르렁드르렁 골아가며 잠들어 있는 저 미운 놈.

대체 무엇 때문에 저 멍청한 고집불통에게 빠져 버린 걸까? 그래서 여기까지 따라와 있는 걸까? 하는 생각 끝에 그녀는 스스로 처량해지고 말았다.

가만히 더듬어보면 황룡문에서의 첫 만남에서부터 그에게 마음이 쏠렸다는 걸 부인할 수 없었다.

그가 보여준 첫인상의 강렬함 때문이라고 생각했다.

그리고 염가연에 대한 질투 때문이었다.

'그 여우 같은 년.'

그녀를 떠올리면 지금도 그런 증오의 마음이 솟아난다. 처음에는 대사형을 유혹하여 결국 그를 죽음으로 몰아넣었다는 것 때문이었다.

그리고 지금은 류의 마음을 붙잡고 놓아주지 않기 때문이다.

'하지만……'

그녀의 마음속에 하나의 연민이 가만히 고개를 들었다.

염가연이 처해 있는 처지를 알 수 있게 된 뒤부터의 일이었다.

그녀를 생각하면 증오와 함께 연민이 생겨서 단목향은 때로 혼란스럽기도 했다. 그녀의 일이 곧 저의 일 같기도 하고,

같은 여자로서의 아픔을 느낄 수 있기 때문이기도 했다.

'그녀는 어떻게 되었을까?'

단목향의 생각은 류를 지나쳐 염가연에게로 향했다.

그녀가 지존보를 배신했고, 류와 함께 달아나다가 붙잡혀 돌아갔으니 최악의 상황에 처했으리라는 건 보지 않아도 알 수 있다.

'그가 과연 그녀를 죽일 수 있을까?'

조작량은 어려운 선택을 해야만 할 것이다.

*　　　*　　　*

'내가 선택할 수 있는 게 무엇이 있단 말인가?'

어둠 속에 또 하나의 어둠이 되어 앉아 있는 조작량의 마음은 괴롭기만 했다.

그녀가 자기를 두려워하고, 자기에게서 도망치려 하는 마음을 이해한다.

그래서 더욱 뜨거운 무사의 피로 가득 찼던 젊은 날들이 그리워졌다. 지금의 제 처지가 후회스럽기 때문이다.

젊은 날의 그는 오직 천하를 뒤엎을 패기와 자신감으로 충만해 있었을 뿐이다. 여자라는 존재는 그의 인생에 없어도 아무 상관 없는 무엇에 지나지 않았다.

그의 호령 한마디에 강호가 숨죽였고, 그의 일검에 흉악한 마도의 무리들이 땅속으로 꺼져 버리지 않았던가.

그 호쾌함과 영웅적인 투쟁, 그리고 영광.

그러한 것들이 지금의 자기를 있게 해주었다. 만인을 굽어보는 정점에 올려놓은 것이다.

그런데 이제는 그게 싫어졌다. 할 수만 있다면 제가 앉아 있는 이 자리를 부수어 버리고 지존보의 성벽을 허물어뜨리고 싶었다.

하지만 이제는 그것도 마음대로 할 수 없는 몸이라는 게 조작량을 서글프게 했다. 절대자의 고독이고 슬픔일 것이다.

아이가 모래성을 쌓듯 그렇게 마음대로 쌓고 허물어 버릴 수 있는 것이 명예이고 명성이며 지위라면 얼마나 좋을 것인가, 하고 생각했다.

그러자 불같은 아픔과 미움과 원망과 증오가 숏구쳤다. 염가연에 대해서이고, 자기 자신에게이다. 언제나 그렇다.

"이래서 신은 모두에게 공평하다고 하는 건지도 모르지."

무거운 한숨과 함께 흘러나온 낮은 중얼거림이 텅 빈 대전 안에 웅웅 울렸다.

모든 것을 가졌다고 여긴 순간, 신은 그에게 단 하나의 시련을 내려주었다. 그리고 그 하나의 시련이 그가 평생을 던져서 이루어온 모든 것을 무너뜨리기 시작하고 있었다.

염가연이다.

신이 내려준 축복이라고 여겼던 그녀가 실은 그 단 하나의 시련이었다는 걸 인정하기 싫어진다.

하나씩, 둘씩 제 곁을 떠나가는 사람들이 생기고 있다는 것.

조작량에게 그것은 그만큼의 외로움으로 바뀌는 일이었다.

그래서 그는 당당하고 영웅적이던 청년에서 자신도 모르는 사이에 음침하고 사악한 늙은이로 변해 버렸다.

쾅!

그의 주먹에 탁자가 네 조각이 되어버린다. 벌떡 일어선 조작량이 급한 걸음으로 텅 빈 대전을 나갔다.

그가 죽었다는 것.

그때도 믿지 않았지만 지금도 믿지 않는다.

그는 죽지 않았다. 죽었을 리가 없다.

"나는 두 가지만 생각해. 내가 할 수 있는 일과 할 수 없는 일. 약속을 지키는 건 내가 할 수 있는 일이야."

그의 말이, 그때는 그렇게 딱딱하고 건조하게 들리던 그 말이 미치도록 그리워진다.

그가 다시 한 번 내 눈을 똑바로 바라보면서 그렇게 말해주기를 바란다.

아니, 꼭 그 말이 아니더라도 좋다. 그의 음성을, 그의 눈길을 받을 수만 있다면 그가 욕을 한다고 해도 좋을 것이다.

"그는 돌아올 거야. 반드시 돌아와서 나를 데리고 갈 거야."

중얼거리는 그녀의 음성이 허공에 공허한 메아리를 남겼다.

그때, 불길에 휩싸였던 그 억새 벌판에서 염가연은 한 소녀가 불쑥 나타나 류를 구해 달아나는 걸 보았었다.

누구인지는 모르지만, 그녀가 류를 구해간 건 그를 살릴 수 있기 때문일 것이라고 믿었다.

그렇다면 그는 다시 돌아올 것이다. 와서 약속을 지켜줄 것이다.

그때까지 살아 있어야 한다.

그래서 염가연은 짐승처럼 되어버린 저의 끔찍한 처지를 비관하지 않았다. 이를 악물고 버티는 것이다.

그녀는 지존보로 돌아오자마자 옥봉각에 연금되었다. 그리고 세 차례의 심문을 받았다.

그녀의 죄상은 분명했다.

이적 행위와 도주.

그것만으로도 사형을 면할 수 없는 죄다. 거기에 동료 무사들을 살해한 죄목까지 더해졌으니 열 번 죽어도 할 말이 없는 처지였다.

닷새 전 드디어 각주 급 이상의 중진이 모두 참석하는 전체 회의가 열렸고, 그 자리에서 내려진 결론은 역시 사형이었다.

하지만 조작량은 그녀를 죽일 수 없었다.

이런저런 핑계를 대고 형당 지하의 수옥(囚獄)에 구금해 놓았을 뿐이다.

사람들은 그런 조작량의 처사를 이상하게 여겼지만 아무도 뭐라고 하지 못했다. 그가 그녀에게서 알아낼 게 더 있는 모양이라고 추측할 뿐이다. 그런 다음에는 사형이 집행될 것이라고 모두는 믿고 있었다.

염가연의 발과 목에는 족쇄가 채워져 있었다. 그것이 단단한 석벽 깊이 박혀 있으므로 그녀는 개처럼 묶여 있는 거나 마찬가지였다.

지존보의 꽃으로 불리던 그녀가 하루아침에 이런 신세가 되리라고는 아무도 상상하지 못했을 것이다.

저벅, 저벅—

비좁은 뇌옥의 통로 안에 울리는 발소리가 그녀의 가슴을 두드린다.

옥지기들이 모두 물러가서 텅 빈 수옥 안을 한 사람이 천천히 걸어왔다.

조작량이다.

그가 굵은 쇠창살을 사이에 두고 그녀를 마주 보았다.

어둠 속에서 짐승처럼 파랗게 빛나는 그녀의 눈동자가 낮

설기만 하다.

한동안 두 사람은 눈싸움을 하듯 서로를 노려보았다.

조작량의 눈에 연민의 아픔이 어렸다.

흐트러진 긴 머리카락과 군데군데 찢어져 흰 살이 드러나 보이는 낡은 죄수복.

지난 이십여 일 사이에 몰라보도록 수척해져서 그 아름답던 자태가 시들었다.

옥봉각에 앉아 고귀하게 빛나는 아름다움을 두르고 있던 염가연이 아니고, 난향원의 꽃들을 가꾸던 탈속한 모습의 그녀가 아니었다.

지독한 원망과 한을 품고 잔뜩 웅크린 한 마리 야성의 짐승.

염가연에게서는 그게 느껴졌다.

한참 동안 그녀의 변한 모습을 말없이 바라보던 조작량이 탄식했다.

"내가 알던 너는 어디로 갔느냐?"

화르르르─

어둠 속에서 그녀의 눈빛이 불타오른다.

"내가 알던 그 염가연은 어디로 갔단 말이냐? 너는 누구냐?"

"당신이 알던 염가연은 없어. 벌써 죽었지."

감히 자신과 눈도 마주치지 못하던 그녀가 독기를 품고 함부로 말하고 있다. 그 사실이 조작량을 화나게 했다.

그녀에 대한 화가 아니었다. 그녀와 자기의 사이를 이렇게 만든 무엇에 대한 분노다.

존경 대신 증오를, 두려움 대신 악을 품고 있는 그녀.

조작량은 그런 그녀가 자꾸만 낯설어 보였다. 한참을 물끄러미 바라보다 다시 묻는다.

"왜? 누가 그렇게 했지?"

"흥! 바로 당신이야!"

"내가? 나는 항상 그녀가 가장 고귀하고 가장 아름답게 존재하기를 바랄 뿐인데 내가 그녀를 죽였단 말이냐?"

"아니라고 할 셈이야? 당신의 욕심과 비겁함이 그녀를 죽였어!"

"비겁하다고? 내가? 이 조작량이 그렇단 말이냐?"

어이가 없다. 하지만 염가연은 단호했다. 발악하고 있는 것이다.

"당신은 그녀를 원했지. 자나 깨나 그녀를 품에 안고 어루만지는 환상 때문에 스스로 괴로워했겠지? 흥! 하지만 한 번도 그렇게 하지 못했어. 하려는 시늉조차 내지 못했지. 왜 그랬을까?"

"으음—"

조작량의 깊고 긴 신음 소리가 뇌옥 안에 낮게 흘렀다. 상처 입은 짐승이 제 굴에 숨어서 헐떡이는 것 같은 숨소리가 들린다.

입술을 잘근잘근 깨물며 그것을 듣고 바라보던 염가연이 칼날처럼 차갑고 살기 띤 웃음을 흘렸다.

"사랑 앞에서 당신은 비겁했고, 명예 앞에서 당신은 비굴했어. 그래서 나를 갖지도 못했고, 명예를 초월하지도 못했지. 그게 지금 이런 결과로 나타난 거야. 당신은 두 가지 모두를 잃었어. 두 마리의 토끼를 쫓다가 모두 놓친 셈이니 허망하겠지?"

"마음껏 비웃어라. 너의 비웃음이 내 가슴을 천 조각 만 조각으로 찢어놓을 수는 있어도 한 가지는 어떻게 하지 못할 것이다."

"그게 뭐지?"

"내가 너를 사랑한다는 것."

"호호호호—"

염가연의 날카로운 웃음소리가 석실에 부딪쳐 날카로운 울림을 오래도록 남겼다.

조작량의 말에 그녀는 심한 불쾌함과 모욕을 느꼈다. 역겹다. 그래서 혐오가 가득 담긴 시선으로 그를 흘겨보았다. 그리고 비수를 들이대듯 말한다.

"사랑이라는 말이 어떻게 생겼는지도 당신은 알지 못해."

"……"

"하지만 나는 그것이 얼마나 달콤하고 얼마나 행복한 말인

지 알아. 나는 사랑이라는 말을 할 수 있어도 당신은 해서는
안 돼.”

“너를 열망한다는 것. 그것 하나면 충분하다고 생각한다.”

“그래서 비겁하다는 거야. 행동할 용기가 없으니까. 그러
면서 놓아줄 아량도 없고, 남에게 양보해 줄 대범함도 없지.”

“그만큼 너에 대한 사랑이 크고 너에 대한 갈망이 크다는
것 아니겠느냐?”

“그건 자기 자신에 대한 집착일 뿐이야! 내가 갖지 못하는
건 남도 갖지 말아야 한다는 그 지독한 이기심이 너무 싫어!”

“내 마음속의 괴로움을 너는 조금도 생각해 주지 않는구
나.”

“내 영혼의 갈망을 당신이 조금도 몰라주는 것과 마찬가지
겠지.”

“……”

조작량의 얼굴에 분노가 어렸다. 그것이 곧 절망으로 바뀌
고 처연한 슬픔으로 바뀌더니 다시 맹렬한 증오가 되었다.

야수처럼 번들거리고 이글거리는 눈길로 염가연을 노려보
던 그가 버럭 소리쳤다.

“대체 내가 그놈보다 너에게 해주지 못한 게 뭐지? 그놈의
어디가 나보다 좋다는 거냐!”

류를 생각한 것이다.

그는 염가연이 이렇게 변한 게 바로 그놈 때문이라고 믿

었다.

아니, 그전부터였는지 모른다. 하지만 적어도 그놈이 나타나기 전까지 그녀는 이렇게 드러내 놓고 반항한 적이 없었다. 그만큼 지독하지 못했던 것이다.

그런데 류타는 놈이 그녀의 마음속에서 두려움도, 복종심도, 존경도 모두 빼앗아가 버렸다.

그리고 죽음마저도 우습게 여기고 오직 달아날 것만 생각하게 하는 무모함을 대신 채워 넣은 것이다. 그래서 그에 대한 증오가 맹렬하게 불타올랐다.

하지만 조작량은 그녀가 그렇게 변한 건 바로 사랑을 갖게 되었기 때문이라는 걸 알지 못했다.

류가 빼앗아간 건 오직 그녀의 마음뿐이었던 것이다.

그걸 이해할 수 없는 조작량에게 류는 마귀 같은 놈이었다. 염가연의 소중하고 고귀한 영혼을 빼앗아가 버린 악마다.

"나는 너에게 나의 모든 걸 줄 수 있다. 네가 너의 마음속에서 나를 지워 버리지만 않는다면 말이다. 하지만 그놈이 너에게 준 건 뭐지? 지금 네 꼴을 보아라. 그것이 그놈이 너에게 준 것이다. 그리고 죽어버렸지. 그런데도 너는 그놈의 망령에게 충성하고 있다. 어리석은 짓이야."

"당신의 말은 틀렸어."

그녀는 조작량이 아직 류의 부활을 모르고 있다는 게 안심이 되었다. 그렇다면 어떻게든 그와 다시 만날 희망이 남아 있다는 거다. 그게 그녀에게 커다란 힘과 용기가 되었다.

한동안 침묵하며 저의 감정을 가라앉힌 그녀가 조용하게 말했다.

악을 쓰고 대들며 함부로 소리치던 포악한 모습이 어느덧 사라졌다.

"나는 그를 사랑해요."

"……!"

꿈을 꾸듯 몽롱해진 그 눈길. 말투마저도 부드럽고 사랑스러워졌다.

그것을 보는 것만으로도 조작량은 더욱 고통스러워졌다. 그 눈길이 자기를 생각하는 게 아니라는 걸 알기 때문이다.

염가연의 눈에서는 어느덧 활활 타오르던 증오의 불길이 사라지고 없었다. 대신 따뜻한 그리움이 가득하다.

그것은 한때 그녀가 난향원의 꽃들을 돌보며 흥얼거리던 콧노래와 같았다. 그 따뜻하고 부드럽던 날들 속에서 그녀는 얼마나 아름답고 고귀했던가.

지금, 몸은 짐승처럼 묶여 있고 초라해졌지만, 그녀의 마음은 다시 그때로 돌아가 있는 것 같았다.

그녀가 그 그리움을 담아서 말했다. 미소가 떠오른다.

"나는 그를 사랑해요. 당신이 아니랍니다."

"……!"

"누가 누구를 사랑한다는 건 실체가 있든 없든 상관없는 거예요. 내 마음속에 그의 모습이 있고, 음성이 있고, 추억이 있는 한 얼마든지 사랑할 수 있지요. 그러니 망령이라고 해서 사랑하지 못하겠어요?"

조작량의 얼굴이 참혹하게 일그러졌다.

'사랑이라니, 저 아이의 입에서 그런 말이 나오다니, 나를 앞에 두고 다른 사람을 사랑한다는 말을 하다니…….'

오히려 그녀가 욕하고 악을 쓰며 대드는 게 나았다고 생각한다.

지금 그녀의 말은 세상에서 가장 잔인한 말이었다.

조작량은 제 귀를 의심했다. 할 수만 있다면 제 머리를 쪼개고 싶었다. 그래서 지금 이렇게 머릿속 가득 웅웅 울리고 있는 그 말들을 모두 지워 버리고 싶었다.

이 두렵고 저주받아야 마땅할 시간을 되돌리고 싶다.

무섭게 염가연을 노려보던 그가 쩍쩍 갈라지는 음성을 쥐어짜서 겨우 물었다.

"그가, 그놈이 너에게 무슨 짓을 했기에 이렇게 변했지?"

염가연이 쓸쓸하게 미소 지었다.

"특별한 건 없어요."

"특별한 게 없어? 아무것도 한 게 없다고?"

"아무것도 하지 않았다곤 말하지 않았어요."

"널, 너를, 그놈이 너를…… 만졌지? 네 몸을…… 그래서 너는 그놈에게, 너를, 너를…… 준 거지?"

조작량의 눈살이 푸들푸들 경련을 일으켰다. 그 말을 하는 것이 견딜 수 없는 괴로움이 되었다. 질투로 가슴이 갈가리 찢어지는 것 같다.

염가연이 조용히 고개를 가로저었다.

"그는 나를 바라보았어요."

"바라보았다고?"

"나는 그의 그런 눈길이 좋았어요."

"나도 언제나 너를 바라보았다!"

분노의 외침을 터뜨리지만 염가연의 표정에는 변화가 없었다. 꿈을 꾸듯 몽롱해진 채 허공을 바라본다.

"그는 또한 나에게 가장 값진 선물을 주었어요."

"선물이라고? 내가 너에게 주었던 것들보다 더 소중한 것이었단 말이냐?"

"그래요. 그는 나를 사랑하는 여자로 대해줬답니다."

"……!"

"당신은 알지 못해요, 여자가 정말 원하는 게 무엇인지. 그건 부와 명예, 보석과 노리개가 아니랍니다. 여자가 정말 원하는 건 한 남자의 사랑이에요."

"사랑이라고? 흥! 사랑이라면 나도 너에게 넘치도록 주었다!"

"당신이 말하는 그것은 사랑이 아니랍니다. 욕망이고 집착일 뿐이지요."

염가연은 당당했다. 그녀의 그런 모습을 보면서 조작량은 자기가 수옥 안에 갇혀 있는 죄수이고, 그녀는 철창 바깥의 사람이라는 착각에 빠졌다.

"돌아가세요. 더 이상 당신에게 할 말이 없어요. 당신은 더 이상 나의 아무것도 가져가지 못할 거예요."

염가연이 외면하고 눈을 감아버렸다.

조작량은 초라해진 자신을 보았다. 그건 패배자의 모습이었다.

여태까지 싸워서 져본 적이 없는 그였다. 열 명과 싸우든 스무 명과 싸우든, 검을 뽑아 들고 나서면 승리는 언제나 그의 것이었다.

그런데 지금은 졌다는 패배감을 지울 수 없었다.

조작량은 자기가 그녀의 말에 진 게 아니라고 생각했다. 하나도 동의할 수 없기 때문이다. 그녀는 이렇게 제 손에 있으니 류라는 놈에게 진 것도 아니다.

하지만 어쩔 수 없는 패배감.

'나는 포기하지 않는다!'

자기 자신에게 그렇게 소리쳤다.

한 번도 원하는 걸 손에 넣지 못한 적이 없는 그였다. 빼앗겠다고 마음먹어서 이루지 못한 게 없다. 그래서 조작량은 사랑도 마찬가지라고 생각했다.

'나는 반드시 그녀의 마음을 손에 넣을 것이다. 빼앗을 것

이다.'

　제 자신에게 거듭 맹세한다.

　장애가 되는 게 있다면 무엇이 되었든, 누가 되었든 일검에
무찔러 버릴 것이라고 맹세한다.

第十一章

폭풍의 전조

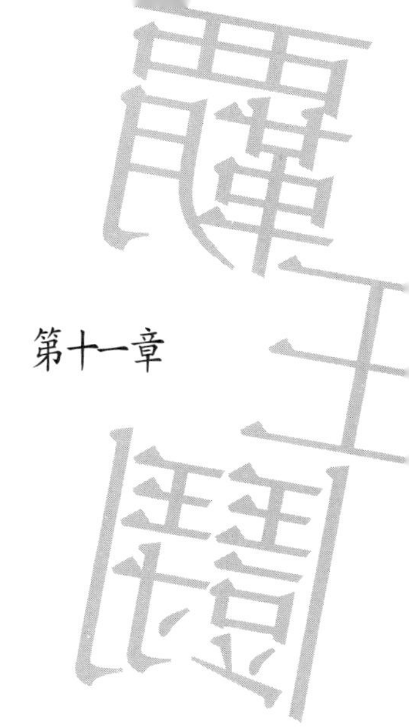

第十一章

바람이 분다.

조용하던 며칠의 평화가 단 한 번의 황토바람으로 깨져 버렸다.

지독하다고 말할 수밖에는 없는 무지막지한 바람이었다.

사막을 건너올 때 겪었던 모래폭풍이 이곳으로 옮겨온 듯한 바람.

그것이 격이목의 하늘과 땅을 온통 뒤덮고, 사람과 집과 짐승들을 가두어 버렸다.

고성 거리에는 미친 듯 소리치며 불어가는 누런 황토의 바람이 가득할 뿐, 인적이 끊겼다.

한낮인데도 밤중인 것처럼 어두운 거리에 넘쳐 나는 건 바람과 자욱한 황토먼지뿐이다.

집집마다 창문을 굳게 닫고 휘장까지 쳤으므로 격이목은 단 한 번의 바람으로 인해 죽음의 고성이 되어버린 것 같았다.

이 바람이 지나가고 나면 정말 온 세상이 몇 겹의 황토층으로 덮여서 성벽과 망루와 키 큰 나무들도 모두 사라져 버리고 말 것만 같다.

해마다 이렇게 불어가는 바람이 켜켜이 그 위에 황토를 쌓아 올리고, 그래서 먼 훗날의 사람들은 이곳에서 고성은커녕 그 흔적조차 찾아볼 수 없게 될지도 모른다.

오직 산처럼 쌓인 황토 언덕을 보게 될 것이다.

이곳을 지나가는 여행객들은 저희들의 발아래 고성이 묻혀 있고, 많은 사람들이 목내이(木乃伊:미라)가 되어 잠들어 있다는 걸 까맣게 모르리라.

그런 생각 때문에 다들 두려워하는 날들이 하루 이틀 계속되었다.

낮과 밤의 구분없이 온통 누렇기만 한 세상.

미친 바람과 황토와 모래먼지들뿐인 그 세상 저쪽에서 찾아온 자들이 있었다.

검은 말들이 신경질적으로 투레질을 하며 다가온다.

그 위의 사내들은 검은 단갑(短甲)에 모자를 깊이 눌러쓰고 검은 피풍으로 몸을 감쌌다.

안장에 걸어놓은 유성추며 구겸창, 등패(藤牌) 등이 심상치 않은 열두 명의 흑의무사들.

그들을 태운 말이 텅 빈 황토바람의 거리를 뚜걱거리며 걸어왔다.

다음날, 거짓말처럼 바람이 멎었다.

하늘은 바람이 있기 전보다 훨씬 맑았고, 햇빛은 강렬하다.

"와, 저것 좀 봐!"

단목향의 호들갑에 침상에서 부스스 일어난 류가 얼굴을 찌푸렸다. 풀풀 날리는 황토먼지들이 바람 대신 쏟아져 들어온 햇빛 속에 반짝이며 떠다니고 있었던 것이다.

"뭔데 그 난리야?"

"저렇게 아름다운 것 봤어?"

"아!"

창가에 다가선 류도 감탄성을 터뜨렸다.

이층의 창밖으로 보이는 푸른 하늘과 누런 벌판 저 너머에 흰 산이 우뚝 솟아 있었던 것이다.

이곳에 왔을 때는 흐린 날이어서 보지 못했고, 지난 이틀간은 지독한 황토바람 때문에 보지 못했는데, 오늘 아침에는 너무도 선명하고 깨끗하게 그것이 제 모습을 드러냈다.

칼날처럼 날카롭게 서 있는 검은 봉우리들과 그것들을 뒤덮고 있는 흰 눈이 보석처럼 반짝인다.

"곤륜산이야."

"곤륜산이라고? 저게?"

류의 눈이 휘둥그레졌다.

"바보."

단목향이 배시시 웃었다.

"곤륜산은 봉우리 한두 개로 이루어진 게 아니야. 동서로 일천 리에 걸쳐 뻗어 있는 커다란 산맥 전체가 곤륜산이지. 저것은 그중 동쪽으로 가지 뻗어온 산 중의 하나일 거야. 곤륜산의 마지막 봉우리인지도 몰라."

"그래?"

류는 건성으로 대답했다. 멍한 얼굴로 이제는 산이 아니라 단목향만 바라보고 있다.

그녀가 얼굴을 붉혔다.

"뭘 봐?"

그럴 때의 단목향은 차갑고 냉정한 여검수가 아니었다. 수줍어하는 아가씨에 지나지 않다.

"너, 그게 다 뭐냐?"

"뭐가?"

"그 차림 말이야. 대체 무슨 일이지?"

단목향은 여태까지와 다르게 단장을 하고 있었다.

거칠고 푸석푸석하던 모습은 거짓말처럼 사라졌다.

옅게 화장을 하고 푸른색의 긴 치마를 입었으며, 머리를 비단 끈으로 묶고 금장식을 꽂았다.

비단 허리띠에 패옥을 달아 그녀가 움직일 때마다 짤그랑거리는 맑은 소리가 났다.

소매가 넓은 저고리에도 금장식이 달려서, 그녀는 마치 북경 사가(士家)의 고귀한 소저라도 된 듯했다.

류가 넋을 놓고 바라보자 단목향의 볼이 더욱 붉어졌다.

"예뻐?"

"단목향은 어디 가고 난데없이 여우 한 마리가 들어와 재주를 넘은 것 같다."

"뭐라고?"

"도대체 이 지독한 곳에서 그 꼴이 뭐냐? 여기가 어디라고 생각하고 있는 거야?"

"에잇, 나쁜 놈!"

냅다 정강이를 걸어찬다. 류가 제 다리를 쥐고 껑충껑충 뛰며 소리를 질러댔다.

"시끄러워! 남들이 들으면 내가 때린 줄 알겠다. 갈 데가 있으니까 어서 준비하고 내려와!"

눈을 흘긴 그녀가 제 말만 하고는 휭 하니 방을 나가 버린다.

기가 막혀 멍하니 바라보던 류가 한숨을 쉬었다. 걸핏하면 때리고 걸어차니 단목향과 붙어 있다가는 제명에 죽지 못할 것만 같다.

"이게 다 뭐냐?"
류의 어리둥절함은 주청에 내려와서도 계속되었다.
그곳에는 늦은 아침 식사를 하기 위해 내려온 손님들이 더러 있었는데, 하나같이 멍한 얼굴로 단목향이 떡 버티고 앉아 있는 식탁을 바라볼 뿐 젓가락질을 멈추고 있었다.
호화로운 식탁이었다. 산해진미가 가득했는데, 중원에서나 볼 수 있는 신선한 해산물과 야채, 육류와 차가 어우러져 있으니 이곳에서는 구경해 보기도 어려운 일이다.
손님들이 그것을 바라보며 오래전에 떠나온 고향을 떠올리고, 풍요롭던 식탁을 떠올리는 건 당연했다.
단목향 앞에 차려진 음식에는 그들의 향수(鄕愁)가 더해졌으니 더욱 눈을 뗄 수가 없다.
"왜 이렇게 늦게 내려온 거야? 음식이 다 식어가잖아."
살짝 눈을 찌푸리고 투정하는 모습이 성찬(盛饌)을 차려놓고 기다리던 새색시가 애교 섞인 앙탈을 부리는 것 같다.
"앉아, 멍청하게 서 있지 말고."
눈을 흘기며 속삭인 그녀가 손짓해서 점소이를 불렀다.
"여기, 압육편과 우육사는 빨리 식었군요. 탕채들과 함께 모두 가져가서 다시 데워주세요. 너무 센 불에 급하게 데우지 말고 중작으로 반 각쯤 온기를 살린 후에 초채를 내올 때 함께 가져오면 좋겠어요.”

점소이에게 능숙한 그녀의 주문은 뒷전이었다. 넋을 잃고 그녀의 얼굴만 멍하니 바라보다가 머리를 흔들더니 주섬주섬 음식 쟁반들을 챙겨서 주방으로 갔다.

“언제 이 많은 걸 준비했지?”

“많은 시간과 돈이 들었지.”

새벽같이 주방에 내려가 닦달을 했던 게 틀림없다. 그렇다면 그녀의 마음속에 어떤 생각이 있기 때문일 테니 맡겨두는 게 좋을 것이다.

그렇게 결정한 류는 마음 놓고 푸짐한 아침 식사를 즐기기 시작했다.

그들이 천천히 음식을 먹고 차를 마시는 동안 주청 안에는 사람들이 가득 찼다. 모두 지난 며칠 동안 객사에 틀어박혀 꼼짝하지 못하던 사람들이다.

날이 갰으니 서둘러 길을 떠나려고 준비하는 한편, 아침 식사를 하느라 왁자지껄한 소음이 끊이지 않는다.

단목향은 젓가락질을 하는 틈틈이 그 사람들을 몰래 살펴보고 있었다. 누군가를 찾는 것 같다.

식사가 끝나자 그녀는 류를 이끌고 거리로 나갔다. 아직 누런 황토 흙먼지가 풀풀 날리고 있었지만 거리는 다시 이전의 활기를 되찾고 있었다.

온갖 사람들이 어깨를 부딪치며 오가고, 말과 낙타와 양들이 뒤섞여 울어대는 통에 소란스럽기 짝이 없다.

하나같이 짙은 회색이나 검은색 천으로 몸을 둘둘 감싼 사람들 속에서 단목향의 화려한 옷차림은 단연 돋보였다.

힐끔거리는 사람들의 시선을 즐기기라도 하듯 천천히 우아하게 거리 끝까지 갔던 그녀가 다시 거슬러 돌아온다.

시종인 것처럼 곁에 붙어 서서 따르고 있는 류는 그녀의 행동을 이해할 수 없었다. 이 골목 저 골목을 기웃거리고, 거리를 한 번 왕복한 그녀가 다시 객잔으로 향했기 때문이다.

방으로 돌아온 단목향이 답답한 껍질을 벗어버리듯 훌훌 옷을 벗어 던졌다. 속옷 차림이 되었지만 아무 거리낌이 없다.

문에 등을 기대고 서서 바라보는 류를 조금도 의식하지 않는 것이어서 오히려 지켜보고 있던 류가 당혹감으로 눈살을 찌푸렸다.

원래의 검은색 경장을 꺼내 입고 그 위에 피풍까지 두른 단목향이 검을 꺼내 탁자 위에 내려놓고 모자를 눌러썼다.

다시 차갑고 비정한 기련검파의 여검사로 돌아온 것이다.

"대체 뭐 하는 짓이냐?"

류가 어이없다는 얼굴로 물었지만 단목향은 대꾸하지 않았다.

종아리를 조이는 각건(脚巾)과 비구의 매듭을 바짝 조이고 단단히 묶는 모습이 마치 싸움에 임하기 전의 그것과 같아서 류는 더욱 의아해졌다.

"너야말로 뭐 하고 있는 거지? 구경하니까 재미있어?"

채비를 마친 그녀가 비로소 류를 향해 돌아서며 싸늘하게 말했다.

"뭘?"

"곧 소식이 있을 거야. 그때 멍청하게 있다가 그들을 맞을 거냐?"

"대체 무슨 소리인지 알아들을 수 있게 해봐."

"그러니 늘 멍청이라는 소리를 듣는 거지."

하얗게 눈을 흘긴 단목향이 품에서 한 자루의 비수를 꺼내 류에게 던져 주었다.

"네가 지녔던 전왕의 비연쌍검과 비교할 수는 없을 거다. 하지만 그 자전검(紫電劍) 또한 예사로운 건 아니야. 지니고 있도록 해."

"자전검?"

"내 사문에 전해져 내려오는 보검이다. 소중히 간직해야 돼."

한 자 다섯 치 길이의 짧은 검이었다.

고동색의 낡은 검집을 벗겨내자 차갑고 날카로운 검신이 드러났다.

어떻게 만든 건지, 검신 전체가 붉은빛을 띠고 은은하게 빛 나는 것이 신비롭다.

“이걸 왜 나한테 주지?”

“필요하게 될 테니까.”

여전히 그녀의 말이 의미하는 바를 알 수 없다.

“그들이 가까운 곳에 있다면 반드시 찾아올 거야.”

“대체 누구를 말하는 거냐?”

“흑천.”

“아!”

류의 머릿속에 한 가지 생각이 번갯불처럼 번쩍이고 스쳐 갔다.

단목향이 배시시 웃는다.

“그들은 아직도 내가 검기령의 영주인 걸로 알 거야. 의아하게 생각하겠지.”

“그래서 너를 드러낸 거로구나?”

“안 그러면 그들이 어디에 있는지 알고 찾겠어? 얼마나 시간이 걸릴지도 모르고.”

“……”

“많은 사람들이 보았으니 그들의 귀에도 들어가겠지.”

“좋다. 이제부터는 내가 하지.”

류가 자전검을 품에 넣으며 호기롭게 소리쳤다.

흑천의 천주인 천리취향 서문표는 오래전부터 강호를 떠나 변방을 떠돌고 있다고 했다.

그가 일 년쯤 전에 잠시 지존보에 들렀으니 오랜 떠돌이 생활에 지친 수하들을 바꾸어 데리고 나갔을 것이다.

그들은 단목향을 안다. 하지만 그녀가 지존보를 떠났고, 등을 돌렸다는 건 아직 모를 것이다.

단목향은 그 점을 이용하려 한 것이다. 그래서 스스로를 미끼로 삼은 것이다.

멀리 떨어진 곳에 있다고 해도 그들은 이곳의 소식을 들을 것이다.

천주가 어디에 있든, 사방 오백 리 안이 그의 정보권에 든다는 걸 단목향은 잘 알고 있었다.

"너와 나의 목표는 같아. 그러니 목적을 이룰 때까지는 살고 죽는 것도 같이하는 거야."

죽립의 턱 끈을 조이며 툭 던진 그녀의 말이 류에게 지금은 그 어떤 것보다 든든한 힘이 되었다.

그들은 아주 가까운 곳에 있었다.

단목향과 류가 묵고 있는 객잔에서 두 마장 떨어진 곳의 사원 안이다.

회족들은 어디에 가든지 도시를 세우기 전에 먼저 자신들의 사원을 지었다.

반구형(半球形)의 지붕을 가진 회색 건물은 격이목에 있는 유일한 사원이다. 또한 격이목을 지키는 자경단의 거점이기도 했다.

긴 회랑이 있는 동쪽 건물을 '바람의 벽'이라고 했는데, 사원의 스승과 그를 따르는 제자들이 묵는 숙소였다.

그 '바람의 벽' 안, 양탄자가 깔린 넓은 거실에 검은 옷의 무사들이 있었다.

흑무사들이 상석을 차지했고, 그 앞에는 자경단의 지도자인 반백의 텁석부리 사내 격뢰달(格雷達)과 스무 명 남짓한 회족의 전사가 숨을 죽이고 있었다.

줄지어 앉아 있는 다섯 명의 흑무사에 대하여 지극히 공경하는 태도를 보인다.

흑무사들 중 우두머리인 나괵(羅瀶)이 곰방대를 들어 한 모금의 연기를 깊이 빨아들이고 나서 말했다.

"특이한 일은?"

"신과 천주님의 은총으로 평온합니다."

그래야 한다는 듯 나괵이 흐뭇한 눈길로 바라보며 다시 한 모금의 연기를 깊이 빨아들였다.

잠시 머뭇거리던 격뢰달이 조심스런 얼굴로 말했다.

"오늘 아침에 남쪽 거리가 크게 술렁인 일이 있었습니다."

"그래?"

"중원의 여인이 많은 사람들의 이목을 끌었습지요."

"여인이라고?"

그게 뭐 대수로운 일이냐는 듯 나괵이 시큰둥한 얼굴을 했다. 그렇게 보고할 일이 없느냐는 핀잔이기도 하다.

격뢰달이 억울하다는 듯 음성에 힘을 준다.

"이곳에서는 볼 수 없는 여인이고, 있지도 않은 여인이었답니다."

"어떻게 생겼기에?"

"성장(盛裝)을 한 매우 아름다운 여인이었다고 합니다. 고귀하고 우아했다는군요."

"성장이라고? 고귀하고 우아해? 이런 곳에서?"

어이없는 일이라는 듯 나픽이 물끄러미 격뢰달을 바라보았다. 네가 지금 제정신이냐고 묻는 것 같다.

이 거칠고 삭막한 곳에서, 그 지독한 황토바람이 겨우 멎은 시간에 성장을 하고 거리를 우아하게 걷는 여인이란 상상할 수가 없다.

'무언가 내막이 있다.'

나픽에게 즉시 그런 느낌이 왔다.

"지금 어디에 있지?"

"남쪽 거리 중간에 있는 중원로입니다. 하남향이라는 객잔에 머물고 있답니다."

잠시 생각하던 나픽이 곰방대를 내려놓고 말했다.

"기평, 달천, 너희들이 확인하고 와라."

그의 좌우에서 두 사람의 흑무사가 말없이 몸을 일으켰다.

객청 안에 싸늘한 침묵이 흐른다.

저녁 무렵이라 많은 손님들이 들끓었는데, 한순간 모두 벙어리가 된 듯 입을 다물었던 것이다.

십여 명의 자경단원이 기세등등하게 객잔의 문을 박차고 들어섰기 때문이다.

격이목 고성에서 그들의 위세는 하늘을 찌른다. 그리고 그들보다 더 무서운 자들이 있다는 걸 격이목에 오래 머물렀거나 몇 차례 다녀간 자들은 모두 잘 알고 있었다.

흑무사들.

그들이 당당한 모습을 드러냈을 때 객청 안은 얼어붙어 버렸다.

그들이 언제 격이목에 왔는지, 왜 이곳에 찾아왔는지 모르는 터라 모두들 긴장하여 눈치만 본다.

위압적으로 버티고 서 있던 자경대원 몇 명이 흑무사의 눈짓을 받고 이층으로 쿵쾅거리며 달려 올라갔다. 그리고 류와 단목향이 있는 방문을 박차고 뛰어든다.

쾅!

문짝이 요란한 소리를 내며 활짝 열렸다. 탁자 위에 마주 앉아 있던 류와 단목향이 천천히 그들을 바라보았다.

난입해 들어온 네 명의 자경단 청년 무사가 좌우로 갈라섰다. 그리고 잠시 후 두 사람의 흑무사가 느긋하고 당당한 모습을 드러냈다.

왕기평이 눈을 크게 떴다. 팽달천도 입을 딱 벌린다.

불쾌한 얼굴로 노려보는 단목향을 왕기평이 손을 들어 가리켰다.

"당신은……."

무언가 말을 하려는 왕기평의 옷소매를 팽달천이 잡아당겼다.

"그만. 돌아가자."

서늘한 눈길로 단목향과 류를 한차례 쏘아본 왕기평이 못 이기는 척 팽달천을 따라 방에서 나갔다.

"알아보겠어?"

그들이 사라지고 나자 단목향이 낮게 물었다. 류가 고개를 끄덕였다.

"흑천의 척살대원들이군."

"시시한 놈들치고는 위세가 당당한데?"

단목향의 입가에 차가운 비웃음이 걸렸다.

"뭐야? 검기령주라고?"

나픽이 잔뜩 눈살을 찌푸리고 곰방대를 내려놓았다.

"그런데 여자란 말이지?"

그는 처음부터 천주 서문표를 따라 변방을 떠돌았으므로 단목향에 대해서 알고 있지 못했다.

일 년 전 서문표가 잠시 지존보에 들렀을 때도 나픽은 격이목에 머물러 있었다.

하지만 왕기평과 팽달천은 내내 지존보에 있다가 새로 충원되어 서문표를 따라온 자들이다.

그들은 단목향에 대해서 잘 알고 있었다. 그녀가 백천수호대에 있는 네 명의 영주들 중 유일한 여자였기 때문이다.

단목향은 지존보 내에서도 염가연 다음으로 모두의 이목을 끄는 특이한 존재였던 것이다.

"그런데 검기령주가 무엇 때문에 이곳에 와 있단 말이냐? 검기령의 애송이들은?"

"호위로 보이는 한 명이 있을 뿐, 검기령 소속의 검사들은 보이지 않았습니다."

"이건 이해할 수 없잖아."

나괵이 잔뜩 눈살을 찌푸렸다.

'혹시 보주께서 밀명을 내린 걸까?' 하는 생각이 들었지만 곧 부정했다.

격이목을 중심으로 한 곤륜산 일대는 자신들이 서문표를 따라 오래전부터 공작을 해온 곳이다.

이곳에서 특별한 일이 생겼다면 다른 사람을, 그것도 젊은 여자를 보낼 리가 없다.

"만나봐야겠다."

나괵이 자리를 박차고 일어섰다.

"저기!"

앞길을 인도하던 자경단의 두목, 격뢰달이 급히 말고삐를 채며 소리쳤다.

황혼의 붉은빛이 온 세상을 뒤덮어가는 무렵이다.

멀리 보이는 곤륜산의 흰 눈이 불에 타는 듯 이글거렸고, 그 위의 하늘이 핏물을 뿌린 것처럼 시뻘겋다.

시달목분지에서 보는 황혼은 강렬하기로 유명했다.

곤륜산을 뒤덮고 있는 만년설이 거울 역할을 하기 때문인데, 되비쳐진 노을이 원래의 것과 섞여 몇 배의 붉은빛을 퍼뜨린다.

이번처럼 센바람이 지나간 뒤의 노을은 하늘과 땅을 온통 붉게 적셔놓아서 무섭기까지 하다.

그 붉은 노을 아래 두 필의 말이 우뚝 서 있었다.

"그들입니다."

곁에 붙어 선 왕기평이 나직이 말했다. 나괵의 표정이 싸늘하게 변한다.

이쪽에서 찾아올 줄 알고 미리 나와 길목을 지키고 있다는 건 어쨌든 좋은 일이 아니다.

나괵의 눈짓을 받은 왕기평이 말을 달려 그들에게 다가갔다.

몇 마디 말을 나누더니 다시 돌아왔는데, 갈 때와 돌아올 때의 얼굴 표정이 눈에 띄게 달라져 있었다.

"조용한 곳에서 할 얘기가 있답니다."

말속에 그것을 전한 자의 적의가 그대로 느껴진다. 나괵이 차가운 비웃음을 흘렸다.

"그래? 그렇다면 들어줘야지."

왕기평의 손짓을 본 단목향과 류가 말 머리를 돌려 앞서 달려나가기 시작했다. 그 뒤를 다섯 명의 흑무사와 이십여 명의 자경단원이 붉은 흙먼지를 날리며 따랐다.

나괵은 흑천에 있는 두 명의 총령 중 한 명이다.

또 한 명의 총령인 추혼사객 우문창이 천주인 서문표를 대신해 지존보에 있으면서 흑천을 이끌었다면, 나괵은 천주를 따라 벌써 십사 년이 넘게 이역만리를 떠돌고 있었던 것이다.

그는 우문창이 기련산의 골짜기에서 죽었다는 걸 알지 못했다. 그게 저 앞에 달려가고 있는 류의 짓이라는 건 더더욱 모른다.

그에게 단목향은 검기령을 이끄는 영주일 뿐이고, 류는 그녀의 호위 정도로 여겨질 뿐이었다.

백천수호대의 영주쯤은 우습게 여기는 나괵이었다. 흑천의 총령이라는 자신의 신분으로도 그렇고, 무공으로도 그렇다.

그녀가 이렇게 자기를 불러냈다는 것 자체가 상관에 대한 모욕이기에 죽어 마땅하다. 게다가 무언가 흑심을 숨기고 있다니.

'계집, 무슨 일인지 모르지만 그 대가를 톡톡히 치러야 할 것이다.'

단목향의 날렵한 몸매를 훑어보는 나괵의 마음속에 음심

이 무럭무럭 솟구쳤다.

중원의 여자를 품어본 지가 언제인지 기억조차 나지 않는다.

거칠고 멋없는 이 황량한 곳의 여자들에게는 신물이 났다.

그러니 말안장 위에서 들썩거리고 있는 단목향의 등줄기와 엉덩이를 보는 것만으로도 뜨거운 피가 들끓지 않을 수 없었다.

단목향은 그들을 뒤에 달고 두어 식경 가까이 서쪽을 향해 달렸다. 붉은 노을 속으로 풍덩, 빠져들려는 것 같다.

그렇게 격이목 고성을 나와 이십여 리를 쉬지 않고 달리자 황량한 황토 언덕과 우뚝우뚝 솟은 거대한 바위 숲이 나타났다.

이곳 사람들이 '죽음의 골짜기'라고 부르는 척박한 협곡 지대다.

풀 한 포기 없고, 물은커녕 습기조차 느껴지지 않는 건조한 황토의 사막에 들어선 것이다.

이리저리 갈라져 미로처럼 수많은 골짜기가 생겨난 황토의 땅에 더욱 짙어진 붉은 노을이 가득 들어찼다. 모든 것을 핏빛으로 물들여 놓은 것 같다.

길은 거대하게 치솟은 황토의 절벽을 끼고 굽어 있었다. 그 굽은 곳에서 단목향이 말을 멈추어 세웠고, 류는 절벽을 돌아 계속 달려나갔으므로 시야에서 사라져 버렸다.

좌우가 삭막하고 높은 황토의 절벽이다.

곧 쏟아져 내릴 것 같은 위험이 느껴지는 비좁은 협곡 안에 나괴과 네 명의 흑무사, 그리고 이십여 명의 자경단원이 밀려들었다.

앞을 가로막고 선 단목향을 본 나괴이 한 손을 번쩍 들고 말을 멈추어 세웠다.

"네가 검기령주라지?"

단목향으로부터 아무런 대꾸가 없다.

기분이 상한 나괴이 말을 몰아 조금 더 다가가며 다시 소리 쳤다.

"영주 주제에 감히 나를 불러내고 대꾸조차 하지 않다니, 죽고 싶어진 것이냐?"

"나는 당신이 누구인지 몰라."

돌아온 대답이 뜻밖이다.

나괴이 어이없다는 얼굴을 하고 좌우에 붙어 선 왕기평과 팽달천을 번갈아 돌아보았다.

그녀의 당돌함이 자기 탓인 듯 불안해진 왕기평이 무리의 앞으로 나서서 버럭 소리쳤다.

"냉큼 말에서 내려 꿇어라! 흑천의 총령이시다!"

"그래? 그렇다면 더욱 잘되었군."

핏빛 노을 속에서 그녀의 하얀 치아가 드러났다. 웃고 있는 것이다.

"네년이 죽으려고 환장을 했구나!"

왕기평의 노한 외침에도 그녀의 웃음은 더욱 짙어지기만
했다.

"내가 무슨 일로 이 빌어먹을 곳까지 와서 이 고생을 하고
있는 줄 아느냐?"

"……!"

"바로 너희들을 잡기 위해서였어. 그 지긋지긋한 사막과
모래폭풍과 햇빛을 생각만 해도 이가 갈린다. 그 대가를 받아
야겠어. 지금, 바로 여기서 말이다."

"미친 거냐?"

단목향의 어이없는 말에 왕기평이 맥빠진다는 음성으로
겨우 그렇게 말했을 뿐, 다른 사람들은 침묵했다. 기가 막혀
입이 닫혀 버린 것 같다.

그때 뒤에서 말발굽 소리가 들려왔다. 돌아보니 사라졌던
류가 붉은 모래먼지를 일으키며 달려오고 있었다.

그는 황토 절벽을 빙 돌아 뒤에서 다가온 것이다.

좁은 협곡 안이었으므로 나곽 등은 앞뒤로 가로막힌 꼴이
되었다.

뒤를 돌아보았던 나곽이 풀썩 웃었다.

앞에 한 명, 뒤에 한 명이 버티고 서서 마치 사냥감을 몰아
놓은 듯 의기양양해 있으니 가소롭기만 하다.

그가 말채찍을 들어 단목향을 가리키며 말했다.

"너는 미친 게 분명하다. 그렇지 않다면 한낱 검기령주 주

제에 내 앞에서 그렇게 떠들어댈 리가 없지.”

“흥! 개소리. 나는 지존보를 떠났다. 그러니 영주도 무엇도 아니야.”

“뭐라고?”

이해할 수 없다는 듯 나괵이 머리를 갸웃거렸다. 단목향의 비웃음이 더 짙어진다.

“너희 같은 놈들과 어찌 동료가 될 수 있겠어? 그리고 조작량의 그 음흉한 속내에 이가 갈린다. 그래서 뛰쳐나온 거야.”

“죽일 년.”

나괵이 부드득 이를 갈았다.

저를 욕하는 건 참을 수 있어도 감히 보주의 이름을 함부로 부르며 욕하는 데에는 참을 수 없었던 것이다.

“목적이 뭐냐?”

애써 분노를 억누르며 묻는 말에 단목향이 류를 가리켰다.

“그에게 물어봐. 나보다 더 간절히 너희를 원하는 사람이니까.”

투레질하는 말의 목덜미를 다독거려 진정시키던 류가 씩, 웃었다.

“흑천의 천주는 지금 어디 있지? 나는 그를 만나보고 싶다.”

“왜? 너에게 그럴 만한 자격은 있느냐?”

이제는 나괵이 류를 비웃는다. 류가 머리카락을 쓸어 넘겼다.

"자격을 운운한다면 증명해 보여줄 수 있다. 하지만 후회할 거야."

"미친놈."

저것들은 미친 게 틀림없다고밖에는 생각할 수 없다. 나굑이 귀찮다는 듯 왕기평에게 턱짓을 했다.

"이럇!"

왕기평이 즉시 말 머리를 돌리고 고삐를 흔들었다. 말이 튕겨지듯 뛰어나가고, 자욱한 모래먼지가 인다.

그는 안장에 걸어두었던 유성추를 꺼내 들었다. 단번에 저 애송이의 머리통을 박살 내서 통쾌함을 맛보고 싶어 안달이 나 있기도 하다.

붕, 붕, 하는 요란한 소리가 멀리까지 울릴 만큼 힘차게 유성추를 돌리며 달려오는 왕기평의 기세가 흉흉했지만, 말 위에서 류는 태연하기만 했다. 고삐를 쥔 채 우두커니 앉아 남의 일처럼 바라본다.

흑천의 척살대와 밀천의 흑살수들이라면 이가 갈리는 류다. 그래서 이미 살심을 크게 일으키고 있었다.

오직 단번에 부수어 버리겠다는 자신감만으로 달려들고 있는 왕기평이 그걸 알 리가 없었다. 느끼지도 못한다.

第十二章

여자의 웃음이 갖는 의미

第十二章

"억!"

느긋한 마음으로 바라보던 나괵이 비명을 터뜨렸다. 왕기평의 더리통이 허공에 흩어지는 걸 보았기 때문이다.

그가 유성추를 휘두르며 달려들어 류에게 힘껏 던졌을 때까지도 나괵은 죽을지 살지도 모르는 부나방 같은 애송이라며 비웃었다.

그런데 그 부나방이 갑자기 픽, 하고 꺼져 버렸다.

'내가 헛것을 보았나?'

그런 어리둥절함으로 눈을 끔뻑였는데, 류가 타고 있던 말이 왕기평의 유성추에 맞아 머리통이 깨졌다. 그것이 처절한 비명을 터뜨리며 쓰러지는 게 똑똑히 보인다.

그리고 하늘에서 뚝 떨어진 것처럼 류가 왕기평의 머리 위로 내려앉는 걸 보았다.

빡!

그의 무릎이 왕기평의 머리통을 박살 냈고, 나괵이 비명을 터뜨린 것이다.

믿을 수 없었다.

저렇게 빠르고 강렬한 움직임은 처음 본다.

'저놈은 검기령의 검사가 아니다.'

나괵은 비로소 류에게 주목했다. 단목향은 단지 이쪽의 이목을 끌기 위한 미끼였다.

안장 위에서 건들거리던 왕기평이 풀썩, 말에서 떨어졌고, 류는 두 발로 붉은 땅을 굳건히 딛고 서 있다.

놀란 왕기평의 말이 날뛰었다. 당장이라도 류를 짓밟아 버릴 것처럼 위협적이다. 하지만 류가 고삐를 꽉 움켜쥐자 그놈은 옴짝달싹하지 못했다.

나괵은 류의 손아귀 힘이 말을 묶어둘 만큼 대단하다는 걸 알 수 있었다.

예사롭게 여길 놈이 결코 아니라는 걸 다시 한 번 확인한 것이다.

"너는 누구냐?"

그는 이제 단목향을 등지고 류를 향해 돌아서 있었다.

큰 놀람과 경계심이 그를 얼음처럼 차가워지게 했다. 당황할수록 더 냉정해지는 자. 그만큼 위험한 자다.

류가 왕기평의 말 목을 쓰다듬어 진정시키며 태연히 말했다.

"너에게는 물을 자격이 없어. 너는 다만 천주가 어디에 있는지 말해주면 돼. 그게 네가 할 수 있는 일이다."

"건방진 놈."

"이제는 네가 나에게 증명해 보이는 것도 좋겠지. 과연 나에게 물을 수 있는 자격이 있는지 말이야."

노골적인 도전이다. 분노가 머리끝까지 솟구쳤지만 나괵은 참을 수밖에 없었다.

본능이 그에게 조심해야 한다고 끊임없이 경고해 주는 소리를 들었기 때문이다.

"천주님을 찾는 이유는?"

"너는 알 것 없어."

"으음―"

이처럼 모욕을 당해본 적이 없다.

격이목을 근거로 삼고 가깝게는 당고랍산(唐古拉山:탕글라산)을 넘어 납살(拉薩:네팔)까지, 멀리는 탑극랍마간(塔克拉瑪干:타클리마칸) 사막을 건너고 천산을 넘어 아부한(阿富汗:아프가니스탄)까지, 일만 리에 걸친 길을 오가길 몇 차례.

어느 곳에 가든 서문표와 흑천의 척살대는 사신(死神)처럼 군림했다.

그들이 출현하면 복종하는 것만 있을 뿐, 다른 살 길이 없었던 것이다.

그런데 너는 알 것 없다니.

나괵의 인내심이 한계에 이르렀다.

"비켜라!"

그가 피풍을 벗어 던지고 소리쳤다. 그 즉시 영문을 몰라 두리번거리던 자경단원들이 길을 텄고, 흑무사들이 나괵 곁으로 모여들었다.

그들의 흥분이 타고 있는 말에게까지 전해져서 말들이 투레질을 하고 땅을 긁으며 으르렁거린다.

두 팔을 활짝 벌려 수하들을 막은 나괵이 단신으로 류에게 달려갔다.

두두두두—

그를 태운 말이 콧김을 내뿜으며 맹수처럼 돌진해 오지만 류는 우뚝 선 채 꿈쩍도 하지 않았다.

말과 정면으로 부딪치기라도 할 것처럼 보인다.

"하앗!"

스무 걸음 앞에서 나괵이 용맹하게 소리치며 칼을 뽑아 들었다.

핏빛으로 물들어 있는 허공에 그의 칼이 눈부시게 빛난다.

두두두두—

류는 눈을 가늘게 뜨고 그와의 거리를 계산하고 있었다. 스무 걸음이 한순간에 열 걸음으로 좁혀지고 다섯 걸음이 되었다. 이제는 말이 한 번 크게 뛰면 부딪칠 것이다.

히히히힝―!

그러나 나괵을 태운 말은 그 한 번을 도약하지 못했다.

무엇에 막힌 것처럼 갑자기 멈추더니 앞발로 허공을 긁어대며 울부짖는다. 마치 류의 머리통을 눌러 깨뜨리겠다는 것처럼 보였다.

류가 유허의 비결로 쏘아 보낸 강렬한 기운이 그놈을 가로막은 것이다.

말이 벌떡 일어서는 통에 나괵은 중심을 잃고 뒤로 미끄러질 듯 기울었다.

빠악!

그의 귀에 단단한 무엇이 깨지는 소리가 났다.

히히히힝―!

고통으로 가득한 울부짖음이 귀청을 때린다.

류의 발길질에 가슴뼈가 박살 난 말이 조금 전과는 다른 처절한 단말마를 터뜨리며 풀썩, 나뒹굴었다.

놀란 나괵이 말을 버리고 뛰어내렸을 때 류는 어느덧 그의 앞을 가로막고 서 있었다.

"내 말을 죽이다니!"

나괵이 노성을 터뜨렸다. 류의 이글거리는 눈이 빙긋 웃는다.

"보채지 마라, 곧 뒤따라가게 해줄 테니까."

나괵은 그가 무엇을 어떻게 했는지 보지 못했다. 갑자기 말이 멈추어 서더니 비명을 지르며 죽어버린 것만 안다.

"이놈!"

그가 노여움으로 증폭된 힘을 남김없이 칼에 쏟아 넣었다.

씨잉—!

그것이 벼락처럼 류의 정수리 위로 떨어졌다.

빠르다. 맹렬하다. 그리고 살기가 가득해서 더욱 무시무시한 일격.

단번에 류의 몸통을 두 쪽으로 갈라 버릴 듯한 그 일격은 그러나 헛되이 허공만 그었다.

류는 한 걸음 왼쪽에 있었던 것이다.

그는 처음부터 그곳에 서 있었고, 나괵이 일부러 한 자의 사이를 두고 칼을 내려친 것 같았다.

무시무시한 칼빛이 찬 기운을 뿌리며 뺨을 스치고 어깨를 스쳐 떨어지는 순간, 류가 옆으로 내딛었던 왼발을 축으로 삼아 가볍게 반 바퀴 맴돌았다.

나괵의 칼이 그리는 궤적에서 멀어진 것 같다.

그 순간 나괵이 칼의 중심을 비틀었다. 손목을 살짝 꺾었는데, 맹렬하게 떨어지던 칼이 제 힘을 고스란히 간직한 채 옆으로 휘어져 다가온다.

천지십격(天地十擊)이라 부르는 그만의 독특한 도법이었
다.

내려치고 가로 긋는 종횡의 도법이 끊이지 않고 거듭되는
수법이었다. 상대의 몸뚱이를 네 쪽으로 갈라놓을 때까지 멈
추지 않는다.

상대는 더 물러서거나 몸을 굽혀 땅에 눕듯이 할 수밖에 없
다.

나괵은 그다음에 어떤 수법을 써야 할지 잘 알고 있었다.
수많은 싸움을 하는 동안 자신의 그 도법 앞에서 어설프게 운
신하다가 죽은 자들이 헤아릴 수 없이 많은 것이다.

그러나 류는 물러서지도, 눕지도 않았다.

아직 나괵의 칼이 미치는 범위 안에 있었지만 그는 자유로
웠다.

류는 빠름을 장기로 삼았다. 그러던 것이 기련검종 이양복
으로부터 기련검파의 쾌검 비전을 전해받은 뒤에는 배나 더
빠르고 정확해졌다.

나괵은 그 움직임을 눈으로도 좇을 수 없었다.

퍽!

손목에 가해지는 무지막지한 충격.

어느새 등 뒤에 달라붙듯 다가선 류가 휘둘러오는 칼 몸을
누르며 쓰다듬어 오르더니 나괵의 손목을 후려친 것이다.

나괵은 제가 칼을 놓쳤다는 것마저 알지 못했다. 지독한 고

통으로 팔이 마비되어 버렸다. 그는 자신의 손목뼈가 박살 나다시는 칼을 잡을 수 없게 되었다는 걸 알았다.

퍽!

본능적으로 뛰어 물러서려는데, 무릎에 또 한 차례의 무지막지한 통증이 박혔다. 머릿속에 콰지직! 하고 무릎 뼈 박살 나는 소리가 들린다.

"욱!"

짧고 격한 신음을 흘리며 그가 털썩, 무릎을 꿇었다.

지독한 고통을 참느라고 얼굴이 숯불처럼 달아올랐으며 이가 입술에 박혔다.

그들의 싸움을 처음부터 지켜본 자들은 류가 단 두 번의 가격으로 나굑을 무력하게 만들어 버렸다는 걸 믿지 못했다.

너무 빠르게 진행된 싸움이었기에 얼떨떨하기만 하다.

번갯불이 번쩍, 하듯이 나굑의 칼이 떨어지고, 그 순간 끝나 버린 것이어서 '내가 정말 제대로 본 건가?' 하는 의심으로 다들 멍해져 버렸다.

피처럼 붉은 노을이 배어든 협곡 안에 나굑의 고통을 참는 신음 소리가 짐승의 헐떡임처럼 전해져 왔다.

"자, 이제 말해줄 마음이 생겼겠지?"

류의 무심한 말이 그것마저 잔인하게 깨뜨려 버린다.

"우와아아—!"

느닷없이 쏟아지는 고함 소리.

두두두두—

그리고 세 필의 말이 미친 듯 류에게 질주해 왔다.

다섯 명이 와서 세 명만 남게 된 흑무사들이다.

그들의 머릿속에는 오직 나귁을 구해야 한다는 생각뿐이었다. 그가 왜 저 애송이 앞에 무릎을 꿇고 있는지, 저 애송이가 무엇을 어떻게 했는지는 중요하지 않다.

획—

촌각의 시간을 쪼개 활을 꺼내 들고 화살을 걸어 시위를 당긴 건 팽달천이었다.

강전 한 대가 아직 허공을 날고 있는데, 그 뒤를 또 한 대의 강전이 따른다.

칭찬해 주지 않을 수 없는 속사의 솜씨였다.

뇌전처럼 흐르는 강전에게 서른 보 남짓한 거리는 있으나 마나 하다.

그러나 류의 눈과 손은 그 거리와 찰나의 시간을 무한정으로 늘리는 요술을 부렸다.

쾌검을 익힌 자는 눈이 빠르고 손이 빠를 수밖에 없다. 류의 눈과 손은 그것보다 더욱 빠르니, 지척에서 쏘아진 강전이 오히려 느리게 보일 지경이었다.

팅!

왼손의 역수도가 코앞에서 첫 번째 강전을 팅겨 버렸다. 그리고 머리를 살짝 기울이는 것 같더니 두 번째 강전을 꽉, 움켜쥐어 버린다.

바위를 뚫을 만한 힘이 실린 강전이 그의 손아귀 안에서 부르르 떨었다. 그리고 그 촌각의 시간에 세 필의 말은 열 걸음 앞으로 밀려들었다.

“끼야아―!”

강궁을 버린 팽달천이 구겸창을 맹렬하게 휘둘렀다.

창대의 길이가 일 장 남짓 되는 장창이다. 그것의 끝을 쥐고 휘두르니 낫처럼 생긴 새파란 날이 류의 목을 걸어버릴 것처럼 파고든다.

슬쩍 머리를 낮추어 정수리 위로 그것을 흘려보낸 류가 땅을 박찼다.

픽! 하고 그의 모습이 꺼져 버린 것 같은 착각이 들었을 때, 가장 앞섰던 팽달천의 말이 허공에 불쑥 떠올랐다.

쾅!

무지막지한 소리는 그다음에야 터져 나온다.

나무 둥치 같은 건마(健馬)의 목뼈가 류의 일격에 박살 난 것이다. 그 충격이 얼마나 컸던지 말이 달려오던 제 힘을 견디지 못하고 내팽개쳐진 것처럼 허공으로 떠올랐다가 쿵, 하고 처박혔다.

비명도 지르지 못한다.

갑작스런 일에 팽달천은 미처 몸을 추스르지 못하고 말과 함께 처박혀 버렸다. 그놈의 축 늘어진 육중한 몸뚱이에 깔려 꼼짝하지 못한다.

좌골이 박살 나고 다섯 대의 갈빗대가 부러졌다. 불로 지지는 것 같은 고통을 참지 못하고 팽달천은 의식을 잃어버리고 말았다.

그 짧은 동안에 두 필의 말이 다시 류를 덮쳤고, 류의 믿지 못할 움직임도 물 흐르듯 이어졌다.

퍽!

왼손에 움켜쥐었던 화살이 한 놈의 허벅지를 꿰뚫고 말의 옆구리에 박혔다.

"끄아악!"

그놈의 찢어지는 듯한 비명이 터졌을 때 류의 머리를 뚫을 것처럼 단창이 파고들었다. 촌각의 시차를 두고 류의 팔꿈치가 그놈이 타고 있는 말의 옆구리를 쑤셨다.

갈빗대가 박살 나는 고통에 말이 크게 울부짖으며 펄쩍 뛰었다. 그놈은 말에서 떨어지지 않기 위해 단창을 거두고 말고삐를 단단히 움켜쥐어야 했다.

그 틈을 놓칠 류가 아니다. 한 번 도약으로 말을 뛰어넘을 듯 솟구쳐 오르더니 놀란 놈이 내지르는 단창을 한 발로 걷어내며 몸을 굽혔다.

빠악!

말아 쥔 주먹을 힘껏 뻗자 투구와 함께 놈의 머리통이 움푹 파였다. 박살 난 투구 조각이 뼛속으로 박혀든다.

말과 사람이 동시에 철퍽, 하고 쓰러져 움직이지 않았다.

모두 죽었다.

한순간에 흑무사 다섯 명이 목숨을 잃거나 움직이지 못하게 된 걸 본 격뢰달은 혼비백산했다.

"사, 사신이다! 악마다!"

미친 듯 소리친 그가 앞서 말을 달렸다. 스무 필의 말이 미친 듯 붉은 흙먼지를 날리며 단목향을 향해 달려갔다.

류보다 단목향을 뚫고 나가는 게 살 확률이 높다고 생각한 것이다. 그러나 류는 물론 단목향에게도 그들을 죽일 마음은 없었다.

단목향이 슬쩍 말 머리를 틀어 비켜섰고, 격뢰달은 그녀를 돌아보거나 의아해할 정신도 없이 미친 듯 핏빛 노을을 바라보며 달려갔다.

"차라리 깨끗하게 죽여라."

수하들의 맥없는 죽음을 본 나괵은 저도 그렇게 되는 게 편하다고 생각했다.

그러나 류의 생각은 그와 같지 않다.

"가서 전해. 사흘 후 곤륜교(崑崙橋)에서 기다리겠다."

"너는 대체 누구냐?"

"그때 알게 될 거야."

류가 주인을 잃고 맴도는 말을 끌어와 무기력하게 되어버린 나곽을 부축해 태웠다.

"너는 반드시 후회하게 될 것이다."

나곽이 고통을 참느라 식은땀을 뻘뻘 흘려대며 겨우 말했다. 하지만 류는 아무런 반응도 보이지 않았다.

"너는 가서 내 말을 전하기만 하면 돼."

말 엉덩이를 힘껏 두드렸고, 그것이 한 번 크게 울더니 쏜살같이 달려가 곧 보이지 않게 되었다.

"어쩔 셈이야?"

단목향이 걱정스런 얼굴로 물었다. 막상 일을 저지르기는 했지만 흑천의 천주를 만난다고 생각하자 왈칵 두려움이 밀려들었던 것이다.

"내가 염가연과 함께 그들에게 쫓기고 있을 때, 그리고 네가 나를 구했을 때 이미 시작된 일이다. 이제는 돌이킬 수 없어."

"만약 그가 네가 찾는 원수가 아니라면?"

그럴지도 모른다.

류가 기억하는 건 원수의 목소리 하나뿐이었다. 흑천의 천주가 과연 그 목소리의 주인공이라는 확신은 없다.

그럼에도 벌써 피를 보았다.

이제는 실수였다는 말도 통하지 않을 것이다. 그가 원수이든 아니든 싸울 수밖에 없고, 이겨야 한다.

그리고 나면 필연적으로 지존보 전체와 대적할 수밖에 없

다. 그리고 류는 염가연을 구해 달아났을 때 이미 그 일을 맞
아들일 각오를 했다.

이제 와서 머뭇거릴 수도, 물러설 수도 없다.

"부딪쳐 봐야 아는 거지. 누가 깨질지는 말이야."

씩, 웃은 그가 훌쩍 뛰어 단목향의 뒤에 올라탔다. 그녀의
허리를 당겨 안고 속삭인다.

"갈 데까지 가보는 거야. 네가 그렇게 말하지 않았어? 나는
아주 만족해."

"쳇!"

눈을 흘긴 단목향이 말 배를 박찼다. 크게 울부짖은 말이
노을을 등 뒤에 두고 달려나갔고, 협곡에는 어둠이 죽은 자들
을 빠르게 덮어가고 있었다.

*　　　*　　　*

"너의 마음속에는 이미 반쯤 원수에 대한 확신이 서 있어."

단목향의 지적이 날카롭다. 그래서 류는 '음—' 하고 괴로
운 신음을 흘렸다.

단목향이 옛일을 회상하며 나직하게 말했다.

"네가 조작량을 얼마나 존경하고 따랐는지 충분히 짐작할
수 있어. 나도 그랬으니까."

류의 얼굴에 갈등이 스친다. 그가 중얼거리듯 말했다.

“네가 생각하는 그 이상이었을 거다.”

“그는 존경을 받기에 부족함이 없는 사람이지. 그가 이룬 업적과 무공에 대해서 그렇다는 말이야.”

“…….”

“하지만 그의 또 다른 모습은 전혀 그렇지 않아. 나는 그것을 알고 너도 이제는 그것을 알아. 그렇지?”

류는 부정하지 않았다. 침묵으로 시인한다.

단목향이 다시 말했다.

“그는 우리 모두의 우상(偶像)이었어. 그가 그렇게 되고 싶었다기보다 영웅을 바라는 우리가 그를 우상으로 삼은 거야.”

“우상…….”

왠지 그 말이 가슴에 아프게 와 닿는 것이어서 류는 저도 모르게 낯을 찌푸렸다.

단목향이 더욱 냉정하게 말했다.

“우상은 깨뜨려 버려야 해. 그것에 믿음을 주는 순간 사람은 스스로의 고귀함을 잃어버리고 자유를 잃어버리게 되지. 우상은 결코 신이 아니야. 사람의 욕망이 만들어낸 허수아비에 불과한 거야. 그런데 사람들은 제가 만들어놓은 그 우상을 깨뜨리지 못해. 왜 그러는지 알아?”

“…….”

“용기가 없기 때문이야.”

“네가 조작량을 우러러보고 존경한 건 그를 너의 우상으로 받아들였기 때문일 거야. 하지만 이제는 그걸 네 스스로 깨뜨릴 때가 되었지. 너도 알고 있는 거야. 그래서 여기까지 온 것 아니겠어?”

묵묵히 그녀의 말을 듣고만 있던 류가 굳은 얼굴을 들었다.

“나를 의심하고 있구나?”

“맞았어.”

단목향은 부정하지 않았다.

“너는 망설이고 있어. 내 눈에는 그게 보여. 두려움 때문일 거야. 너는 그를 두려워하지. 그건 네 자신이 만들어놓은 우상을 두려워하는 거야. 우상을 깨뜨리고 나면 내 자신도 그렇게 깨져 버리지 않을까 하고 두려워하는 거지.”

“그렇게 말하는 너는?”

“두려워.”

단목향이 서슴지 않고 그렇게 대답했다.

“하지만 내 안의 우상을 깨뜨리는 일에 대한 두려움은 없어. 나는 다만 그가 너를 죽이지 않을까 걱정할 뿐이야.”

“그렇게 될지도 모르지.”

류가 자조적인 웃음을 흘렸다.

“그는 무신으로 불리는 사람이다. 나 같은 애송이가 상대할 수 없는 초인일 거야.”

“자신을 가져.”

“뭘? 어떻게?”

“너는 이미 한 번 그를 이겼다. 그러니 또 이기지 못할 리 없잖아?”

“내가 그를 이겼다고? 언제? 어떻게?”

“벌써 잊은 거야? 너는 그로부터 염가연의 마음을 빼앗았잖아. 그는 많은 사람들을 죽이면서까지 그녀를 지키려고 했지. 하지만 너는 결국 그녀의 마음을 빼앗았어. 그는 지금쯤 패배감에 휩싸여 치를 떨고 있을걸?”

단목향은 마치 조작량을 곁에서 지켜본 것처럼 말했다.

“네가 무슨 말을 하고 있는지 알아.”

류가 크게 머리를 끄덕였다. 그녀의 말속에 숨겨져 있는 참뜻을 본 것이다. 그리고 그것에 집중했다.

그녀는 조작량도 사람이라는 것을 말하고 있었다. 그는 절대로 무신이 아닌 것이다. 그도 뼈와 살로 된 사람이다. 분노할 줄 아는 감정도 가지고 있고, 제 욕심을 위해 남의 희생을 당연하게 여기는 이기적인 인간이다.

‘너는 신과 싸우려는 게 아니야. 그러니 겁먹을 것 없어.’

단목향은 그 말을 하고 있었던 것이다.

류가 주먹을 불끈 쥐었다.

“결국 그렇게 된다면 그때는 주저없이 내 손으로 우상을 부수어 버리겠다.”

“그래야지.”

비로소 만족한 듯 단목향이 눈매를 부드럽게 하고 턱을 약간 치켜든 채 배시시 웃었다. 류는 그것이 염가연의 웃음과는 또 다르다는 걸 느꼈다.

여자는 네 가지의 웃음을 가지고 있다.

끊임없이 보호받기를 원하는 것. 그래서 때로는 야비할 만큼 타인의 감정을 건드리고 이용하기도 하는 것. 그것을 위해 짓는 계산된 웃음.

그것이 염가연이 가지고 있었던 첫 번째 웃음이었다.

그다음에는 나약한 존재인 자기 자신을 드러내고, 그러니 나를 지켜줘야 한다고 매달린다. 애처롭고 쓸쓸한 얼굴로 바라본다. 그때의 미소를 류는 잊지 못하고 있었다.

강한 자의 연민을 밑바닥까지 긁어내는 그런 웃음이 바로 그녀가 가지고 있던 두 번째 웃음이었다.

여자라면 누구나 가지고 있는 네 개의 웃음 중 두 개인 것이다.

그러나 지금 류에게 보여준 단목향의 웃음은 그것과 달랐다.

배려와 격려, 그리고 믿음이 담뿍 담겨 있는 것.

그것은 어머니의 웃음이고 누이의 웃음이며, 아내의 웃음이었다.

여자가 가지고 있는 세 번째 웃음이다.

하지만 서로 다른 그들 두 여자에게도 한 가지 공통된 웃음이 있었다.

사랑하는 사람에게만 보여주는 애틋함이다.

넘치는 행복과 쓸쓸함이 공존하고, 간절한 열망과 주저함이 넘쳐 난다. 그래서 슬퍼 보이기도 하면서 남자의 가슴 깊은 곳에서 애틋한 아픔을 끄집어내는 웃음인 것이다.

그 네 번째 웃음은 여자만이 보여줄 수 있는 유일한 웃음이다. 그러니 여자의 웃음이라고 해야 하리라.

류는 이미 염가연에게서 보았듯, 지금 단목향의 웃음에서도 그런 '여자의 웃음' 을 보고 느꼈다.

그래서 마음이 어둡고 무거워진다.

다음날 아침.

그들은 느지막이 객청에 내려와 느긋하게 아침 식사를 했다. 객청의 분위기가 어제와 다르다는 걸 확연히 느낄 수 있지만 모른 척하고 있었다.

객청에는 여전히 많은 사람들이 있었다. 하지만 어디에서도 온갖 사투리로 왁자하게 떠들어대는 소리는 들리지 않았다.

'그가 흑무사 다섯 명을 가볍게 해치웠다.'

그런 소문이 이미 격이목 전체에 퍼져 커다란 파문을 일으키고 있었던 것이다.

격이목에 살고 있는 토박이들에게는 물론, 몇 차례 이곳에 들렀던 모든 사람들에게 그것은 경악하고도 남을 만한 일대 사건이었다.

스무 명의 자경단원이 한 사람에게 놀라 꽁지가 빠져라 달아났다는 건 놀라운 일이다.

하지만 그보다 몇십, 몇백 배 놀라운 일은, 이 일대에서 절대자로 군림하는 흑무사들의 죽음이었다.

그들이 정체를 알 수 없는 젊은 청년 한 사람에게 맞아 네 명이 죽고 한 명만 겨우 살아 돌아갔다는 것.

사흘 후 곤륜교에서 그 청년과 흑무사들 간에 경천동지할 일전이 벌어지게 되리라는 것.

그런 말들은 정말 믿을 수 없는 것이었다.

하지만 객잔을 밤낮으로 지키고 있는 자경단원들의 태도에서 모두는 그게 뜬소문이 아니라는 걸 알 수 있었다.

류와 단목향이 객청에 내려온 뒤부터는 객잔 안을 감시하고 있던 자경단원들이 감히 크게 숨도 쉬지 못하고 두 사람의 눈치를 보고 있었던 것이다.

기세등등하고, 격이목의 지배자처럼 굴던 그들의 기죽은 모습을 보는 것 자체가 이곳에서는 경이로운 일이기도 했다.

第十三章

운명, 벼랑 끝에 마주 서다

第十三章

주청에 싸늘하고 살벌한 기운만 감돈다. 벌써 사흘째다.

온갖 말들로 시끌벅적하던 객들은 모두 힐끔힐끔 서로의 눈치만 살필 뿐 기침도 제대로 하지 못했다.

한쪽 창가에 앉아 있는 류와 단목향 때문이었다.

사흘 전, 믿지 못할 일이 있고 난 바로 그날부터 객잔의 안과 밖은 격이목의 자경단원들로 철저히 감시당하고 있었다.

그들은 한시도 떠나지 않고 류와 단목향을 감시했는데, 사람들은 그들의 살벌한 기세 때문에 잔뜩 주눅이 들어서 숨 쉬기가 불편할 지경이었다.

그러나 정작 폭풍의 중심에 있는 두 사람은 태연했다. 호위

무사들이라도 거느린 것처럼 거만하기까지 하다.

그 두 사람이 황혼이 비쳐드는 창가에 마주 앉아 저녁 식사를 하고 있었다. 사람들의 힐끔거리는 시선 따위는 아랑곳하지 않는다.

"우리가 벌써 며칠째 함께 있었던 거지?"

뜬금없는 단목향의 말에 류가 젓가락을 멈추고 그녀를 빤히 바라본다.

"이곳에 온 지가 말이야."

"닷샌가? 그건 갑자기 왜 묻는 거냐?"

"네가 의심스러워서."

"의심스럽다고? 내가? 어째서?"

단목향이 매섭게 그를 노려보더니 슬그머니 외면했다. 류는 젓가락을 내려놓았다.

"말해봐, 나의 뭐가 의심스럽다는 건지."

정색을 하고 채근하지만 단목향은 그와 눈을 마주치려 하지 않았다. 얼굴에 홍조마저 띤 채 한참을 우물쭈물하더니 기어들어 가는 음성으로 겨우 말한다.

"네가 남자인지 의심스럽단 말이야."

"뭐라고?"

"아니면 내가 여자가 아니던가."

그 말은 거의 다 기어들어 가서 들릴까 말까 했다.

그리고 고개를 푹 숙이는데, 목덜미까지 빨개졌다.

멍하니 그런 단목향을 바라보던 류가 비로소 무엇을 생각했던지 크게 웃었다.

"하하하하, 내가 의심스런 게 아니라 네가 바보인 것 같다. 하하하하—"

사람들의 시선이 모두 그들에게 집중되었다. 두려워하는 중에 어리둥절한 얼굴들이다.

류는 단목향과 지난 닷새 동안 한 방을 썼다는 걸 새삼 떠올렸다.

한 여자와 한 남자, 젊고 싱싱한 두 사람이 한 방에서 잠을 잤고, 늘 함께 붙어 있었다.

그럼에도 불구하고 아무 일도 일어나지 않았다. 침상을 함께 쓰지도 않았던 것이다.

뒤척이는 그녀를 두고 류는 방바닥에서 큰대 자로 쓰러져 코를 골았을 뿐이다.

처음 이틀은 그러려니 했던 단목향도 사흘째 되는 날에는 참지 못하고 뜨겁고 긴 한숨을 몰래 내쉬었다.

도대체 그에게 나는 어떤 존재인가? 하는 회의가 절로 들지 않을 수 없다.

여자로서 그에게 자기 자신을 보여주기를 원하는 건지, 아니면 동료로서 그와 가까워지기를 원하는 건지, 단목향은 먼저 자신의 마음부터 확실히 해야 한다고 생각했다.

하지만 그럴 수가 없었다. 하루하루 날이 지날수록 더욱 혼란해지고 흔들리기만 했다.

사막을 건너오던 지난 이십여 일과 격이목에서의 닷새는 그래서 그녀에게 혼자만의 전쟁이 되었다. 자기 자신과의 싸움이다. 그리고 지금 이렇게 백기를 들 준비를 한 것이다.

그런데 류는 크게 웃었다. 단목향은 그가 조금도 자신의 마음에 관심을 갖지 않는다고 생각했다. 그래서 슬퍼진다. 자존심이 상해 화가 나기도 했다.

숙이고 있는 눈에 그렁그렁 눈물이 고이는데, 류가 불쑥 말했다.

"네가 좋아."

"……!"

"하지만 마음만이야."

"마음…… 만이라고?"

"친구가 된다면 오래도록 서로를 아껴주며 함께 있을 수 있다. 하지만 내가 너를 여자로 대해야 한다면, 네가 그것을 바란다면……."

"말해봐."

단목향의 얼굴에 기쁨이 스쳐 갔다. 제발 내가 간절히 원하는 그런 말을 해주었으면, 하고 바란다.

하지만 류는 그 말을 해주지 않았다.

"나는 그럴 수 없어."

그녀의 얼굴 가득 차 오르는 실망.

침묵하던 단목향이 떨리는 음성으로 물었다.

"왜?"

"나 때문에 불행해진 사람은 한 사람으로 족해. 너까지 그렇게 되도록 할 수는 없다."

염가연을 떠올리고 한 말이다.

단목향의 가슴이 싸한 아픔으로 떨렸다. 반발심도 생긴다. 그러면서 뭉클한 감동이 밀려들어 마음을 따뜻하게 채워주기도 했다. 그만큼 류가 자기를 소중하게 생각하고 있다는 걸 알았기 때문이다.

"불행해진다고?"

그녀가 얼굴을 번쩍 들었다. 눈물 가득해진 눈을 크게 뜨고 빤히 바라본다.

"너 때문에 불행해진다고?"

"잘 알잖아."

"그런, 그런…… 이유 때문이었던 거야?"

"뭘 더 원해?"

피식 웃는 류의 얼굴에 다시 장난기가 흐르기 시작했다.

단목향은 실망했다. 서로 마음을 다 열어 보이고 진지한 대화를 할 기회라고 생각했는데 류가 슬쩍 외면해 버렸기 때문이다.

류가 다시 젓가락을 집더니 퍽퍽 밥을 퍼먹기 시작했다. 볼이 미어지려고 한다.

물끄러미 바라보던 단목향이 호, 한숨을 쉬었다.

"돼지."

*　　　*　　　*

이걸 어떻게 해석해야 하는지 모르겠다.

그래서 서문표는 깊은 침묵에 빠져들어 헤어나지 못했다.

돌아와 말을 전한 나괵은 스스로 목숨을 끊었다.

수치를 참지 못한 것이다.

몸이 불구가 되어 영영 칼을 잡을 수 없게 되었다는 것보다도, 낯선 어린놈에게 어이없게 당했다는 것보다도 더 수치스러운 것.

그건 그런 꼴이 되어서 돌아와 서문표 앞에 섰다는 것이었다.

말을 전해야 한다는 의무가 없었다면 그놈 앞에서 스스로 머리를 깨뜨리고 죽었을 것이다.

그런 나괵의 충직하고 뜨거운 마음을 누구보다 잘 아는 서문표였다. 때문에 누구보다 분노했다.

벌써 십사 년.

지존보를 떠나와 중원을 샅샅이 뒤졌고, 이 먼 오지(奧地)까지 흘러왔다.

중원에서는 지존보의 흑천이라는 이름만으로도 감히 그들

을 가로막거나 시비를 거는 자들이 없었다.

하지만 중원의 힘이 미치지 못하는 이곳에서는 그렇지 않았다.

가는 곳마다 그곳의 토착 세력들과 부딪쳐 수없이 많은 싸움을 했다. 그리고 단 한 번도 패하지 않았다. 그래서 사방 일천 리에 달하는 시달목분지의 패자로 군림하게 되지 않았던가.

그 명성과 힘을 가지고 당고랍산을 넘어 납살까지, 천산을 넘어 아부한까지 수천 리 길을 몇 년 동안 오고 갔지만 그를 가로막는 자는 아무도 없었다.

그런데 격이목에서, 근거지로 삼았던 그곳에서 다섯 명의 수하가 처참하게 깨졌다.

'정말 그럴 수가 있을까?

서문표는 아직도 나귁이 한 말들을 믿을 수 없었다.

어린아이 다루듯 했다니, 그들이 제대로 싸워보지도 못하고 모두 한주먹에 당하고 말았다니…….

서문표는 저에게 단련받은 수하들이 어떤지 잘 안다. 개개인의 능력이 강호의 일류고수를 능가할 것이다. 거기에다가 오랜 훈련으로 몸에 익은 연수합격(聯手合擊)에 능하다.

그런 그들이 애송이 한 놈에게 당했다는 게 믿기지 않았다.

지존보에 좋지 않은 상황이 벌어지고 있는지 모른다는 조

급한 마음도 들었다.

검기령주라던 계집이 제 스스로 지존보를 나왔고, 감히 보주의 이름을 거론하며 조금의 공경심도 보이지 않았다니 그렇다.

잠시 지존보에 대해서 생각하던 서문표가 잔뜩 눈살을 찌푸렸다.

'보주께서 너무 한 가지 일에 집착하셨기 때문이다.'

저도 모르게 그런 불만을 생각한다.

그전 같으면 있을 수 없는 일이었다. 그는 철저하게 자신을 조작량의 종이라고 여기는 사람이기 때문이다.

조작량이 어렸을 때부터 곁에서 모셔왔고, 그에게 자신의 모든 걸 맡겼다. 자신의 운명으로 삼은 것이다.

그랬기에 조작량이 찾으라고 명령했을 때 한마디 불평도 없이 지존보를 떠나 무려 십사 년 동안이나 낯선 하늘 아래를 떠돌았다.

그런데 이제는 저도 모르게 불만이 생기고, 그것을 떠올리게 되었다.

'내가 무슨 생각을!'

그 사실을 뒤늦게 깨달은 서문표가 깜짝 놀라 온몸을 굳혔다.

하지만 주인이 아직까지도 구양진결에 집착하는 게 한편으로는 여전히 못마땅하기도 하다.

약속한 날이 되었다.

이른 아침부터 류는 부지런을 떨었다.

점소이에게 깨끗한 목욕물을 받아오게 하여 몸을 씻고 머리를 감더니 새 옷을 꺼내 입었다.

이런 황토의 땅에서는 어울리지 않는 흰옷이다.

말끔하게 손질된 백색 경장 위에 백색 전포를 두르고 붉은 허리띠를 질끈 동여매자 류는 여태까지와는 다른 사람이 된 듯했다. 눈이 부시다.

그의 머리를 손질해 주는 단목향은 자꾸만 가슴이 두근거리고 몸이 떨려 몇 번이나 빗을 떨어뜨렸다.

"네가 질 거라고는 생각하지 않아."

꼭 그렇게 되어야 한다는 믿음을 실어 보낸다. 류가 빙긋 웃었다.

"상대는 지존보의 사대천주 중 한 명이다. 어려운 싸움이 되겠지."

"그래도 넌 이겨."

"내가 걱정하는 건 이기고 지는 게 아니야. 나는 다만 그가 내가 찾는 자가 아닐까 봐 두렵다."

류는 서문표와의 싸움을 피할 수 없다는 걸 잘 알고 있었다. 하지만 그의 관심은 과연 서문표가 제가 기억하고 있는 그 목소리의 주인이냐, 아니냐 하는 것이었다.

마음 한편으로는 그가 그토록 찾기 원했던 바로 그자, 오룡장을 피로 물들인 그 복면괴한들의 우두머리이기를 간절히 원했다.

하지만 또 한편으로는 제발 아니기를 바라기도 했다. 아직도 조작량에 대해 가지고 있는 한 가닥의 믿음과 애정이 깨지기를 원치 않아서이다.

그러나 어쨌든 이제는 조작량과도 싸울 수밖에 없다는 걸 잘 알고 있었다. 염가연을 구해내야 하기 때문이다. 조작량이 순순히 그것을 허락할 리 없지 않은가.

그 일은 조작량 한 사람과의 문제가 아니었다.

그와 싸우자면 지존보라는 거대한 세력 전체를 상대해야 한다. 그건 곧 무림 전체를 적으로 삼는다는 것과 같았다.

'하지만 나는 한다.'

류는 제가 그래야만 한다는 걸 거듭 다짐하고 각오를 새롭게 했다.

내가 살아온 목적을 잊지 않는 것이다.

내가 지니고 있는 한을 잊지 않는 것이고, 내 존재의 가치를 위해서이기도 하다.

사부와 사형과 사저의 원수. 그들의 피맺힌 한을 제 몸에 고스란히 물려받고 혼자서 살아 달아났을 때부터 약속된 일이다.

그러므로 그건 그들과 나와의 사이에 반드시 지켜져야 할

신의라고 생각했다. 그걸 저버린다면 사람도 아니다.

죽을 걸 뻔히 안다고 해도, 싸우다 열 번 죽는다고 해도 절대로 물러서서는 안 된다.

류의 머리를 뒤에서 질끈 묶어준 단목향이 그를 물끄러미 바라보다가 와락 끌어안고 단단한 등에 볼을 비벼댔다.

“죽지 마.”

울음을 머금은 음성으로 말한다.

류가 천천히 돌아서서 그녀의 어깨에 팔을 둘렀다. 끌어당겨 가슴에 가두는 손에 힘이 들어간다.

“너도 죽지 마.”

“네가 죽으면 나도 죽어. 하지만 절대로 그런 일은 없을 거야. 그렇지?”

턱을 들고 간절히 한마디의 대답을 기다린다.

그녀의 물기 가득한 검은 눈을 가만히 내려다보던 류가 빙긋 웃었다.

“물론이지. 나는 절대로 죽지 않아. 죽을 수 없다.”

단목향의 얼굴에 비로소 안도의 미소가 피어올랐다.

그녀가 다시 말했다.

“한 가지 부탁이 있어. 꼭 들어줘야 하는 부탁이야.”

“말해봐.”

“나는 네 친구가 되기 싫어.”

“……!”

"불행해져도 좋아. 너를 원망하지 않을 자신이 있어."

"바보구나."

"멍청이와 잘 어울리려면 별수없잖아?"

그녀의 두 눈 가득 담겨 있는 간절함, 그리고 열망.

류는 그것을 뿌리칠 수 없었다. 어쩌면 이것이 마지막이 될지도 모른다는 생각을 품고 있었기 때문이다.

단목향도 그런 생각을 숨기고 있을 것이다. 그렇기에 이처럼 더욱 매달리는 것이다.

두 사람의 눈이 서로를 끌어당겼다. 거부할 수 없는 강력한 힘이고 안타까움이다.

류의 입술이 천천히 그녀의 입술에 다가간다. 그리고 그것을 덮었다.

뜨겁고 깊은 입맞춤.

단목향이 흘리는 눈물이 류의 뺨마저 적셔놓았다.

"고마워."

숨을 헐떡이며 그녀가 겨우 그 말을 했다.

비로소 류의 가슴을 밀어내는 그녀의 얼굴이 목덜미까지 빨갛게 물들었다.

주청에 많은 사람들이 모여서 그들을 기다리고 있었다.

온갖 부류의 사람들이 섞여 있지만 물을 뿌린 듯 고요했다.

격이목의 사람들 모두가 류와 단목향을 보기 위해 이곳에 몰려온 것 같았다.

그들의 뜨거운 눈길을 받으며 류와 단목향이 모습을 드러 냈다. 서로 손을 꼭 잡은 채 천천히 이층의 계단을 내려온다.

"꿀꺽─"

누군가의 마른침 삼키는 소리가 우렛소리처럼 모두를 깜 짝 놀라게 했다.

사람들을 헤치고 자경단의 우두머리인 격뢰달이 세 명의 수하와 함께 급히 나왔다.

"명을 받고 왔소."

류는 아직 계단 위에 있고, 격뢰달이 아래에서 그를 올려다 보며 최대한의 공경심을 보인다. 사람들의 눈이 더욱 휘둥그 레졌다.

"무슨 명령?"

"불편한 게 없도록 하라는 명령이었소. 필요한 게 있다면 무엇이든 말씀하시오."

"누가 그대에게 그런 명령을 했단 말인가?"

"천주님이시라오. 그분의 명령을 직접 받았으니 이 격뢰달 일생일대의 영광이오."

그의 얼굴에 자부심과 자랑이 넘쳐 난다.

류는 서문표가 이들에게 신처럼 숭앙받는 존재라는 걸 다 시 한 번 확인할 수 있었다. 쓴웃음이 절로 나온다.

"부디……."

격뢰달이 머리를 숙였다.

류는 그가 어떻게 하든 서문표로부터 받은 명령을 이행하고 싶어한다는 걸 알았다.

그의 말대로 그것이 일생일대의 영광이기 때문이다.

"그렇다면 좋은 술이 한 자루 있었으면 좋겠는데?"

"안주는?"

격뢰달의 얼굴이 활짝 펴졌다. 기쁨이 넘쳐 나는 웃음을 지으며 손을 비빈다. 류가 머리를 가로저었다.

"안주는 필요없어."

"잠시만 기다리시오."

돌아선 그가 수하들에게 회족의 말로 무어라 고함을 질렀다. 수하들이 날듯이 달려나갔고, 잠시 후 술이 가득 담긴 가죽 부대를 들고 돌아왔다.

격뢰달이 그것을 받아 류에게 두 손으로 공손히 건넨다.

"검남춘이오. 중원에서는 흔한 것이겠으나 이곳에서는 그야말로 신선이나 맛볼 수 있는 술이라오. 술의 무게만큼 황금을 주어야 겨우 구할 수 있지."

검남춘(劍南春).

천년주향(千年酒鄕)으로 불리는 사천 면죽현(綿竹縣)에서 빚은 술인데, 오곡(五穀)을 원료로 하고 그 맛과 향이 농욱방향(濃郁芳香)하기로 이름 높은 명주다.

이백(李白)이 그 맛에 반하여 입고 있던 담비 가죽 옷을 벗어 바꿔 마셨다고 전해지면서 더욱 유명해졌다.

특산의 검남춘은 중원에서도 쉽게 구경할 수 있는 게 아니었다. 그것을 맛볼 수 있는 사람도 흔치 않다. 그만큼 귀하고 비쌌기 때문이다.

술 자루를 받아 든 류가 마개를 뽑았다. 그 즉시 상쾌하고 달콤한 주향(酒香)이 주청 전체로 퍼져 나갔다. 텁텁하던 공기가 씻은 듯 사라지고 술 향기만 은은하게 남았다.

여기저기에서 군침 삼키는 소리가 요란하게 들려왔다.

지그시 눈을 감고 냄새를 맡던 류가 몇 모금을 꿀꺽꿀꺽 마시고 만족한 미소를 띠었다.

"좋군. 이런 곳에서 이와 같은 술을 만날 줄이야……."

"더 시키실 일은 없소?"

"충분해."

마음속에 남아 있는 꺼림칙함을 씻어버리고, 오직 한 번의 싸움에 집중하기 위한 혼자만의 의식이 끝났다.

그 몇 모금의 술로 류는 죽음과 부딪칠 각오를 한 것이다. 이제 더 이상 세상에 대한 미련은 없다.

"그럼 가십시다."

격뢰달이 앞장섰고, 주청 가득하던 사람들이 대나무 쪼개지듯 좍 갈라져 길을 열었다.

객잔 밖에도 구경 나온 사람들이 인산인해를 이루었다. 류에 대한 소문은 그들에게 마치 전설 속의 신장(神將)이나 악마가 현신한 것 같은 생각을 갖게 해주었다.

그 주인공을 제 눈으로 직접 본다는 흥분으로 거리가 온통 술렁였다. 커다란 축제를 맞는 것 같기도 하고, 전쟁을 코앞에 둔 사람들처럼 두려워하는 것 같기도 하다.

격뢰달의 부하들이 두 필의 건장한 말을 끌고 왔다. 붉고 푸르고 노란 천으로 얼룩덜룩 장식해 놓아서 화려하기 짝이 없었다.

하늘이 차갑도록 맑은 날이다. 쪽빛 물감을 쏟아놓은 것 같은 그 하늘 복판에 매 한 마리가 유유히 떠 있다.

삼색의 깃발이 펄럭이는 장창을 세워 든 격뢰달의 부하 오십 명이 호위를 하듯 류의 앞과 뒤에 두 줄로 늘어섰다.

사람들이 가득 찬 거리를 류와 말 머리를 나란히 하고 천천히 나아가던 단목향이 내내 참고 참았던 궁금증을 털어놓았다.

"자경단에서 왜 이런 호의를 베푸는 걸까?"

"천주의 뜻이겠지."

"그가 왜?"

"한껏 생색을 내고 싶어서일 거다. 이곳 사람들의 이목을 집중시키고, 그래서 제 위용을 더욱 과장해 보이고 싶은 거야."

"그러니까 왜?"

"제가 이길 게 분명하다고 여겨서겠지. 그리고 소문의 덕을 보려는 거고.”

“누구에게?”

“모두 다에게. 가깝게는 변방의 이족들에게 저의 위대함이 과장되어 퍼져 나가기를 바라고, 멀게는 지존보와 강호에 저의 명성이 다시 떨쳐지기를 바라는 거겠지.”

그런 류의 생각은 하나도 틀리지 않았다.

서문표는 서역의 변방에 저의 존재를 확실히 각인시켜 주려고 했다. 그래서 훗날 제 세력의 근거로 삼을 작정인 것이다.

그리고 그는 지존보로 복귀하려는 준비를 하고 있는 중이기도 했다.

지존보에 돌아갔을 때 낯선 자가 되지 않으려면 여기서부터 소문을 물아가야 할 필요가 있다. 그래서 저에게 도전해 온 자를 대단한 자로 포장해 주려는 것이다.

시시한 존재를 이겨봐야 아무런 도움도 되지 않기 때문이다.

한껏 그놈을 높여주고, 사람들의 선망을 받을 때 단번에 목을 쳐버릴 작정이었다.

격이목 고성을 벗어난 류 일행은 말을 재촉했다.

오십여 필의 건마가 일제히 질주하자 대지가 지진을 만난 것처럼 흔들리고, 말발굽 소리가 천둥소리처럼 멀리까지 울려 퍼졌다.

누런 흙먼지가 자욱하게 일어 하늘과 땅을 뒤덮는다.

두어 시진쯤 쉬지 않고 말을 달렸을 것이다.

끝없이 펼쳐진 황토의 고원 위에 한줄기 누런 먼지가 길게 이어졌다.

사막처럼 펼쳐진 고원을 지나자 다시 풍경이 일변하여 기기묘묘한 골짜기와 바위와 황토의 벼랑들이 나타났다.

깊게 파인 골짜기를 지나고, 아스라하게 솟아오른 황토의 벼랑 아래를 이리저리 어지럽게 돌아 달려가기를 다시 반 시진쯤.

저 멀리 드문드문 자리하고 있는 집들이 보였다. 무너진 돌담에 의지해 있고, 천막을 친 것도 있다.

역시 회족의 마을인데, 격이목과는 비교할 수 없이 초라하고 작은 규모의 부락이었다.

양 떼들이 갑자기 들이닥친 기마 행렬에 놀라 울며 흩어지는 모습이 구름이 쪼개지는 것 같다.

드디어 곤륜교에 온 것이다.

그것은 마주 보는 두 개의 황토 언덕을 이어주는 오래된 목교(木橋)였다.

격이목 위쪽, 달포손호(達布遜湖)에서 흘러내린 물줄기가 삼백 리를 흘러가는데, 곤륜교에 이르러서 동서의 두 줄기로 갈린다.

곤륜교 아래, 깊은 협곡 사이로 달포손호에서 내려온 물줄기가 가느다랗게 흘러가고 있었다. 아직 우기에 접어들지 않은 때인 것이다.

곤륜교 부근의 고원은 누런 황토 사이로 군데군데 파랗게 풀들이 돋아나 있어서 멀리서 보면 녹색 비단을 길게 깔아놓은 것 같았다.

심상치 않은 분위기를 느낀 사람들이 모두 문을 굳게 닫아걸고 숨었으므로 곤륜교의 부락은 죽은 것처럼 적막했다.

"여기까지요."

내내 앞서 길을 인도했던 격뢰달이 손을 번쩍 들어 행렬을 멈추게 하고 다가와 그렇게 말했다.

"이제부터는 당신 혼자서 가야 할 길이라오."

"당신은?"

류의 물음에 격뢰달이 빙긋 웃었다.

"우리는 이 싸움과 상관없소이다. 증인으로, 참관인으로 왔다고 생각해도 좋소."

"그대는 어느 쪽이든 이기는 쪽에 붙겠다는 생각이군."

"그게 우리가 살아가는 방식이라오. 그럼 행운을 빌겠소."

격뢰달이 가볍게 머리를 숙여 보이고 물러서자 오십 필의 기마가 모두 마을을 등 뒤에 두고 일자로 늘어섰다.

류와 단목향은 그들 앞에 서서 곤륜교를 바라보았다.

텅 빈 오후의 적막이 있을 뿐, 그들이 기다리는 사람들은 아직 오지 않았다.

류가 말에서 내려 뚜벅뚜벅 교각 앞으로 걸어갔다. 단목향은 피풍을 벗어 안장에 걸어놓고 말고삐를 쥐고 섰다. 딱딱하게 굳어진 얼굴로 그를 바라본다.

누런 황토와 짙은 초록색의 풀밭 위에 구름 그림자가 드리웠다. 그리고 곤륜교 너머 고원 저쪽에서 그들이 나타났다.

두두두두—

대지를 두드리는 무거운 말발굽 소리.

황토먼지가 구름처럼 솟구치는 곳에 검은 단갑과 피풍과 투구로 무장한 흑무사들이 보였다.

가까워질수록 갑주의 쩔그렁거리는 소리가 점점 크게 들려온다.

드디어 흑무사들이 곤륜교 맞은편 황토 벼랑 위에 멈추어 섰다. 그들이 세워 들고 있는 검은 깃발이 바람을 한껏 품고 펄럭인다.

저승사자들처럼 온통 검은색으로 몸을 가린 삼십여 명의 흑무사들.

텅 빈 다리를 사이에 두고 이쪽 벼랑과 저쪽 벼랑에서 그들과 류가 서로를 마주 보았다.

천리취향 서문표가 투구 속에서 눈살을 찌푸렸다.

이 다리를 건너야 격이목으로 가고, 중원으로 돌아갈 수 있다. 그것을 정체를 알 수 없는 애송이 한 놈이 겁도 없이 가로막고 있는 셈이었다.

그를 희생양으로 삼을 작정이었지만, 이렇게 마주 보고 서자 불쾌해지는 건 어쩔 수 없다.

"내 앞길에 방해되는 자가 있다는 건 수치다."

서문표가 잔뜩 눈살을 찌푸리는데 다리 앞에 버티고 선 류가 소리쳤다.

"나는 한 사람을 찾아왔다. 너희들 중 누가 천주인가?"

『패왕투』 6권에 계속…

무한 상상 · 공상 세계, 청어람 신무협 & 판타지

이인세가

김석진 新 무협 판타지 소설
FANTASTIC ORIENTAL HEROES

최고 장수 인기작 『삼류무사』의 완결 후 1년. 마침내 드러나는 새로운 대작!
기연을 찾아 떠난 주인공이 마주치는 다채로운 여정 속에 깊이 빠져든다!

『삼류무사(三流武士)』의 묵직한 명성은 잊어라!

빠르게 이어지는 『이인세가(二人世家)』의 화려한 시대가 도래하리니!!

"건강 도인술로 내공을 돌리고 육합권법보다 못한 주먹질로 강호의 안녕을 지키려 나서는 천하제일가의
무상(武相)이라?"
가문의 비기, 황하육권은 약을 팔 때나 쓰는 편이 나을 듯했다. 그래서 필요했다.
극강하면서도 획기적이며 단시간에 가능한 무엇!

그것은 기연(奇緣)!! "기연에 임자가 어디 있어? 먼저 가서 얻으면 땡이지!"

입소문을 통해 아는 분은 다 알고 계십니다!
올 한해 공인중개사 최고의 화제작!

1~2권 합본 | 이용훈 지음
3~4권 합본 | 이용훈 지음
5~6권 합본 | 이용훈 지음
용어해설 | 이용훈 지음

수험생 기본 필독서
만화 공인중개사

제목 : 만화공인중개사 쓰신 분에게 감사드립니다.

학원을 두 달 다녔어요. 근데 과연 그 숫자 외우기 그런 게 몇 문제나 나올까 생각을 했어요.
아니라는 생각이 드네요. 학원강의를 뒤로하고 서점을 갔어요. 내 머리에 가장 이해될 수 있는
책이 없나 하구요. 거기서 만화를 발견했어요. 무조건 세 번 봤어요. 3개월 걸렸어요. 문제집을 보라고
했는데 그건 시행을 못했어요. 근데 합격을 했네요.
어떻게 감사의 말을 해야 될지…….
도서관에서 만화책 들고 다니니까 사람들이 비웃더라구요. 만화책으로 공인중개사를 공부한다고
미친 사람처럼 보더라구요. 근데 그거 다 감수하고 했던 내가 자랑스럽습니다.
어떻게 감사의 말을 해야 할지… 정말 감사합니다.
부디 행복하세요. 제 나이 41살에 좋은 스승을 만난 것 같습니다.
엎드려 감사드립니다.

−본사 홈페이지에 독자분이 올린 메일 中 에서 발췌−